Besuchen Sie uns auf www.penguin-verlag.de

Sara
Paborn

Beim Morden bitte langsam vorgehen

Roman

Aus dem Schwedischen
von Wibke Kuhn

 PENGUIN VERLAG

Die schwedische Originalausgabe erschien 2017 unter dem Titel
»Blybröllop« bei Brombergs bokförlag, Stockholm.

Der Verlag dankt dem Swedish Arts Council
für die finanzielle Unterstützung der Übersetzung.

Penguin Random House Verlagsgruppe FSC® N001967

2. Auflage
Copyright © 2017 by Sara Paborn
Copyright © der deutschsprachigen Ausgabe 2018 by
Deutsche Verlags-Anstalt,
in der Penguin Random House Verlagsgruppe GmbH,
Neumarkter Straße 28, 81673 München
produktsicherheit@penguinrandomhouse.de
(Vorstehende Angaben sind zugleich
Pflichtinformationen nach GPSR)

Covergestaltung: Favoritbüro
Covermotiv: © MHJ/GettyImages; Amili/Shutterstock
Satz: DVA/Andrea Mogwitz
Druck und Bindung: GGP Media GmbH, Pößneck
Printed in Germany
ISBN 978-3-328-10439-1
www.penguin-verlag.de

$\mathcal{N}$ein, es war schon am besten so, wie es passiert ist, auch für ihn selbst. Denn wie wären wohl die nächsten zehn, zwanzig Jahre für ihn gewesen bei der Gesundheit – und der Gemütslage? Nicht ganz so witzig, möchte ich mal behaupten. Es wäre nur ein Dahinschleppen gewesen, ein langsamer Tod, der sich viel länger hingezogen hätte als der, den er letztlich bekam. Er hatte wirklich ein gutes Leben, anders kann man das nicht sagen. Nie brauchte er an jemand anders zu denken als an sich selbst. Er aß, wann er Lust hatte, in ungesunden Mengen. Schlief ein, bevor sein Kopf auf dem Kissen gelandet war – von einer Sekunde auf die andere. Schnarchte so eifrig, als wollte er seine Umgebung daran erinnern, dass er existierte, auch wenn er gerade schlief. Schließlich hatte er alles Recht der Welt, Platz zu beanspruchen!

Ich selbst schlafe geräuschlos, aber ich träume umso lebhafter. Horst konnte sich nie an seine Träume erinnern. Ich wäre beinahe mit draufgegangen, doch dann bin ich gerade noch mal davongekommen.

Aber wirklich in allerletzter Sekunde.

Mittlerweile liegt das Ganze sechs Jahre zurück, und noch ist mir niemand auf die Schliche gekommen. Wir waren neununddreißig Jahre verheiratet. Das ist eine lange Zeit. Nein, er hat mich nicht geschlagen. Auch nicht gesoffen. Warum habe ich es dann getan? Man könnte vielleicht sagen, dass es ein Verbrechen aus Leidenschaft war – aber nicht im althergebrachten, abgedroschenen Sinne. Nein, es handelte sich um eine Leidenschaft, die wesentlich tiefer geht und nicht nur zwei einzelne Menschen betrifft, sondern die Art, wie sie das Leben betrachten. Und da stand er am einen Pol und ich genau am entgegengesetzten.

Ich schreibe diese Erzählung in das Notizbuch, das meine Mutter mir einmal geschenkt hat. Neulich habe ich es beim Aufräumen zufällig wiedergefunden. Es ist in rotes Leder gebunden und hat ein marmoriertes Vorsatzblatt. Wahrscheinlich war es viel zu teuer für sie. Über vierzig Jahre hat es völlig vergessen in der Abstellkammer gelegen. Trotzdem weiß ich noch genau, was ich dachte, als ich es bekam: Es war so schön, dass ich es mir aufheben würde, bis ich wirklich etwas zu sagen hatte. Jetzt war es soweit. Ich schlug also das Buch auf, und im schwachen Licht der Lampe in der Abstellkammer entzifferte ich die kaum lesbare Widmung, die meine Mutter mit Bleistift hineingeschrieben hatte:

» Wenn Sorgen Dein Herze quälen –
diesen Seiten kannst Du sie erzählen.
Herzlichen Glückwunsch zum Realschulabschluss
von Deiner Mutter, 12.6.1960«

Ich sehe es als Omen.

In letzter Zeit ist mir immer häufiger das Wort Nachruf
in den Sinn gekommen. Ich will nicht einfach unbemerkt
verlöschen. Niemand soll denken, ich wäre leer gewesen,
nur weil ich still war. Lange bin ich vorsichtig und angepasst gewesen. Jemand, der glaubte, dass Reden Silber
sei und Schweigen Gold. Jemand, der die Idioten machen
ließ, weil er dachte, dass sie sich am Ende blamieren und
an ihrem Scheitern selbst schuld sein würden. Das glaube
ich heute nicht mehr. Ich weiß, dass es nicht so läuft.

Außerdem möchte ich schon ein paar Dinge gesagt
haben. Wie das alles so war, nicht bloß die Sache mit
meinem Mann. Obwohl das ja durchaus zusammenge-
hört. Ich bin also wach gelegen und habe überlegt und
dann beschlossen, dass die Zeit gekommen ist zu erzählen, wie ich, die ich doch immer so nett bin, zur Mörderin wurde.

Aber ich werde es in meinem eigenen Tempo tun. Das
hier ist mein Testament.

Mein erstes Lieblingsbuch habe ich aufgegessen. Ich war
sechs Jahre alt. Das Buch hieß – man beachte die Ironie – *Der Junge, der nicht essen wollte.* Ich riss Seite um
Seite heraus, knüllte sie zu kleinen Bällen zusammen und
schluckte sie herunter. Ich konnte einfach nicht anders.

Als Mutter nach Hause kam und fragte, wo das Buch geblieben sei, hielt ich mir nur den Bauch. Sie verstand sofort, was passiert war, seufzte und meinte: »Das hast du doch bekommen, damit du still bist. Nicht damit du es aufisst!«

Danach bekam ich keine Bücher mehr. Wenn ich heute über dieses Ereignis nachdenke, bin ich ein bisschen stolz auf mich. Es hat etwas von Tatendrang und Lebenskraft, wenn man das, was man liebt, tatsächlich zu einem Teil seiner selbst macht.

Später, als ich zu Hause ausgezogen war und die Bibliothek entdeckt hatte, stellte ich fest, dass man die Bücher nicht aufessen muss, um sie zu verinnerlichen. Es reicht, wenn man sie liest. Ich bin zu dem Schluss gekommen, dass ein Buch der einzige von Menschen erfundene Gegenstand auf der Welt ist, den man nicht besitzen kann. Ein Buch gehört dem, der es liebt.

Es war nur logisch, dass ich Bibliothekarin wurde. Mittlerweile bin ich natürlich nicht mehr berufstätig. Jetzt lebe ich bequem von meinem Erbe und beziehe außerdem Rente. Doch vor dem »Unfall« habe ich die ganzen Jahre in ein und derselben Bibliothek gearbeitet. Ich war schon immer empfindlich gegen Lärm, und früher waren die Bibliotheken wirklich ganz still. Da blökten die Leute nicht in ihre Handys und breiteten keine intimen Details aus, die niemand hören will.

Sie ließen ihren Nachwuchs nicht Computerspiele spielen oder in der Kuschelecke Snacks mampfen. Früher huldigte man in der Bibliothek dem Lesen an sich. Jetzt verlangt der verhuschte Zeitgeist, dass sie vor allem soziale Treffpunkte sein sollen. Im Laufe der Jahre musste ich Gedichte, Botaniklexika und Dramen aussortieren, um Platz für Billigkrimis und Kochbuchhalter zu schaffen. Ich musste ganze Regale mit wunderschön illustrierten Nachschlagewerken ausräumen, um Platz für ein Café zu schaffen, in dem jetzt schlaffe Typen herumhängen und Zeitschriften über Motorsport lesen. Manchmal kommen sie an meinen Tresen geschlendert und bitten um den Schlüssel zur Toilette oder um eine alte Ausgabe der *Hifi & Musik*, worauf ich am liebsten antworten würde: Geh geradewegs zur Tür hinaus und lauf weiter, bis du fünfundachtzig bist. Dann bieg nach links in den Straßengraben ab und mach die Augen zu.

In den Achtzigerjahren betrieb ich das Aussortieren in der Bibliothek mit meiner ganz eigenen kreativen Methode. Ich hatte eine mehrjährige privilegierte Phase, in der ich ganz einfach die Bücher wegwarf, die ich persönlich für minderwertig erachtete. Natürlich fragten die Leute danach, das waren ja in der Regel populäre Titel. Aber dann wies ich sie einfach auf die ellenlange Warteliste für dieses Buch hin. Bestanden sie dennoch darauf, auf Platz 104 der Warteliste für *Ayla und der Clan des Bären* gesetzt zu werden, versprach ich, mich wieder bei ihnen zu melden, und erklärte wenig später mit monotoner Stimme, dass das betreffende Buch in die Badewanne gefallen oder vom Familienhund aufgefressen worden sei. Was im Übrigen für Bibliotheksbücher eine ganz normale Art ist, ins Jenseits überzutreten.

In andere Bücher schrieb ich mit verstellter Handschrift ein paar Zeilen aufs Vorsatzblatt:

»Das ist der reinste Scheiß. Mit freundlichem Gruß, ein wohlmeinender Leser oder: *Auf S. 124 findet man die eigenwillige Beschreibung eines Nagelkopfes.«*

So konnte man den Leuten auch auf die Sprünge helfen.

Die schlimmsten Titel sammelte ich nach Feierabend in Müllsäcke und brachte sie mit dem Auto zur Altpapiersammelstelle. Die lag sowieso auf meinem Heimweg. Falsch beschriebene Liebe, spekulatives Schwelgen in Gewalt und todlangweilige Memoiren – all das verschwand im groben Reißwolf der Altpapierstelle. Der Gedanke, dass aus diesen peinlichen Verfehlungen neue weiße Blätter für bessere Schriftsteller hergestellt werden konnten, machte mir gute Laune. Fast genauso gute Laune wie der Gedanke, dass sie auch zu Toilettenpapier verarbeitet werden konnten. Wenn ich nach Hause fuhr, war mir ganz beschwingt ums Herz, meine nützliche Tat machte mich froh, und manchmal tauchten ein paar Strophen aus einem Gedicht in meinem Kopf auf.

> *»Und wenn's auch lockt, in das Geschwätz mit*
> *   einzustimmen,*
> *Obwohl du innerlich so voll Verachtung bist,*
> *Bewahre dir den Stolz, allein zu wandeln.*
> *Denn Wächter deiner eignen Träume sollst du sein.«*

Was für eine seltsame Ruhe einem die innere Stimme schenkt. Wenn man nur gut zuhört.

Früher hieß ich mal Irene Husvig. Nachdem mein Mann gestorben war, nahm ich wieder den Mädchennamen meiner Mutter an. Jonsson. Irene Jonsson. Bei dem Namen zieht niemand die Augenbrauen hoch, vor allem nicht in der Gegend, in der ich mich jetzt niedergelassen habe. Die Leute, die hier wohnen, sehen mich wohl in erster Linie als kulturbeflissene ältere Dame, die aufs Land gezogen ist und manchmal in Gummistiefeln in den Ort fährt, um Biomilch zu kaufen. Harmlos. Ein bisschen exzentrisch vielleicht.

Sie haben keine Ahnung, dass ich sie alle innerhalb von Sekunden durchschauen kann, dass ich mich Dinge getraut habe, die sie sich niemals träumen lassen würden. Ich unterhalte mich selten mit jemandem. Mit Menschen hab ich's noch nie so gehabt. Es gibt zwei Menschen, die ich liebe, das sind meine Kinder. Meine Enkel von mir aus auch noch. Aber der Rest könnte sich gern in Luft auflösen.

Menschen werden total überbewertet.

Bis zur nächsten Ortschaft, in der es Lebensmittelgeschäfte, einen Friseur, einen Chiropraktiker und einen Baumarkt gibt, sind es zwanzig Kilometer. Ich werde den Namen des Ortes nicht nennen, das ist sicherer. Im Hinblick auf die Umstände. Das Haus, in dem ich jetzt wohne, ist ein altes Gärtnerhaus mit altrosa Putz. Als ich herzog, ruhten hier sechs wunderbare Hochbeete und ein verfallenes Gewächshaus unter einer Schicht Laub. All das hatte nur auf mich gewartet. Das wusste ich schon, als ich es zum ersten Mal sah.

Mein Leben lang habe ich mich nach diesem Ort gesehnt, das war mir auch sofort klar. Ich bin siebenundsechzig, aber ich fühle mich jünger denn je. Es kommt mir vor, als hätte ich mich gehäutet, als wäre ich eine andere geworden oder besser gesagt: diejenige, die ich in meinem tiefsten Inneren immer schon gewesen bin.

Um diese Jahreszeit wache ich davon auf, dass mich die Sonne durch die Spitzengardine an der Nase kitzelt. Oder davon, dass meine Elster an die Scheibe pickt. Sie wohnte schon hier, als ich einzog, ein verlassenes Junges, das ich unterm Dach gefunden hatte. Ich habe sie selbst aufgezogen. Sie ist wahnsinnig anhänglich: Sie folgt mir zum Briefkasten und legt ihren kleinen gefiederten Kopf an meine Brust, wenn sie müde ist. Ich füttere sie mit Haferkeksen und habe sie Pippi getauft. Sie leistet mir Gesellschaft, ohne Genörgel und Gejammer.

Wenn es draußen kühl ist, beginne ich den Morgen damit, dass ich Feuer im Kamin mache. Als ich verheiratet war, wusste ich nicht, wie man ein Feuer entfacht. Heute kann ich gar nicht mehr verstehen, warum ich das nicht schon viel früher gelernt habe. Wenn man lernt, Feuer zu machen, passiert irgendwas mit einem. Über zwei, drei Tage das Feuer in einem launischen Kaminofen in Gang zu halten, das ist eine Beschäftigung, die einen von Grund auf verändert. Man sieht überall Brennmaterial: Splitter, Späne, gute Zweige, perfekte Holzklötze. Das Selbstvertrauen wächst. Man wird geradezu besessen. Männer wissen das schon seit Jahrtausenden.

Nachdem ich den Ofen angemacht habe, drehe ich eine Runde im Garten und inspiziere meine Pflanzen. Das Gemüse gedeiht ausgezeichnet: Kartoffeln, Zucchini, Grünkohl, Rucola, Auberginen. Letztes Jahr habe ich angefangen, auch über den Winter anzubauen, auf die Art habe ich das ganze Jahr über Gemüse. Karotten, Petersilienwurzel und Pak Choi überstehen Frost sehr gut. Danach drehe ich eine Runde durch den übrigen Garten und betrachte den Rittersporn, der gerade in den Beeten erwacht, ich schnuppere am Lavendel und lausche den Vögeln.

Mittlerweile sehe ich überall Zusammenhänge. Die Blumen sind wie kleine Gesichter, sie wollen sich der Sonne entgegenstrecken, genau wie wir Menschen es tun. Sie machen sich schön für die Bienen, Hummeln und Schmetterlinge, verbreiten ihren Samen und versuchen in der kurzen Zeit, die ihnen zur Verfügung steht, alles zu geben. Sie wissen genau, wie das geht. Nur wir haben es vergessen.

Dann gehe ich hinein und setze Tee auf und kuschle mich mit einem Buch im Sessel am Fenster ein. Nur zum Essen mache ich eine Pause. Am Nachmittag muss ich manchmal ein bisschen Holz hacken. Ich bin stark und ausdauernd geworden wie ein Vollblutpferd. Mein Teint wird jeden Tag klarer, und meine Haare glänzen. Zum ersten Mal seit dreißig Jahren trage ich meine echte Haarfarbe. Ein dunkles Graublond, das in der Sonne funkelt. Meine Augen sind grün und hell wie das Wasser in einer Kalkgrube. Meine Stirn ist glatt. Ich finde mittlerweile selbst, dass ich schön bin. Es hat viele Jahre gedauert, bis ich so weit gekommen bin. Ich sehe interessant aus, mit einem sinnlichen und zugleich spöttischen Zug um den Mund.

Ich habe einen kleinen Fernseher, den ich ab und zu hervorhole, wenn ich Lust habe. Nach einem ganzen Tag an der frischen Luft lasse ich mich abends aufs Sofa sinken und reibe mir die Hände mit Handcreme ein, während ich mir das wohlgenährte Mädchen anschaue, das im Abendprogramm kocht. Sie berührt das Essen die ganze Zeit, tätschelt ihre Schweinekoteletts mit ihren glänzenden, drallen Fingern. Ich mag sie. Sie will niemandem was Böses. Sie liebt ihr Essen einfach. Ich schaue so lange, wie ich Lust habe. Jetzt habe nämlich ich die Macht über die Fernbedienung. Manchmal trinke ich ein Glas Whisky oder einen Tee mit Bibernellwurzel und Rosmarin. Beide Kräuter wirken krampflösend.

Nicht dass ich heute noch so viel unter Krämpfen leiden würde. Im Gegenteil, ich bin so entspannt, dass ich das Gefühl habe, ich hätte mich ein paar Zentimeter in die Länge gestreckt. Mein Hals ist länger, als ich gedacht hätte, und ich lasse meine Schultern locker hängen. Meine Bewegungen sind ausholend und geschmeidig. Ich lasse mir von niemandem den Platz streitig machen, nicht mal beim Schlangestehen. Das versucht auch keiner, und damit sind sie gut beraten.

Ehe

Die Ehe ist eine juristische und geistliche Absprache zwischen zusammenlebenden Personen. Die Ehe wird auf Lebenszeit geschlossen.

Nordisches Familienlexikon

𝔇em habe ich doch so einiges hinzuzufügen.

In der Ehe gibt es immer einen, der gewinnt. Und einen, der fertiggemacht wird. Die Ehe ist ein Kampf, ein Krieg. Ist es da nicht logisch, dass sie auch so endet wie alle Kriege? Einer stirbt? In der Ehe gibt es immer einen, der sich beugen muss.

Ich dachte immer, dass mein Geist, mein innerster Kern, ungebrochen und ich deswegen nicht besiegt sei. Der Umstand, dass ich klüger war als mein Mann, verlieh mir eine gewisse Überlegenheit. Aber die Wahrheit sieht eben so aus, dass es kräftezehrend ist, ständig seine Grenzen verteidigen zu müssen. Sobald man nachlässt, und sei es auch nur für eine Sekunde, schleichen sich die Auffassungen des anderen ganz automatisch bei einem ein. Immer nur ein bisschen, in fast unmerklichen Dosen. Und am Ende sind sie einem unversehens bis ins Mark gedrungen.

Ganz allmählich brachte die Sichtweise meines Mannes mich ins Grübeln, ob das, was *ich* schätzte, überhaupt etwas wert war. Ob etwas, das *ich* liebte, überhaupt wichtig war. Vielleicht war das ja alles nur Mist. Und als ich spürte, wie die Tür zu meiner eigenen inneren Welt langsam zuglitt, bekam ich richtig Angst. Ich beschloss, mich zu verteidigen, ja, nicht nur mich, sondern diese ganze Welt, die sich nicht definieren lässt. Dass sie existiert, wissen alle Menschen, die an etwas glauben, was jenseits der physischen und materiellen Welt liegt.

Da ist es ganz egal, was alle anderen sagen oder durchblicken lassen.

Diejenigen, die nicht glauben, haben oft eine Todesangst vor dieser Welt. Ich weiß nicht, ob das bei meinem Mann auch so war. Außer natürlich am Schluss. Da hatte er Angst. Ansonsten war er vor allem ein Langweiler. Er war überzeugt davon, dass er recht hatte. Überzeugt von seinen Ansichten. Von seinem gesunden Menschenverstand. Von seiner Logik.

Ist es ein Verbrechen, langweilig zu sein?

Ich möchte es nicht ganz ausschließen.

Horst Husvig. So hieß er. Den Großteil seines Erwachsenenlebens verlegte er Kabel. Zu Anfang unserer Ehe arbeitete er für die Schwedische Telefongesellschaft, doch dann machte er eine Weiterbildung zum Elektroinstallateur und begann für ein größeres Unternehmen in der Elektronikbranche zu arbeiten. Er verlegte Kabel in unbewohnten und abgelegenen Gegenden, in gefrorenen Erdböden und bei Sonnenschein. Er war ein absoluter Vernunftmensch. Bitte keine Gefühlsargumente!, so lautete seine Parole. Außerhalb der Maßstäbe, die er selbst festlegte, ließ er nichts gelten. Es gab ein Richtig und Falsch. Freilich, wenn man überzeugende Argumente vorbrachte, konnte er durchaus noch mal über seine Ansichten nachdenken, aber das mussten schon wissenschaftlich fundierte Argumente sein. Alles, was außerhalb seines eigenen Horizonts lag, existierte einfach nicht. Man könnte sagen, dass er sich taub stellte für alle anderen Töne als seine eigenen.

Zehn Jahre bevor er in Rente ging, kamen die Mobilfunkmasten. Die konnte er nicht leiden. Er traute ihnen nicht über den Weg. Die streckten sich ja bis zum Himmel! Nein, da zog er seine Kabel vor, schön unter der Erde, da wusste man, wo man sie hatte.

Zu Hause verlegte er dicke Kabel zum »Audioraum« auf dem Dachboden, wo er immer seine grässliche Boogie-Woogie-Musik hörte. Als wir uns kennenlernten, war er Hobbymusiker und spielte Bass in einer Band, die bei diversen Tanzveranstaltungen auftrat. An einer Stelle im Audioraum hatte er einen Nagel in den Boden geschlagen, um zu markieren, wo genau der Klang am besten war. Dort hatte er seinen schwarzen Lederdrehsessel hingestellt. Einmal hatte ich den Stuhl ein paar Zentimeter verschoben, da wurde er rasend und keifte, ich hätte sein ganzes Klangbild zerstört.

»Es hat schon seinen Grund, dass der Stuhl genau hier steht! Das ist wissenschaftlich fundiert.«

Ich weiß nicht, wie oft ich in meiner Fantasie diese verdammten Kabel durchgeschnitten habe.

Knips. Knips. Mit einer scharfen Zange. Oder einer Gartenschere. Natürlich habe ich es nicht getan. Man muss sich gut überlegen, welchen Streit man ausfechten will.

In den ersten Jahren im Haus hatte ich ein schönes Leseeckchen auf dem Dachboden. Das war, bevor Horst seine Geräte hochbrachte und anfing, sich zu beschweren, dass die Bücher den Klang schluckten und so seine teuren Lautsprecher nicht richtig zur Geltung kamen. Während meine Bücher nach und nach in Kartons gepackt und in den Keller geräumt wurden, kleidete er die ehemalige Leseecke mit speziellen Akustikplatten aus, um noch der kleinsten Vibration der E-Gitarre gerecht zu werden. Das konnte man wirklich nur als Einbildung bezeichnen, aber seine Einbildungen waren offensichtlich mehr wert als meine. Nachdem er das Dachgeschoss in Besitz genommen hatte, steckte er all seine Energie in den Audioraum. Vergoldete Kabel, deren Drähte auf eine ganz bestimmte Art gedreht waren, transportierten den Klang zur Stereoanlage. Die Lautsprecher wurden vom Boden genommen und hochgehängt. Ein dicker, dämpfender Teppich wurde verlegt. Der Plattenspieler, der so viel gekostet hatte wie ein besserer Gebrauchtwagen, wurde genau dort hingestellt, wo ich vorher meinen Schreibtisch gehabt hatte.

Aber ich fügte mich und suchte mir einen neuen Platz, neben dem Heizölkessel im Keller. Ich richtete mir sogar ein paar Bücherregale hübsch her, indem ich sie mit Borten und gemustertem Papier beklebte. Ich stellte mir einen Wasserkocher in den Keller, damit ich mir Tee machen konnte, und hinter den Büchern versteckte ich eine Dose Kekse. Manchmal ging ich dort hinunter, wenn Horst eingeschlafen war. Ich schaltete die nackte Glühbirne ein, kroch in den Rattanstuhl, den ich dort hingestellt hatte, und betrat wieder meine vergessenen Welten: Tor Andraes Buch über die Psychologie der Mystik. Die *Odyssee* von Homer. Senecas *Die Kürze des Lebens*.

Wenn ich müde wurde, kam es vor, dass ich mich auf den Orientteppich legte, den Horst von einer Türkeireise mitgeschleppt hatte, auf den er dann aber leider allergisch reagierte. Dort konnte ich manchmal besser einschlummern und schlafen als oben im Haus. Im

Heizungskeller war es zu warm und muffig, aber er gehörte zumindest mir.

Und auf diesem Teppich hatte ich zum ersten Mal meine Visionen. Sie waren anders als normale Gedanken und Träume. Sie kamen immer genau vorm Einschlafen und gestalteten sich immer gleich: ein Haus, irgendwo auf dem Land. Eine einfache Küche mit Holzofen, zwei Gasplatten und Regalen aus unbehandeltem Holz. Ein rußiger gemauerter Kamin. Tapeten mit kleinen blassen, fetten Cupidos. Ein Sessel. Und eine ganze Wand mit Büchern. Meinen Büchern.

Meistens entwickelte sich das Bild nicht weiter, dann hatte ich es wie ein Foto im Kopf, bevor ich einschlief. Um ehrlich zu sein, das Bild machte mir Angst. Es fühlte sich so real an, und gleichzeitig war es ganz anders als meine übrigen Träume. In diesem Traum wurde ich von der Sonne geweckt, stand auf, öffnete die Haustür einen Spaltbreit – eine altmodische Holztür – und machte ein paar Schritte ins taufeuchte Gras. Dort draußen war der Himmel blau.

Das war alles. Das war der ganze Traum.

Was ich in diesem verfallenen, unkomfortablen Haus anfangen sollte, ging mir nicht in den Kopf. Wo ich doch nie im Leben gezeltet hatte und mich vor Wespen, Spinnen und Zecken fürchtete.

Mit der Zeit begann ich die Bücher mit nach Hause zu nehmen, die aus der Bibliothek aussortiert wurden und denen ich ein würdigeres Ende gönnte als den Verbrennungsofen oder die Altpapierstelle. Ich nahm immer ein paar mit nach Hause und stellte sie in den Keller. Horst regte sich auf, als er es mitbekam. Nicht weil er den Platz für irgendetwas gebraucht hätte, abgesehen von seinen Kabelrollen und ein paar alten Reifen und Rohren. Er fand es nur dämlich, erfundene Geschichten zu sammeln. Was ich denn damit wolle? Nun, in den ersten Jahren versuchte ich schon noch, es ihm zu erklären.

»In diesen Büchern verbirgt sich eine eigene Wahrheit. Die kann mindestens genauso wahr sein wie das, was wirklich passiert ist.«

»Glaubst du eigentlich, was du da redest?«, fragte er und schaute mich herablassend an.

»Diese Bücher legen Dinge bloß, die wir in unserem Alltag nach Möglichkeit verbergen wollen«, versuchte ich es mit der zaghaften Stimme, die ich damals hatte.

»Wie? Hast du etwa Dinge zu verbergen?« Seine Augen verengten sich argwöhnisch.

Ziegen. Als ich klein war, hatten wir Ziegen. Deren Augen sahen auch schnell misstrauisch aus. Mein Mann hasste Bücher. Obwohl, nein, hassen ist das falsche Wort. Sie bedeuteten ihm einfach nichts.

In den Jahren, in denen meine Unzufriedenheit langsam zu wachsen begann, ich aber noch keinen konkreten Plan hatte, entdeckte ich einmal ein Inserat, in dem ein Sommerhäuschen zum Kauf angeboten wurde. Es lag auf einer Insel. Ich schnitt die Anzeige aus und schlug Horst vor, zusammen hinzufahren und es anzuschauen. Nur zum Spaß. Horst warf einen zerstreuten Blick auf den Zeitungsausschnitt und murmelte: »Na, viel Glück auch, wenn du da draußen ein Kabel verlegen willst. Wie hast du dir das denn vorgestellt?«

Für Horst war es unvorstellbar, sich an einem Ort aufzuhalten, an dem es keine Kabel gab.

»Aber stell dir doch mal diese Stille vor«, versuchte ich.

»Bitte keine Gefühlsargumente!«

Das Leben besteht nicht aus den Dingen, die wir tun, sondern aus den Gefühlen, die unsere Handlungen in uns auslösen. Ich weiß nicht, wer das gesagt hat, aber es stimmt. Nicht unsere Handlungen an sich haben eine Bedeutung, sondern die Gefühle, die uns danach erfüllen. Das konnte mein Mann nicht akzeptieren. Und ich konnte nicht akzeptieren, dass er diese Gefühle so ignorant vom Tisch wischte.

Übrigens steht im *Nordischen Familienlexikon* noch eine denkwürdige Anmerkung zur Ehe: »*Obwohl die Ehe auf Lebenszeit geschlossen wird, kann sie durch Ableben eines Gatten gelöst werden.*«

✦

Vielleicht wäre das, was passierte, niemals geschehen, wenn sich nicht gleichzeitig so viele andere Dinge ereignet hätten. Womöglich wäre es bei Fantasien und Ausbruchsversuchen geblieben. Schwer zu sagen.

Ich weiß noch, wie ich eines Abends im Herbst am Küchentisch saß und Horst nach Hause kam und die Haustür zuknallte. Schade, dass er jetzt kommt, dachte ich. Es war kein gereizter Gedanke, nur eine geistesabwesende Feststellung. Ich wäre lieber allein geblieben. Ich fand es schon immer schön, einfach so dazusitzen und zuzusehen, wie die Dämmerung hereinbricht oder ein Vogelschwarm vorbeizieht. Einfach nur in Ruhe das Licht betrachten zu können – ohne dass jemand es kommentiert. Ins leere Nichts starren, so nannte meine Mutter das immer. Sie hasste die Stille. Sie sorgte immer dafür, dass jede Sekunde mit irgendeiner Tätigkeit ausgefüllt war. Aber man sollte Tätigkeit nicht mit Inhalt verwechseln. Diesen Fehler begehen die Menschen nur zu leicht.

Wir hatten gerade einen neuen Chef in der Bibliothek bekommen. Er hieß Pontus und hatte vor Kurzem seine Abschlussprüfung in irgendeiner dubiosen Medienausbildung gemacht. Er beschrieb sich als Siegertyp, der nur so von Ideen sprühte. Bis jetzt hatte sich das darin geäußert, dass er unzählige Etiketten mit der Aufschrift »Leicht zu lesen« und »Schwierig zu lesen« bestellt hatte, die wir Angestellten auf all unsere Bücher kleben sollten. Ich war aufgefordert worden, über die Hälfte der Bücher in der belletristischen Abteilung mit »Schwierig zu lesen«-Etiketten zu versehen.

»Vielleicht sollten wir uns mal unseren Bestand näher ansehen«, sagte Pontus bekümmert bei einer morgendlichen Besprechung. »Wir haben hier nämlich eine ganze Schublade mit ›Leicht zu lesen‹-Etiketten übrig!« Er schaute in einen der Kartons mit den Aufklebern und strich sich nachdenklich über den blonden Bart. »Wir müssen einfach jedes zehnte schwierige Buch rausnehmen und es durch ein leichtes ersetzen. Gibt es Fragen?«

Pontus hatte noch mehr Ideen. Er wollte eine Karaoke-Ecke einrichten, wo jetzt die Lyrik stand – ein vergessener Teil der Bibliothek, der neue Ideen brauchte, wie er fand.

»Ich stelle mir da so eine kleine Bühne vor, die wir zu bestimmten Zeiten für Betriebsversammlungen und Schulklassen vermieten können. Es ist wichtig, dass wir neues Publikum in die Bibliothek locken. Das wird ein ganz neues Betätigungsfeld für uns werden.«

»Aber wird das denn nicht beim Lesen stören?«, wandte Agneta vorsichtig ein.

Pontus nickte anerkennend.

»Die Idee ist unkonventionell, aber ich weiß, wir müssen mit der Zeit gehen. Die Leute lesen nicht mehr so wie früher. Man kann nicht Achtklässlern plötzlich Shakespeare um die Ohren hauen. Karaoke kann tatsächlich zum Lesen hinführen.« Er sah so aus, als würde er das ernst meinen.

»Und die Bücher, die jetzt dort stehen?«, fragte ich. »Was soll mit denen passieren?«

»Die Lyrik kommt vorübergehend zu den Garderoben, bis wir einen besseren Platz gefunden haben. Sind ja überhaupt unnötig große Garderoben hier. Ich hab mir gedacht, dass wir abwechselnd die Musik aussuchen und uns gegenseitig beim Bestücken der Karaokemaschine helfen. Es ist wichtig, dass sich das ganze Team beteiligt fühlt. Irene, du kannst anfangen. Such einfach zwanzig Lieder aus, die dir gefallen! Dann kriegen wir ein Gefühl dafür, was die Leute früher gern gehört haben.«

Pontus blinzelte mir zu und grinste. Als ich sah, wie die neue Bibliotheksassistentin leise in die Hände klatschte vor Begeisterung, merkte ich, wie meine Gedanken abschweiften und davonschwebten. Ganz weit oben über den Regalen und Lesesesseln und der Kinderecke, für die ich selbst einmal die Kissen genäht hatte.

»Irene? Hast du gehört, was ich gesagt habe?« Pontus schaute mich besorgt an.

»Ich hab's gehört, ja«, sagte ich.

»Das wird langfristig der Leseförderung dienen. Ganz bestimmt. Und außerdem haben wir damit ein eigenes Konzept. Wir brauchen eine grenzübergreifende Zusammenarbeit.«

»Was sollen wir machen?«, fragte ich Agneta in der Teeküche. »Der Kerl ist doch völlig wahnsinnig.«

»Ach, weißt du, Irene …« Agneta zögerte. »Vielleicht ist der Gedanke ja gar nicht so dumm. Wir sollten ihn einfach nicht vorschnell abstempeln. Also, ich finde Pontus ja eigentlich ganz süß.«

Sie kicherte. Von Agneta hatte ich sonst immer Unterstützung bekommen, aber jetzt hatte ich das unheimliche Gefühl, dass meine älteste Vertraute die Seiten gewechselt hatte.

War es möglich, dass ich langsam, aber sicher das Gefühl für den Zeitgeist verloren hatte? War ich unmodern geworden? Und wenn ja, was bedeutete das für mich? Ich war schon über sechzig. In nicht allzu weiter Ferne würde man mich zwingen, in Rente zu gehen, und dann würde ich mein Leben nur noch mit Horst teilen.

Diese Erkenntnis erschreckte mich mehr, als ich mir eingestehen wollte.

Als ich abends mit dem Fahrrad nach Hause fuhr, hatte sich der Himmel rosa verfärbt. Diese Dämmerungsfarbe sieht man immer nur im Frühherbst. Sie ist wie ein schwacher Nachhall der üppigen Sonnenuntergänge des

Sommers. Die Stadt lag fast verlassen da, obwohl es erst halb sieben war. Seit die Leute nur noch ins neu gebaute Einkaufszentrum am Stadtrand gingen, hatte sich die alte Innenstadt in eine verlassene Kulisse verwandelt. Alle kleinen Läden wie Schneider, Schuhmacher oder Kurzwarenhändler hatten zugemacht, während draußen in den neuen sogenannten Einkaufsvierteln ein Riesengeschäft nach dem anderen eröffnet wurde, in dem man Heimelektronik und Sportkleidung kaufen konnte.

Die eiserne Spitze des Rathausturms hob sich schwarz vom Himmel ab. Unter mir glänzte die schmale, gepflasterte Straße. Ich fuhr an der Bank und dem alten Kino vorbei und steuerte die ehemaligen Lokschuppen an. Als ich endlich auf dem Fahrradweg war, holte ich tief Luft und blinzelte in die Sonne, die langsam über den Gleisen herabsank. Aber da hupte es wütend hinter mir, und ein Moped brauste so nah an mir vorbei, dass es mich am Gepäckträger streifte. Der Fahrer, ein junger Mann, rief mir etwas zu, was ich nicht verstand, was mir aber trotzdem die Laune verhagelte.

Als ich nach Hause kam, stellte ich das Rad hinterm Haus ab und eilte in die Küche. Ohne die Schuhe auszuziehen, ging ich direkt in den Keller. Das Herz flatterte mir in der Brust, ich fühlte mich seltsam angegriffen. Ich schaltete den Wasserkocher ein und nahm mir eine Tasse und einen Teebeutel mit beruhigendem Tee. Vielleicht konnte ich noch ein weiteres Bücherregal umräumen? Ich hängte meinen Mantel über den Rattanstuhl, krempelte die Ärmel hoch und wollte zu meinen Bücherkartons gehen. Da sah ich es.

Die Kartons waren weg.

Einfach weg.

An der Stelle, wo sie gestanden hatten, standen jetzt vier Säcke Zement. Ich wusste sofort, was passiert war. Horst hatte meine Bücher weggeworfen. Nun war ihm meine private Altpapiersammlung, wie er sie nannte, am Ende doch zu viel geworden.

Während ich dort stand, niedergeschmettert und zornig zugleich, fiel mein Blick auf die staubige alte Holzkiste hinten in der Ecke. Das war ein Erbstück aus meinem Elternhaus. Ich konnte mich nicht entsinnen, was darin war, es war eine Ewigkeit her, dass ich hineingeschaut hatte. Ich ging hin und machte den Deckel auf.

In der Kiste lagen alte Vorhänge, die ich von meiner Mutter bekommen, für die ich aber nie Verwendung gehabt hatte. Sie waren aus Cretonne mit einem Muster von Blumen und Pfauen. Meine Mutter hatte sie zu schön gefunden, um sie zu benutzen, und so waren sie lange bei ihr liegen geblieben. Unter den ordentlich zusammengelegten Vorhängen lag ein Schuhkarton mit braunen Papiertüten, die die Aufschrift »Vagnhärad Kurzwaren« trugen.

Ich machte eine Tüte auf. Erst begriff ich nicht, was darin lag. Ich schob die Hand hinein und holte eine dicke, weiße Schnur heraus.

Es war ein Bleiband, wie man es früher in den unteren Rand von Vorhängen genäht hatte, damit der Stoff schön glatt und gerade fiel. Die Bleigewichte fühlten sich durch ihre weiße Hülle an wie Ameisenpuppen. Auf der Rückseite der Tüte war eine Warnung aufgedruckt: »Blei ist gesundheitsschädlich. Außer Reichweite von Kindern aufbewahren!«

In dem Schuhkarton lagen mindestens fünfzig von diesen Tüten.

Es war das reinste Glück, dass meine Kinder oder Enkel sie nie aufgemacht hatten. Das hätte böse ins Auge gehen können.

Bleivergiftung (Saturnismus)

Die Bleivergiftung ist von allen Vergiftungen die
häufigste. Eine Bleivergiftung ziehen sich Menschen
zu, die in ihrem Beruf mit Bleipräparaten in
Berührung kommen, z.B. Setzer, Buchstabengießer,
Glasierer, Spengler etc. Die Symptome stellen
sich schleichend ein. Die Krankheit äußert sich
durch Gewichtsverlust, trockene und blasse Haut,
Erbrechen, Magenschmerzen, Durst, Appetitverlust,
metallischen Geschmack im Mund, blaugraue
Verfärbungen des Zahnfleischrandes, Zittern und
Delirium. Auch psychologische Wirkungen wie
Persönlichkeitsveränderungen und nachlassende
Gedächtnisleistungen sind beobachtet worden. Eine
akute Bleivergiftung tritt meistens dann auf, wenn
Bleizucker mit normalem Zucker verwechselt wurde.
In schwereren Fällen führt die Vergiftung zum Tode.

Schwedisches Nachschlagewerk, 1936

$\mathcal{B}$lei war also lebensgefährlich, aber wie genau wirkte es? Ich hatte ein Lexikon im Regal. Das war eines der ersten aussortierten Bücher, die ich aus der Bibliothek mit nach Hause genommen hatte, vor allem, weil es so eine schöne Ausgabe war, in Kalbsleder gebunden und mit Rückenprägung. Während ich meinen Tee ziehen ließ, zog ich den Band mit dem Buchstaben B heraus. Die Seiten waren glatt und mit Schwarz-Weiß-Fotos bebildert. Ich schlug das Wort »Blei« auf und ließ den Finger weitergleiten bis zu »Bleivergiftung«. Eine faszinierende Lektüre.

Neben dem verblichenen Foto eines römischen Brunnens stand dort:

»Bleivergiftungen kamen im antiken Rom häufig vor. In Unkenntnis seiner giftigen Wirkung setzte man Blei dem Wein bei, um ihn süßer und haltbarer zu machen. Sogar die Wasserleitungen waren aus Blei. Bisweilen wird die Auffassung vertreten, dass Blei der Grund für den Niedergang des Römischen Reiches gewesen sei.«

Über mir hörte ich die dumpfen Bassläufe aus Horsts Stereoanlage. Das Geräusch setzte sich durch Rohre und Wände fort und kulminierte im Bücherregal, wo die Bücher unruhig gegeneinander vibrierten. Bald würden sie in der Bibliothek auch Musik spielen. Es würde keine einzige stille Ecke mehr geben.

Ich nahm einen Schluck Tee, blätterte weiter in meinem Lexikon und blieb beim Foto eines Arsenklumpens unter einer Glasglocke hängen. Offenbar war weißes und zitronenfarbenes Arsen bei den Frauen früher als Haarentfernungsmittel bekannt. Die Hausfrauen hatten damals sogar eine Mischung aus Arsen, gestoßener Asche und Sand hergestellt, mit der sie ihr feines Leinen stärkten. Das giftige Halbmetall Antimon war in Mascara gemischt worden, um einen hypnotischen Blick zu erzielen, während man großzügig ätzenden Kalk ins Spülwasser gab, um die Wäsche weißer zu machen. Mit anderen Worten: Frauen waren seit Tausenden von Jahren an Haushaltsgiften gestorben!

Nervös änderte ich meine Position im Korbstuhl und sah auf einmal etwas auf dem Boden glänzen. Ich bückte mich. Es war ein abgefallenes Stück von einem Buchrücken. Das war alles, was von meinen Kartons übrig geblieben war. Ich legte es als Lesezeichen zwischen die Lexikonseiten. An der Stelle mit der Bleivergiftung.

Als ich ins Wohnzimmer kam, war die Sonne schon untergegangen. Horst saß im Sessel vorm Fernseher. In der einen Hand hielt er ein Bier, mit der anderen umklammerte er die Fernbedienung.

»Wo bist du gewesen?«, fragte er träge.

Immer diese Fragen, ohne mich anzusehen. Damit hätte er mir ja zu große Bedeutung beigemessen. Da zog er es vor, mit mäßigem Interesse einen Bericht über ein Hockeyspiel zu verfolgen.

»Wo sind die Kartons mit meinen Büchern?«, erwiderte ich.

Er blickte auf, spürbar lebhafter.

»Was?«

»Die Bücher. Die ich in den Keller gestellt hatte.«

»Ach so, die. Ich hab dir doch schon ewig gesagt, dass du die mal wegtun sollst. Das ist doch kein Flohmarkt da unten.« Er nahm einen Schluck aus seiner Bierdose.

»Wo sind sie?«, wiederholte ich.

»Ich bin vorgestern zur Mülldeponie gefahren. Vielleicht hab ich die da mitgenommen.« Er öffnete leicht den Mund und wartete auf den Rülpser. »Du hast doch dein Bücherregal, oder? Wenn die da nicht reinpassen, musst du eben aussortieren. Das machen sie doch auch in der Bibliothek. Ist natürlich nicht besonders effektiv, wenn du den ganzen Müll dafür zu uns nach Hause schleppst.«

»Du meinst nicht, du hättest mich vorher fragen können?«

»Hätte ich sie dann denn mitnehmen dürfen?« Er schnaufte. »Das ist doch jetzt kein Grund, sich so aufzuregen! Mann, so ein paar alte vergammelte Blätter. Die ziehen doch auch Ungeziefer an. Am Ende haben wir im Keller lauter Ratten und anderen Dreck. Vielleicht war es ja kein Zufall, dass die in der Bücherei ausgemistet worden sind?«

Mein Herz klopfte heftig im Brustkorb, während ich an die schöne Ausgabe von *Stolz und Vorurteil* dachte und die drei Bände mit den kolorierten Frankreich-Landkarten, die in den Kartons gelegen hatten.

»Aber vier Säcke Zement sind natürlich sehr wichtig.« Ich musste um Beherrschung ringen. »Wozu hast du die eigentlich gekauft, wenn ich fragen darf?«

»Die hab ich umsonst gekriegt. Die kosten sonst zweihundert Kronen, musst du wissen. Zement gibt es nämlich auch nicht gratis.« Horst ließ den Zeigefinger träge über die Fernbedienung gleiten und stellte den Fernseher lauter.

Ich musterte sein hochrotes, gekränktes Gesicht im Schein des Fernsehers. Dann ging ich schweigend in die Küche. An der Tür stand die Schachtel mit den Bleigewichten. Ich hatte sie aus dem Keller hochgetragen, damit ich nicht vergaß, sie zum Wertstoffhof zu bringen, wo es extra eine Annahmestelle für Sondermüll gab.

Da kam mir auf einmal die Idee. Nicht klar und deutlich, sondern unmerklich und schleichend. Ohne das Licht anzuschalten, ging ich zum Fenster und machte es weit auf.

Es war erst September, doch der Wind war schon eiskalt.

Am nächsten Morgen fuhr ich früh zur Bibliothek, bevor irgendjemand anders da war. Im Einwurfkasten für zurückgegebene Bücher lagen wie immer ein paar Zigarettenkippen und zusammengeknülltes Kaugummipapier. Ich verzichtete diesmal darauf, den Müll wegzuräumen, wie ich es sonst immer machte. Stattdessen steuerte ich geradewegs die naturwissenschaftliche Abteilung an. Hinter einem kleinen Arbeitsplatz mit eingebauter Beleuchtung befand sich das Regal für Chemie. Mit dem hatte ich mich eigentlich noch nie so wirklich befasst. Das war eher das Regal, zu dem ich picklige Gymnasiasten schickte.

Handbuch der Toxikologie. Das große Chemiehandbuch. Metallurgie. Über Gifte. Chemie für Anfänger.

Ich nahm so viele Bücher mit, wie ich tragen konnte, und schloss mich in mein Zimmer ein.

In der Schule war ich in Chemie nie besonders gut gewesen, ich dachte, die Naturwissenschaften lägen mir einfach nicht so. Doch nachdem ich einmal während der Sommerferien Mathe gebüffelt hatte, war ich anschließend die Klassenbeste. Es lag also nicht an meinem Kopf, es lag an dieser Einstellung, dass ich es nicht konnte. Was den Chemieunterricht betraf, erinnerte ich mich vor allem daran, wie ein Klassenkamerad einmal ein Stück Natrium gestohlen und in die Toilette geworfen hatte. Damals hatte ich entsetzliche Angst gehabt. Aber jetzt fand ich das Fach richtig spannend.

»Die Natur ist voller todbringender Gifte. Verstopfung, Fieber und Atemnot führen oft zu einem tragischen und traurigen Anblick. Nicht selten jedoch sind die giftigen Substanzen schön anzuschauen. Das blaue Mineral Lapislazuli und der seltene grüne Lapis Armenus sind beide stark ätzend. Der Diamant mit seinen besonders scharfen Kanten kann wiederum durch langfristige Abnutzung den Darm zerstören.«

Langfristige Abnutzung. Davon wusste ich ein Lied zu singen. Ich stand auf, goss mir eine Tasse Tee ein und ließ langsam ein Stück Würfelzucker auf der Zunge zerfallen, während ich aus dem Fenster schaute. Noch hatte ich immerhin ein eigenes Arbeitszimmer. Es war das schönste Zimmer in der ganzen Bibliothek – hell und geräumig. Die Einrichtung war schlicht. Ein Tisch mit hellem Holzfurnier und ein Schubladenschrank auf Rollen. An der Wand dahinter stand ein Aktenschrank mit ein paar gerahmten Fotos von den Kindern. Eine robuste Aloe Vera in einem Tontopf auf dem Fensterbrett. Sonst gab es keinerlei Dekoration. Da ich die Einrichtung so spartanisch hielt, konnte niemand ahnen, welchen Wert dieser Raum wirklich für mich hatte. Obwohl meine Vollzeitstelle auf Grund der gesunkenen Besucherzahlen auf siebzig Prozent gekürzt worden war, hielt ich mich gerne in meinem Zimmer auf.

Ich lehnte mich zurück und schaute nach draußen auf die Rosenbüsche, die immer noch blühten. Davor stand die grüne Holzbank, auf der ich – sofern es das Wetter zuließ – mit meinem Morgenkaffee saß, bevor ich die Bibliothek aufschloss. Das waren gesegnete Momente.

Ich blätterte weiter in einem Buch über Gifte, der Neuauflage eines Werks aus dem achtzehnten Jahrhundert. Die Sprache war köstlich. Jede Menge schöner Wörter, die ich noch nie zuvor gehört hatte. Metallsafran, das klang richtig lecker. Spiegelglanzglas. Soda. Bitumen. Ungelöschter Kalk. Bleiglätte. Sumpffieber. Es war fast so, als würde man einen neuen Lyriker entdecken. Einen Dichter, der sich bestenfalls noch mit den Kleiderbügeln in der Garderobe drängeln durfte, wenn Pontus seinen Willen durchsetzte.

Eine fesselnde Passage im Buch schilderte die Geschichte einer zornigen Frau, die zermahlenes Glas ins Kichererbsenmus mischte und auf diese Art zwei Menschen mit der sogenannten Wassersucht verseuchte.

Nach einer Weile ging ich zu den moderneren Büchern

im Fach Toxikologie über. Über die trockene moderne Wissenschaftssprache mag man ja sagen, was man will, aber sie kann schon sehr informativ sein.

»Bleizucker wird aus Blei hergestellt. Es handelt sich um ein weißes Pulver bzw. farblose Kristalle, die sich in warmem Wasser sehr schnell auflösen. Bleizucker hat seinen Namen von seinem ausgeprägt süßen Geschmack. Der Stoff ist jedoch hochgiftig. Bleizucker wird hergestellt, indem man Blei in Essig oder Zitronensäure auflöst und die Lösung trocknen lässt. Die Rückstände sind ein schweres, feines, geruchloses schneeweißes Pulver.«

Das war ja das reinste Rezept.

*I*ch habe schon immer gerne gekocht, Marmelade gemacht und Obst entsaftet. Herbstäpfel-Chutney. Himbeermarmelade. Pflaumenkuchen. Vogelbeerengelee. Die Gaben der Natur zu nutzen, schenkt einem eine Befriedigung, die sich die meisten Menschen entgehen lassen. Während ich meine täglichen Pflichten in der Bibliothek erfüllte – den Toilettenschlüssel herausgeben, verschiedenste Titel in der Datenbank suchen und ein paar Besucher daran erinnern, dass sie ihre Handys ausschalten sollten –, begann ich zu überlegen: Ob es wirklich stimmte, was in diesem Buch stand? Dass ich selbst die Bleigewichte in ganz normalem Essig auflösen und auf diese Art giftigen Bleizucker herstellen konnte? Wären dann nicht schon mehr Leute auf die Idee gekommen, wenn das so einfach war?

In der Kuschelecke der Kinderbuchabteilung hörte ich ein paar Teenager plaudern. Der Lärmpegel in der Bibliothek stieg von Tag zu Tag. Es galt als altmodisch, wenn man versuchte, die Ordnung aufrechtzuerhalten. Stille war offenbar etwas Negatives geworden. Wenn man die Leute diskret bat, etwas leiser zu sprechen, ignorierten sie einen nur oder murmelten gekränkt: »*Alte Ziege*«, sobald man ihnen wieder den Rücken zukehrte. Aber die Ermahnungen waren kräftezehrend, deswegen ließ ich es meistens einfach bleiben. Wenn die mittäglichen Besucher allmählich wieder verschwunden waren, ging ich zurück in mein Zimmer und begann, in der Datenbank der Bibliothek zu recherchieren. Dort konnte man Titel aus der nächstgrößeren Bibliothek bestellen und bekam sie innerhalb weniger Tage geschickt. Das gehörte zu den technischen Errungenschaften, die ich wirklich schätzte. Nicht weil es früher unmöglich gewesen wäre, sich Bücher per Fernleihe zu beschaffen, aber da musste man noch zum Hörer greifen und ein paar Telefonate führen. Manche Bücher waren wie der Heilige Gral gewesen: ständig ausgeliehen oder auf irgendwelchen Abwegen. Heutzutage brauchte man nur auf eine Taste zu drücken und konnte gleich sehen, wo sie gerade waren. Nach einer Weile fand ich zwei interessante Titel: *Metalle und ihre oxidierenden Eigenschaften* und einen Artikel von 1860 mit der Überschrift: »Die tödlichen Effekte von Blei«.

Das Zitat ganz unten auf dem Umschlag klang vielversprechend: »Gift in niedrigen Dosen ist die beste Medizin, und die beste Medizin in zu hohen Dosen ist giftig.«

Ich bestellte mir beide Bücher nach Hause und schrieb noch ein »Baldmöglichst!« ins Mitteilungsfeld.

Am Abend kochte ich Horsts Lieblingsgericht. Elchfrikadellen mit Sahnesauce und Fächerkartoffeln. Und dazu kaltgerührte Preiselbeeren.

Der Herbstabend war sonnig und wolkenlos. Nach dem Essen wusch ich die großen Schüsseln ab, während Horst sich einen Kaffee einschenkte.

»Wie läuft es denn so mit deinem neuen Chef?« Er rührte sich zwei Stück Würfelzucker in den Kaffee. »Was hat er so für Pläne?«

»Wir werden eine Karaokemaschine für die Bibliothek

anschaffen«, sagte ich. »Die soll an Unternehmen und Schulen vermietet werden. Er meint, damit kann er ein ganz neues Publikum in die Bibliothek locken.«

»Das wurde aber auch Zeit. Ihr müsst wirklich mal modernisieren. Als ich das letzte Mal da war, hattet ihr nicht mal die neueste Ausgabe von der *Autosport*. Das Heft, das da lag, war ein halbes Jahr alt.«

Horst schlürfte seinen Kaffee.

»Wir sollen uns bei der Musikauswahl abwechseln«, fuhr ich fort, ohne auf seine Bemerkung zu reagieren. »Ich soll als Erste eine Liste machen.«

»Du? Du sollst Musik aussuchen?«

»Ja, warum?«

Ich drehte mich um.

Horst grinste.

»Ein Glück, dass du mich hast; ich kann dir dabei helfen. Ich kann dir eine Liste zusammenschreiben. Obwohl, du kannst ja auch dieses Lied nehmen, das du unter der Dusche immer so herrlich falsch singst. Vielleicht ist dein Chef ja sogar begeistert.«

Horst begann mit dünner Fistelstimme das Lied einer französischen Sängerin zu summen, die ich als junges Mädchen bewundert hatte.

»Darf man jetzt nicht mal mehr unter der Dusche singen?«, fragte ich.

»Verstehst du keinen Spaß, oder was?« Horst stand übellaunig auf und ging ins Wohnzimmer.

Als er die Tür hinter sich zugemacht hatte, trocknete ich mir die Hände ab und stellte den Schuhkarton vorsichtig auf den Küchentisch. Ich öffnete eine der braunen Tüten und schüttete die Bleibänder heraus. Dann holte ich die Küchenschere, schnitt eines auf und schob ein paar Bleigewichte heraus. Als sie nach und nach aus ihrer Stoffhülle ploppten, fühlte ich mich ans Mandelschälen erinnert. Rasch legte ich sie in eine Schale, holte eine Flasche Haushaltsessig aus der Vorratskammer und goss einen Schuss in ein leeres Einmachglas. Dann ließ ich die kleinen Bleigewichte hineinfallen. Sie schwebten ein Weilchen in der Flüssigkeit, bevor sie ganz auf den Boden sanken. Ich stellte das Glas offen aufs Fensterbrett. Jetzt galt es nur noch abzuwarten, ob irgendwas passierte.

Ob das Rezept aus diesem alten Buch wirklich hielt, was es versprach.

»*Es gibt zwei Arten, sein Leben zu leben: entweder so,
als wäre nichts ein Wunder, oder so, als wäre alles ein
Wunder.*«

Albert Einstein

*I*ch gehöre zur zweiten Gruppe, aber das würde ich niemals laut aussprechen. Glauben muss man heimlich. Nichts provoziert die Nichtgläubigen so sehr wie die Gläubigen. Sei es der Glaube an Gott, an eine Idee oder an eine Romanfigur. Der Glaube braucht nichts Verweichlichtes zu sein. Er kann Leidenschaft bedeuten, Mut, den Willen, für das zu kämpfen, wovon man weiß, dass es richtig ist.

Horst hingegen gehörte zu den Menschen, die überhaupt nichts glauben. Und er war unheimlich stolz auf seine Fähigkeit, alles bis auf den Grund zu durchschauen. Niemand konnte Horst hinters Licht führen, behauptete er selbst zumindest. Ein Beispiel zur Veranschaulichung: Ein armer Kerl, der neu in die Stadt gekommen war, versuchte sein Glück mit einem Feinkostladen. Das war natürlich von vornherein zum Scheitern verurteilt. Ich ging trotzdem hin, nicht nur, um den Laden zu unterstützen wie manch andere, sondern weil ich so hingerissen war von diesem sinnlichen Sortiment. Olivenöl in bastumflochtenen Flaschen. Einmal kaufte ich eine Wachspapiertüte mit schwarzem Bergsalz.

»Was zum Teufel ist das denn?«, fragte Horst beim Abendessen. »Das sieht ja aus wie Asphalt.«

»Das ist Bergsalz aus dem Himalaya«, erklärte ich kühl und bereute es in der nächsten Sekunde.

»Was hat das gekostet?« Ungnädig runzelte Horst die Stirn.

»Ich weiß es gar nicht mehr.«

Horst lachte hell. »Meine Güte, die wissen schon, was sie sich einfallen lassen müssen. Aber mich können die nicht verarschen. Salz ist Salz. Und in beiden ist Natrium.« Dann schaufelte er das Essen in sich hinein.

Ich nahm das Bergsalz mit in die Arbeit und streute es in der Mittagspause auf meine hartgekochten Eier. Aber es hatte immer den bitteren Beigeschmack der Demütigung.

Menschen, die an nichts glauben, sondern nur wissen, solche Menschen verweisen allzu gern auf Fakten und erklären den anderen, dass sie sich übers Ohr hauen und zum Narren machen lassen. Mit einer gewissen Nachsicht schauen sie auf die Fantasie.

Das ist doch alles gar nicht real!

Für sie ist das Leben kein Geheimnis, sondern nur eine Strecke, die sie hinter sich bringen müssen. Ich finde, sie versündigen sich damit. Sie glauben selbstverständlich auch nicht an den Zufall und nicht an ein Leben nach dem Tod und nicht an Vorahnungen und nicht an große Gefühle. Deswegen konnte Horst auch meine Bücher nicht leiden, weil ich mich beim Lesen von einer Welt verschlingen ließ, die seines Erachtens gar nicht existierte. Das ging ihm schrecklich gegen den Strich. Natürlich sprach er das nicht laut aus, aber ihm fielen viele andere Wege ein, mir zu zeigen, dass das alles nur Zeitverschwendung war.

»Ich kann dir erzählen, wie es ausgeht«, verkündete er spöttisch, wenn mir beim Lesen mal ein verärgerter Ausruf oder ein ungeduldiger Seufzer entwischte.

Oder er konterte in überheblichem Ton: »Ja, ja. Das ist natürlich auch eine Art, sich die Zeit zu vertreiben.«

Oder wenn er wirklich gereizt war: »Ihr solltet mal versuchen, in eurer Bibliothek Eintritt zu verlangen, dann würdet ihr schon sehen, wie viele kommen würden und wie beliebt die Bücherei dann noch wäre!«

Was wusste er schon von der Wahrheit? Ich hätte ihm so einiges erzählen können: Ein Autor schert sich nicht darum, was wahr ist, sondern um das, was passieren müsste und was passiert sein könnte. Es geht darum, aus jeder Situation das gesamte Potenzial herauszuholen! Oder ich hätte ihm erzählen können, dass der Mensch nicht vom Brot allein lebt, sondern ebenso von Träumen, auch gewaltsamen, und dass es ziemlich unklug wäre, sie zu beschneiden.

Aber was hätte das schon genützt? Nichts. Vielleicht hätte er gern gesehen, wie ich mich – wie so oft und ohne jeden Grund, seiner Meinung nach – aufregte und rote Flecken im Gesicht bekam.

»Beruhige dich doch, denk an dein Herz! Du bist auch nicht mehr die Jüngste.« Und vielleicht hätte er hinter seiner Zeitung und seinem Leberwurstbrot zufrieden gelächelt.

Die Freude gönnte ich ihm nicht. Also brummte ich nur etwas Unverständliches oder erwiderte ganz ruhig: »Ja, ja, ich weiß. Aber die Sprache ist einfach so schön.«

»Die Sprache ist so schön!« Er verdrehte die Augen, und sein Blick sagte: Man spricht, weil man etwas haben will. Hast du das noch immer nicht kapiert?

Nagel, Hammer, bauen.

Essen, Hunger, jetzt.

Du, ich, für immer.

Verdammt. Noch mal.

Horst und ich heirateten in einer kleinen Dorfkirche. Es war Februar, der schlimmste Monat zum Heiraten, aber Horst hatte ausgerechnet, dass unser neues Haus noch in derselben Woche beziehbar sein würde, und praktische Überlegungen standen natürlich an erster Stelle. Es waren kaum Blumen für den Brautstrauß aufzutreiben. In letzter Sekunde gelang es mir noch, Rosen zu bekommen. Rot und ohne Duft. Das Brautkleid hatte ich mir von einer Schneiderin in der Stadt nähen lassen, weißer Brokat mit U-Boot-Ausschnitt. Figurbetont. Damals hatte ich eine Sanduhrfigur. Leider war mir selbst nicht klar, wie hübsch ich war. Vielleicht war ich auch deswegen so froh, dass Horst mich haben wollte. Ich fand ihn nämlich unglaublich elegant. Er hatte die Art von Aussehen, mit dem manche Menschen in ihrer Jugend vorübergehend gesegnet sind, das dann aber bald in charakterlose Schwammigkeit mündet. Tatsächlich erinnerte er mich ein bisschen an Marlon Brando, als wir uns kennenlernten. Klare Gesichtszüge. Hübscher Mund, grünbraune Augen.

Nur dass Horst goldblondes Haar hatte. Später wurde es aschblond und zottelig. Er hielt nicht so viel davon, sich um sein Äußeres zu kümmern. Er meinte wohl, dass er ohne jede Anstrengung gut aussah, so wie früher. Das war jedoch nicht der Fall. Die Augen, die ich zu Anfang so verführerisch gefunden hatte, waren eigentlich nur kurzsichtig. Als er achtzehn Jahre alt war, schickte seine

Großmutter ein Foto von ihm an eine Illustrierte, als Beitrag für den Wettbewerb um den Titel »Mann des Jahres«, den er auf Anhieb gewann. Das Heft hatte er aufgehoben. Auf dem Gewinnerbild strahlte sein Gesicht vor gelangweilter Lässigkeit. Seiner Meinung nach war es Sache der anderen, ihm zu imponieren, nie umgekehrt. Die Leute mussten ihr Bestes geben, und dann lag die Entscheidung bei ihm, ob er sie interessant fand oder nicht. Wie alle schönen Männer war er faul.

Ich hingegen hatte lernen müssen, dass ich mich anstrengen musste. Ich musste ihn unterhalten und ihm gefallen. Dafür sorgen, dass alles funktionierte, dass es anderen gut ging, dass ich die richtigen Fragen stellte und dem Mann die Bühne überließ. Schon früh hatte ich zu hören bekommen, dass ich zu hohe Erwartungen an die Liebe hätte.

»Für dich muss immer alles so groß sein, bis du mal zufrieden bist«, meinte meine Freundin gereizt. »Mit der Einstellung wirst du nie heiraten! Du verjagst die Männer doch!«

Hohe Erwartungen seien ein sicherer Weg zur Enttäuschung, meinte sie. Um Zufriedenheit zu erlangen, müsse man lernen, Dinge zu übergehen, nicht so genau hinzuschauen, die eigenen Ansprüche zu senken. Nicht so kompliziert und fordernd zu sein. Also dachte ich: Wenn ein so normaler Mensch wie Horst Gefallen an mir finden kann, dann gibt es vielleicht doch eine Chance auf ein ganz normales Leben? Dann kann ich mich womöglich anpassen und muss nicht so große Träume hegen und Bücher verschlingen. Vielleicht konnte ich ja sogar Kinder bekommen, eine eigene Familie haben? Feiertage begehen. Meiner tosenden, gewaltigen Sehnsucht nach Dramatik, Größe, Sinnhaftigkeit Einhalt gebieten. Kurz und gut: Vielleicht konnte ja auch ich Zufriedenheit erlangen. Denn wer war ich denn schon, dass ich höhere Ansprüche hätte stellen dürfen als alle anderen Menschen?

Mit dieser Logik und dieser Angst wurde Horsts schlaffer, träger Stil natürlich zur Herausforderung. Etwas, das ich mir erobern und verdienen musste. Damit er irgendwann meine Eintrittskarte zu einem normalen Leben werden würde.

Meine Mutter hielt bei der Hochzeitsfeier keine Rede. Stattdessen nahm sie mich in der Garderobe des besten Hotels der Stadt beiseite, in dem wir einen Raum gemietet hatten. Sie drückte meinen Arm ganz fest und sagte: »Diese himmelstürmende Liebe, von der die Leute immer reden, die gibt es nicht. Nur dass du's weißt. So was schreiben sie nur in Büchern und Zeitschriften, um Geld zu machen. Die Ehe ist etwas ganz anderes.«

Und dann überreichte sie mir ihre gesammelten Rezepte, säuberlich in einem Ordner abgeheftet. Sie glaubte, dass man mit Essen alles richten konnte. Aber ich zog meine Hand kühl zurück.

»Vielleicht gibt es die Liebe nicht für dich«, sagte ich beherrscht. Den Rest, der mir auf der Zunge brannte, behielt ich jedoch für mich: Das liegt doch nur daran, dass du nicht an sie glaubst. Weil du so unromantisch bist! Weil du niemandem etwas gönnst, was du selbst nicht bekommen hast. Ich werde es dir zeigen. Es gibt sie! Du wirst schon sehen!

So dachte ich, doch leider hatte ich mir ausgerechnet Horst ausgesucht, um meine Pläne zu verwirklichen. Zu lieben und ihn nicht aufzugeben, war meine Art, meiner Mutter zu beweisen, dass es die Liebe sehr wohl gab. Genauso großformatig und romantisch wie in Filmen und Büchern. Doch wie hätte der arme Horst das wissen und diesen Erwartungen gerecht werden können?

✦

Die Kirche war kalt und feucht und viel zu groß für die paar anwesenden Gäste: ein paar entfernte Verwandte und vereinzelte Schulfreunde. Ich hatte mir eine Brautkrone von der Kirche ausleihen dürfen. Es gab verschiedene Modelle zur Auswahl. Ich suchte mir die aus, die am wenigsten prinzessinnenhaft aussah, mit nur einem kurzen Tüllschleier. Ich wollte würdevoll und elegant aussehen. Nicht wie ein Sahnetörtchen.

Als Horst und ich nach der Feier in unser neu gebautes Haus kamen, setzten wir uns mit den ganzen Geschenken und einer Flasche weißem Schaumwein an den Küchentisch.

»So, dann wäre das auch erledigt, jetzt sind wir endlich allein«, sagte Horst und lockerte seine Krawatte. »Gut, dass das jetzt überstanden ist. Ist ja alles glatt gelaufen.«

Und ich spürte, wie mich ein kleiner Schauer durchlief. Vielleicht war es Glück. Vielleicht auch Panik. Vielleicht Unsicherheit in diesem neuen Haus, in dem die Schränke noch nach Sägespänen rochen und wo im halb leeren Wohnzimmer jedes Geräusch von den Wänden widerhallte.

Ich hatte bekommen, was ich haben wollte. Und wie würde es jetzt weitergehen?

✦

Unser Sohn Tomas kam im Herbst des folgenden Jahres zur Welt. Es war ein funkelnd klarer Wintertag, als ich erfuhr, dass ich schwanger war. Ich weiß noch, wie ich mich mit dieser unglaublichen Neuigkeit auf den Toilettendeckel setzte und einem Gott dankte, von dem ich nicht mal wusste, ob ich an ihn glaubte. Ich würde ein Kind bekommen! Horst und ich! Das war fast zu schön, um wahr zu sein. Ich hatte es also doch bis zur Schwelle des Lebens geschafft, das ich mir gewünscht hatte. Die Schwangerschaft verbrachte ich damit, kleine Jäckchen in neutralen Farben zu stricken, damit sie sowohl ein Mädchen als auch ein Junge tragen konnte, Tapeten fürs Kinderzimmer auszusuchen, winzig kleine Bettbezüge aus einem Stoff mit Zirkusmotiven zu nähen, den Ordner von meiner Mutter mit Rezepten für Kindergerichte zu füllen und meinen wachsenden Bauch mit Nivea einzucremen.

Und nachdem ich Tomas zur Welt gebracht hatte, war ich überzeugt davon, dass keine andere Mutter ihr Kind jemals so geliebt hatte wie ich das meine. Dass meine Liebe absolut einmalig und originell war und ihresgleichen suchte. Ich glaube immer noch, dass ich damit recht hatte. Keine Elternliebe ist wie die andere. Wir lieben alle auf unsere ganz eigene Art. Das ist eines der wahren Mysterien der Liebe.

Wenn ich in der ersten Zeit nachts aufwachte, schlug

ich immer Sekunden vor ihm die Augen auf, als wären wir immer noch miteinander verbunden. Er schlief im Korb für die Mangelwäsche, den ich innen ausgepolstert hatte, und glich einem kleinen eingepackten Vollmond, dick und weiß und rund. Ich spürte die klebrige Wärme seines Körpers, wenn ich ihn hochhob und an meine Brust legte. Die Saugblase an der Oberlippe. Das flaumige, rötliche, seidige Haar. Dass ich zu Hause blieb, verstand sich von selbst. Der Zeitgeist sah nichts anderes vor. Ich ging völlig in meiner Aufgabe auf und kaufte ein Buch mit dem Titel *Die besten Hausfrauentipps*. Darin hieß es, dass man jeden Lärm im Haus eliminieren sollte. Waschmaschine und Staubsauger sollten ausgeschaltet sein und die Kinder leise, wenn der Mann nach Hause kam. Ich konnte ja nicht ahnen, dass ausgerechnet der Lärm einer der großen Stolpersteine in unserer Ehe werden sollte.

Ich hatte das Abendessen rechtzeitig fertig, bevor Horst nach Hause kam, wie es sich gehörte. Ich begrüßte ihn freundlich und ließ ihn reden, bevor ich etwas sagte, weil das, was er zu sagen hatte, wichtiger war. So stand es in meinem Buch.

Um meine Kreativität auszuleben, kaufte ich eine Garnitur Gartenmöbel für den Freisitz, die ich himbeerrot anmalte. Dort saß ich und trank Kaffee und las, während Tomas seinen Mittagsschlaf hielt. Manchmal vergaß ich fast, dass ich Mutter war, und wunderte mich, wer da schrie, wenn er wieder aufwachte.

An der Südseite unseres Hauses baute ich aus ein paar Pflanzkisten und übrig gebliebenen Fenstern ein kleines Gewächshaus. Dort zog ich Tomaten und Kräuter.

Ich träumte von einem richtigen Gewächshaus und hob mir Prospekte auf und besorgte mir Lektüre über Belüftungsfenster und Gemüseanbau. Den Rasen mähte ich mit einem handbetriebenen Rasenmäher, und die Ränder schnitt ich sogar mit einer Schere, damit es richtig hübsch aussah. Horst war eher selten im Garten. Er ging meistens raus, wenn es Zeit zum Zurechtstutzen wurde: Dann schnitt er Zweige mit der Motorsäge ab oder warf Blaukorn auf das Unkraut in den Beeten.

Ganz unten an der Mauer pflanzte er eine Eibe, denn er hatte gelesen, dass das der allerletzte Schrei aus Amerika war. Ein rasch wachsender, dunkler, undurchdringlicher Baum, der die Sonne von Jahr zu Jahr mehr verdeckte.

Als ich mit Malena schwanger wurde, anderthalb Jahre nach Tomas' Geburt, war Horsts erster Kommentar: »Schon wieder? Das war ja nicht besonders gut geplant.«

Ich ging ins Badezimmer und weinte. Wie konnte er behaupten, dass das Kind unerwartet komme? Was glaubte er eigentlich, wie man schwanger wurde? Damals konnte man nicht abtreiben, wenn nicht besondere Umstände vorlagen, und die lagen bei uns nicht vor. Außerdem hätte ich mich sowieso nicht dafür entschieden. Wir waren ja ganz normal glücklich. Ich hätte mir nur ein bisschen mehr Begeisterung von seiner Seite gewünscht.

»Dann bekomme wohl *ich* dieses Kind«, sagte ich zu meinem Spiegelbild. Und ich schwor mir hoch und heilig, dass ich es schaffen würde. Horst konnte selbst entscheiden, wie viel er sich beteiligen wollte, aber ich wollte meinen Kindern niemals von der Seite weichen.

Ich nähte Kleider und schrieb Namen in Gummistiefel, suchte Geburtstagsgeschenke für Schulfreunde aus, kaufte Wasserfarben und Bügelperlen und Schlitten und Kleider und Schuhe, die irgendwann plötzlich größer waren als meine eigenen. Ich backte Zimtschnecken für Klassenfeste, verschickte Weihnachtskarten und ließ die Kinder in Latzhosen beim einzigen Fotografen der Stadt verewigen – und es gefiel mir sogar. Ja, es war ungerecht, dass Horst das alles nicht tun musste, aber es war seine eigene Entscheidung und sein eigener Verlust. Sich Mühe zu machen, ist manchmal das Gesündeste, was ein Mensch tun kann.

Denn das kann ihn davor retten, in sich selbst zu ertrinken.

Unsere Tochter Malena ist mittlerweile neununddreißig und Mutter zweier Kinder. Als sie klein war, saß sie oft an der Verandatür, bemitleidete die Ameisen, die sich in die Küche verirrt hatten, und brachte sie auf dem kleinen Finger wieder hinaus. Dann saß sie den ganzen Tag in der Hocke auf der Veranda und dirigierte sie um, damit sie mir nicht unter die Füße gerieten.

»Pass auf mit den Ameisen!«, rief Horst. »Die beißen!«

Das bringe doch nichts, den ganzen Tag da rumzusitzen und die Ameisen zu hätscheln, erklärte er mir. Das sage er nur um ihretwillen. Und ich gab ihm recht, weil ich es nicht besser wusste.

Jetzt sitze ich selbst da und bewundere die genialen Ameisenstraßen zwischen der Treppe und dem Gebüsch mit den schwarzen Johannisbeeren, während sich Malena in der Zwischenzeit zu einer abgeklärten Hochleistungsmutter entwickelt hat. Wie viele andere Frauen in ihrem Alter glaubt sie, ein gleichberechtigtes Leben zu führen, obwohl sie viel höhere Ansprüche an sich stellt, als ich es jemals getan habe. Ihr Zuhause sieht aus, als hätte man es aus einer Einrichtungszeitschrift ausgeschnitten. Ihr Mann Mats ist ein richtiger Langweiler, ein Zahnarzt mit einer Schwäche für trockene Witze. Malena akzeptiert alles, was er tut, mit nachsichtiger Zerstreutheit, und dasselbe gilt für ihn. Mir ist einmal aufgefallen, dass die beiden sich nie richtig ansehen, wenn sie miteinander reden. Sie sind ständig mit ihren Handys, Bildschirmen, Zeitungen und Jobs beschäftigt. Zwei Kinder haben sie, deren Namen beide mit M beginnen: Marit und Marius. Das ist auch eine Art, sich Rahmen im Leben zu schaffen. Doch ich weiß, wer Malena ganz tief unter ihrem Lambswoolpulli ist: eine zerbrechliche, fantasievolle Seele, die Art Mensch, den die Welt mit dem größten Vergnügen und aus reiner Schadenfreude zermalmt. Vielleicht weiß sie das und hat sich deswegen ein Leben zugelegt, das allen Anfechtungen standhalten kann.

Mittlerweile streut sie Ameisenkorn über potenzielle Ameisenstraßen.

Mein Sohn Tomas ist kinderlos, arbeitet aber als Kinderpfleger. Und man schätzt ihn sehr, wenn ich das richtig mitbekommen habe. Schon als er klein war, wusste ich, dass er homosexuell war. Er schlüpfte mit Vergnügen in meine schicken Kleider und war sanft und vernünftig. Nachdem mein Mann nun tot ist, hat er sich getraut, mir seinen Verlobten vorzustellen, einen sehr netten jungen

Mann aus Boden, der im Bereich Wasser- und Umwelt-
technik arbeitet. Sie gehen am Wochenende zusammen
zum Klettern und Wildwasserfahren und verlassen selten ihr Haus am Fluss, in dem sie sich mit einer weißen
Perserkatze eingerichtet haben. Sie wirken glücklich, alle
drei.

Aber die Kinder wurden so schnell groß. Auf einmal
waren Horst und ich wieder allein. Ein Horst, den ich
kaum kannte, und den näher kennenzulernen ich, ehrlich
gesagt, auch keine allzu große Lust hatte.

»*Als ob man die Zeit totschlagen könnte,
ohne die Ewigkeit zu verletzen.*«

Henry David Thoreau

$\mathcal{E}$s dauerte zwei Tage. Ich beobachtete ganz genau die Entwicklung der Bleigewichte im Essig, aber die einzige Veränderung, die ich feststellen konnte, bestand darin, dass sich ein dünner weißer Schleier an den Enden bildete. Ich hatte das Marmeladenglas zugeschraubt, um den scharfen Geruch zu unterdrücken. In kleinen Mengen neutralisiert Essig andere Gerüche. Es ist ein altbewährter Hausfrauentipp, Kühlschränke, Toiletten und Kaffeemaschinen mit verdünntem Essig zu behandeln. Da wirkt er wahre Wunder. Aber das Blei sah immer noch so aus wie zu Anfang. Ganz unverändert. Kein Zucker in Sicht.

Am dritten Tag kamen die Bücher, die ich mir aus der Bezirksbibliothek bestellt hatte. Ich schloss mich in mein Arbeitszimmer ein und packte sie aus. Es waren alles ältere Bände, die aus ihrem langen Schlummer in ihren Verstecken im Zentralmagazin geweckt worden waren. Wahrscheinlich hatten sie seit ein paar Jahrzehnten kein Tageslicht mehr gesehen. Man merkte es an dem ganz eigenen, leicht säuerlichen Geruch von altem Papier und Druckerschwärze. Viele wissen nicht, dass alte Bücher ganz besonders riechen, gar nicht mal so sehr wegen des Papiers, sondern weil sie eine Fadenbindung haben und nicht geleimt sind wie die Bücher heutzutage. Genau wie alte Lederstiefel altern sie mit Würde. Ganz hinten steckten vergilbte Kärtchen aus Karton in kleinen Papiertaschen. Und leere Blätter mit Datumsstempel. Das Buch über giftige Metalle war 1984 zum letzten Mal entliehen worden.

Mit einem Stich von Nostalgie betrachtete ich die Bücher auf dem Tisch. Mittlerweile kamen und gingen die Bücher ja, wie sie wollten, über automatisierte Ausleihstellen. Die brauchten nicht mal mehr einen richtigen Bibliothekar. Ich lehnte mich auf dem Bürostuhl zurück und schlug *Metalle und ihre oxidierenden Eigenschaften* auf.

Nach ein paar Stunden, während derer ich mir kaum der Geräusche aus der Bibliothek bewusst war, hatte ich in Erfahrung gebracht, was ich mit den Bleigewichten anstellen musste, um Bleizucker zu gewinnen. Sie in normalem Essig aufzulösen, würde Monate in Anspruch nehmen. Wenn nicht noch länger. Aber es gab eine andere, viel schnellere Methode. Alles, was ich dazu brauchte, konnte ich bei einem kurzen Einkauf in der Stadt besorgen.

Der Tag verging nur langsam. Als es halb fünf war, konnte ich mich nicht länger halten, ich zog die Gardinen vor und schloss die Tür ab. Agneta blickte auf, als ich am Ausleihschalter vorbeikam.

»Ich müsste heute ein bisschen früher gehen«, sagte ich. »Ich hab noch ein paar Sachen zu erledigen.«

»Klar, geh ruhig. Wir sehen uns morgen.« Sie winkte mir mit der CD, die sie gerade in der Hand hielt.

Als ich in der Bibliothek anfing, war sie ein schräger Vogel gewesen: eine radikale Literaturwissenschaftlerin mit Batiktunika und einem leidenschaftlichen Interesse für spanische Dichter. Auf einem Mitbestimmungstreffen in den Siebzigerjahren hatte sie den Gemeinderäten Gazpacho kredenzt. Das war das erste Mal in meinem Leben, dass ich Knoblauch probierte.

Jetzt war sie vollauf mit der Umgestaltung zur Musikecke und den Unternehmensevents beschäftigt. Jetzt war ich der schräge Vogel.

✦

Das Farbengeschäft befand sich schon seit Jahren im selben Ladenlokal. Wahrscheinlich das letzte Geschäft in der Stadt, das sich nicht an die Veränderungen angepasst, sondern einfach seinen Betrieb fortgesetzt hatte, ohne schwanzwedelnd nach Kunden zu heischen. Regale mit Reinigungsmitteln, Parfüm und Schmuck standen neben Wänden mit Farbdosen und Malerzubehör. In einem Anbau zogen sich Reihen von Tapeten an den Wänden entlang. Einige davon waren Nachdrucke von Mustern, die in meiner Kindheit modern gewesen waren. Jetzt waren sie wieder da, wenn auch in leicht veränderter Farbgebung. Der Mann an der Kasse mit dem dicken weißen Haar und den glatten, rosigen Wangen hatte das alles schon jahrelang gesehen. Ich konnte mich vage erinnern, dass sein Sohn eine Klasse über Tomas gewesen war. Der Mann war vom alten Kleinunternehmerschlag – stets gepflegt und entgegenkommend.

»Guten Tag, lange nicht gesehen!« Er nickte mir höflich zu. »Wie kann ich Ihnen helfen?«

»Ich bräuchte Wasserstoffperoxid«, sagte ich und räusperte mich.

»Für die Haare?« Er faltete die Hände auf dem Tresen und schaute mich vertraulich an.

»Nein, ich möchte einen Fleck auf einer alten Holzkommode bleichen«, sagte ich nonchalant. »Das wollte ich schon lange mal machen, aber irgendwie bin ich nie dazu gekommen. Ich glaube, ich bräuchte das dreißigprozentige.«

Lächelnd stellte ich meine Stofftasche auf den Tresen. Seine kleinen blauen Augen musterten mich aufmerksam.

»Das dürfen wir heutzutage nicht mehr verkaufen, ohne zu fragen, wozu es verwendet werden soll. Diese Substanzen dürfen nur unter Vorbehalt verkauft werden, aber ich kenne Sie ja.« Er nahm einen Schlüsselbund aus der Kasse. »Viele Jäger bleichen ihre Jagdtrophäen mit Wasserstoffperoxid. Die Schädel werden davon offenbar besonders weiß und schön. Flecken auf Holz bleichen, sagten Sie?« Er wandte sich zu einem hohen Glasschrank hinter der Kasse. »Wollen Sie es zu Hause benutzen?«

»Das hatte ich vor, ja.«

»Dann brauchen Sie auch eine Schutzbrille. Und eine Atemschutzmaske wegen der Dämpfe.«

Er zog eine Schublade heraus und legte ein Plastikpäckchen auf den Tresen.

»Die Beste im Warentest. Unschlagbar beim Umgang mit Chemikalien. Auch sehr gut, wenn man alte Eisenöfen abbürstet. Die Leute atmen im Alltag ja jede Menge Gifte ein. Wenn Sie wüssten.«

»Ich kann's mir schon vorstellen«, sagte ich.

»So, dann wollen wir mal sehen. Wasserstoffperoxid. Wasserstoffperoxid.«

Er ließ die Hand über die Flaschen und Dosen wandern, die sich auf dem kleinen Regalbrett im Glasschrank drängten. Auf den Etiketten leuchteten rote Warndreiecke.

»Das ist stark ätzend, aber das wissen Sie ja, nicht wahr? Haben Sie ordentliche PVC-Handschuhe?«

Ich schüttelte den Kopf. Er spazierte durch seinen Laden und sammelte mehrere Artikel aus den Regalen zusammen, während er mir genaue Anweisungen gab. Ich hörte kaum, was er sagte, irgendwas von Atemschutz mit Kombinationsfilter. Die Klingel an der Tür bimmelte, und ein Paar, das ich nicht kannte, zog eine Wartenummer. Am Schluss hatte er alles zusammengesucht, was ich brauchte, und tippte die Preise in die Kasse. Ich fummelte das Geld aus meinem Portemonnaie und schob die Artikel dann hastig in meine Stofftasche.

»Und passen Sie auf, dass Sie sich ihre hübschen Händchen nicht verätzen.« Er lächelte, faltete die Quittung zusammen und reichte sie mir.

»Ich werde dran denken«, sagte ich und lächelte zurück.

Als ich aus dem Laden trat, empfand ich eine große Erleichterung. Aber da war noch etwas anderes. Gefühle, die ich schon so lange nicht mehr gespürt hatte, dass sie aufs Erste schwer zu identifizieren waren: Inspiration, Neugier und Lebensfreude!

✦

Jetzt verwandelte sich die Küche in ein Labor, bevor Horst von der Arbeit nach Hause kam. Auf dem Küchentisch hatte ich Schälchen, eine ofenfeste Form und mehrere Tüten mit Bleibändern aufgestellt. Die Bleigewichte konnte man in der Mitte durchknipsen, in etwa so, als würde man Lakritz zerschneiden. Je kleiner die Stückchen waren, desto schneller würden sie sich in der Flüssigkeit auflösen. Es war fast ein bisschen wie Kochen.

Die Arbeit bestand darin, dass ich den Essig in einem Topf erhitzen musste, bis er fast kochte. Den ganz gewöhnlichen Haushaltsessig. Ich hatte immer eine Flasche in der Speisekammer, für den Fall, dass ich etwas einkochen wollte. Jetzt hatte ich noch ein paar mehr gekauft. Man brauchte gehörige Mengen, damit die Mischung nicht basisch wurde und spritzte, wenn man den Rest der Zutaten einrührte. Ich schaltete die Herdplatte ein und zog Schutzbrille und Plastikhandschuhe an. Weißer Dampf begann sich langsam zur Dunstabzugshaube zu ringeln, während der Essig im Topf warm wurde. Ich zog mir die Handschuhe über die Ärmelbündchen und schraubte den Deckel des Wasserstoffperoxid-Fläschchens ab. Die Flüssigkeit musste tropfenweise zugegeben werden, stand da, und es musste unter ständigem Rühren geschehen. Die Anleitung hatte ich ganz hinten in *Metalle und ihre oxidierenden Eigenschaften* gefunden. Vorsichtig ließ ich zwei Tropfen aus der blauen Flasche fallen und rührte mit einem Holzlöffel um, der seine besten Tage schon hinter sich hatte. Beißender Essiggeruch schlug mir ins Gesicht. Ich tastete nach der Atemschutzmaske auf der Arbeitsplatte und setzte sie auf. Als die Flüssigkeit fast kochte, schaltete ich die Platte aus, nahm eine Handvoll Bleistückchen und warf sie in den Topf. Es zischte, und hinter meiner Schutzbrille sah ich, wie die Stücke langsam auf der Oberfläche kreiselten. Nach wenigen Minuten hatten sie sich aufgelöst, wie Brausetabletten in Wasser.

Auf einmal fiel mir ein Geschenk ein, das ich als Kind einmal bekommen hatte: ein Stück Würfelzucker, der aber gar kein Würfelzucker war. Ich hatte es in eine Tasse heiße Schokolade gelegt, und nach einer Weile war ein Baby aus Plastik an die Oberfläche gestiegen. Es hatte lange gedauert, bis mir klar wurde, wie das gegangen war. Das Baby hatte sich in dem Zuckerstück versteckt. Aber auch nachdem ich das begriffen hatte, blieb das Gefühl von Wunder, der Glaube, dass sich das Zuckerstück unter der Oberfläche in ein Plastikbaby *verwandelt* hatte. Wie von Zauberhand. Genauso war es hier. In der Flüssigkeit war nicht die geringste Spur von den Bleistückchen geblieben, sie waren einfach verschwunden.

Ich ließ die Mischung eine Viertelstunde unter ständigem Rühren auf dem Herd köcheln, genau wie es im Buch stand. Meine Hand war schon halb taub, weil ich den Löffel so angespannt umklammerte. Als sich alle Bleistückchen aufgelöst hatten, zog ich den Topf vom Feuer und goss die Mischung durch ein Sieb in die Auflaufform. Im Sieb blieben ein paar kleine angeätzte Bleikörnchen hängen. Ich klopfte sie auf ein Blatt Küchenkrepp.

Sie sahen aus wie grobe Sandkörner.

Wenn alles nach Plan lief, musste der Cocktail jetzt verdunsten, und dann müssten nach wenigen Tagen reine Bleizuckerkristalle erscheinen. Ich bildete mir ja ein, dass es auf dem Boden der emaillierten Form bereits glänzte, wie das Versprechen einer baldigen Ernte.

Ich stieg die Treppe in den Keller hinunter und stellte die Auflaufform neben den Heizkessel, wo es trocken und warm war. Das würde die Verdunstung beschleunigen.

Verschwitzt ging ich zur Verandatür, machte sie weit auf und stellte mich auf die Treppe in die herrlich kühle Herbstluft. Die Gegend, in der wir wohnten, war nicht sonderlich dicht bebaut. An unserer Grundstücksgrenze verlief eine niedrige Mauer, gesäumt von ein paar schütteren Johannisbeersträuchern. Dahinter lag eine große Wiese, auf der Unkraut und Gestrüpp wild wucherten. Zu Anfang war geplant gewesen, zwölf ähnliche Häuser in dieser Gegend zu bauen, doch nach dem vierten war das Projekt zum Erliegen gekommen, und die anderen Häuser lagen so weit von unserem entfernt, dass wir uns eigentlich gar nicht als Nachbarn betrachteten. Als wir eingezogen waren, hatte ich mich über die Änderung der Baupläne geärgert und mir Sorgen gemacht, wir könnten zu isoliert leben. Jetzt war ich dankbar, dass wir so abgelegen wohnten.

Es war so windstill, dass der strenge Essiggeruch ganz friedlich in den wolkenfreien Himmel aufsteigen und verwehen konnte.

✦

Vor unserer Hochzeitsreise nach Holland kaufte ich mir ein Paar teure Stiefel aus rotem Wildleder. Horst schüttelte griesgrämig den Kopf, als er sie sah.

»Die halten doch nie.«

»Wie meinst du das?«

»Die halten doch nie. Das seh ich doch sofort. Das war rausgeworfenes Geld.«

»Das ist eine gute Qualität«, erwiderte ich. »Die haben schon ein Sümmchen gekostet.«

Horst bückte sich, nahm einen Stiefel und klemmte ihn zwischen die Knie. Dann zerrte und riss er am Stiefelschaft, bis er ganz weiß im Gesicht wurde. Schließlich ging der Absatz ab.

»Siehst du?« Triumphierend hielt er ihn in die Höhe. »War nicht weit her mit deiner Qualität. Im Grunde nichts als Pappe. Unglaublich, was für einen Scheiß die den Leuten verkaufen können. Da muss man ja wirklich leichtgläubig sein, um das nicht zu merken!«

Ich starrte den Absatz an. Es waren schwarze Kittenheels gewesen.

»Was machst du denn da um Himmels willen?«, fragte ich.

»Ist doch besser, wenn der jetzt kaputtgeht, als wenn du draußen damit rumläufst, oder? Dann musst du dich nicht genieren, wenn du nach Hause humpelst. Jetzt kannst du einfach ins Schuhgeschäft zurückgehen und dich beschweren.«

Zufrieden reichte er mir Stiefel und Absatz und wischte sich mit kurzem Nicken die Hände an der Hose ab. Ich spürte meinen Puls bis in die Nebenhöhlen. Mein Gesicht war ganz heiß vor Zorn und Erniedrigung. Am nächsten Tag legte ich die Stiefel in den Schuhkarton und schob ihn im Kleiderschrank ganz nach hinten. Nicht weil sie mir nicht mehr gefallen hätten, sondern weil es mir albern vorkam, so offen zu zeigen, dass ich schick aussehen wollte.

Natürlich ging es überhaupt nicht um den Stiefel. Horst hatte mir nur eines sagen wollen: Alles, woran du glaubst, kann ich kaputtmachen!

Und wenn es nun stimmte? Dann musste ich anfangen, mich zu verteidigen. Vielleicht bedeutete Ehe ja gar nicht, dass man dem anderen ganz unbekümmert alle seine Seiten zeigen durfte?

Vielleicht gab es Dinge, die man verschweigen und vor dem anderen schützen musste.

✦

Um vier Uhr morgens wachte ich auf. Ich hatte unruhig geschlafen und chaotische Träume gehabt. Horst schlief tief und fest wie immer, er lag auf dem Rücken und hatte die Hände auf dem Bauch gefaltet. Es war noch dunkel draußen, als ich aufstand und mich die Kellertreppe hinuntertastete. Schwacher Essiggeruch stieg mir in die Nasenlöcher, als ich in den stickigen Raum kam. Ich schaltete die Deckenlampe an und ging zum Hocker, auf den ich die Auflaufform mit der Bleimischung gestellt hatte. Es war kaum noch Flüssigkeit zurückgeblieben. Dafür begannen schon winzige Häufchen aus weißen Kristallen aus dem Boden zu wachsen. Vorsichtig nahm ich die Form hoch und hob sie ins Licht. Die Kristalle wuchsen übereinander, keins der Häufchen war größer als ein Reiskorn. Sie funkelten wie kleine Diamanten.

Aufgeregt stupste ich eines mit dem Nagel an. Da zerfiel es zu einem feinen weißen Pulver. Bleizucker!

Mit zitternden Beinen lief ich in die Küche und holte ein Messer und ein leeres Marmeladenglas. Dann kratzte ich den feuchten Bleizucker zusammen und betrachtete ihn eine Weile im gelben Schein der Glühbirne. Ich würde sicher nicht sterben, wenn ich mal ein bisschen kostete, oder? Also leckte ich den kleinen Finger an, stippte ihn ins weiße Pulver und legte ihn auf die Zunge. Es war süß. Etwas milder im Geschmack als normaler Zucker, aber überraschend gut. Bei dem Gedanken, dass das eines der gängigsten Aromen des Römischen Reiches gewesen war, lief mir ein andächtiger Schauer über den Rücken.

Ich wusste immer noch nicht, was für Mengen ich brauchte, um Horst zu vergiften. Das musste ich wohl durch Ausprobieren herausfinden. Wahrscheinlich sollte ich den Bleizucker zunächst mit normalem Zucker mischen, damit er mir nicht von einer Minute auf die andere tot umfiel. Vorsichtig kratzte ich das trockene Pulver ins Glas. Der Rest musste noch stehen bleiben und im Laufe des Tages ordentlich trocknen. Als ich in die Küche kam, suchte ich eine Rolle »Leicht zu lesen«-Etiketten heraus, die ich aus der Bibliothek mitgenommen hatte, um sie nicht auf die Bücher kleben zu müssen. Ich pappte eines aufs Glas. Die Aufschrift »Leicht zu lesen« strich ich durch und schrieb stattdessen »Süßstoff« darauf. Auf die Art konnte ich den Bleizucker offen stehen lassen, ohne Argwohn zu wecken. Horst würde es wahrscheinlich nicht einmal bemerken.

Draußen färbte die Dämmerung den Himmel in schwachem Puderrosa und Grau. Auf einmal flammte es hinter der Eibe goldgelb auf.

Das war der Sonnenaufgang.

✦

Als Horst und ich 1965 das Haus bauen ließen, war es gewissermaßen ein Triumph der praktischen Überlegungen: Kleiderschränke mit Schiebetüren, großzügig bemessene Abstellräume und eine leicht zu reinigende Küche mit hellvioletten Schranktüren und einer ganz neuen Art von Bodenbelag, einem Mittelding aus Linoleum und Plastik. Mit dem langstieligen Schrubber, um dessen Borsten man damals den Feudel wickelte, ließ er sich ganz einfach reinigen. Im Badezimmer hatten wir Bidet, Badewanne, Waschbecken und Toilette – alles aus hellgrünem Porzellan. Die Wand mit dem Fenster zum Garten war dunkelgrün gefliest. Gegenüber vom Waschbecken stand ein kleines Schminktischchen mit Teakplatte und Spiegel, das ich mir damals für mein Mädchenzimmer gekauft hatte. Dort hatte ich meine Kosmetiktasche stehen, eine Haarbürste und ein Glas mit Wattebäuschen. Keine Parfums oder teures Make-up. Die Tischplatte allein war schon wunderschön. Horst warf den Tisch nach ein paar Jahren hinaus, weil er ihn zu groß fand, und ersetzte ihn durch eine praktische Resopalplatte, die direkt an die Wand geschraubt wurde. Ich habe mir nie richtig verziehen, dass ich diese Schandtat zugelassen habe.

Ans Badezimmer schloss sich eine Waschküche mit PVC-Boden und einer fabrikneuen Waschmaschine an. Als ich sie zum ersten Mal sah, blieb ich auf der Schwelle stehen, erfüllt von einem unschlüssigen Gefühl, halb Freude, halb Scham. Meine Mutter hatte ihre Wäsche zu Hause auf dem Herd gekocht, in einem hohen Topf mit Deckel. Es war eine elende Schinderei gewesen, die nie ein Ende nahm. Die Hemden und schmutzigen Unter-

hosen meines Vaters, Hosen, Bettwäsche, Blusen und voll-
gespuckte Kindersachen. In der Nacht davor wurde alles
in Waschpulver und eiskaltem Wasser eingeweicht, von
dem einem die Finger anschwollen. Auf die Art wurde die
Wäsche besonders sauber und weiß, behauptete meine
Mutter. Am Morgen wrang sie ein Stück nach dem anderen aus, legte sie zurück in den Topf, füllte alles mit Wasser auf, ließ es aufkochen und rührte mit einem langen
Holzstab, bis ihr Gesicht und ihr Brustkorb schweißnass
waren. Und das war ja erst das Waschen an sich. Danach
musste alles noch ausgespült und bei kräftigem Wind mit
Wäscheklammern auf die Wäscheleine gehängt werden.

So ist es mir jedenfalls in Erinnerung – wie ständig
dieser Wind ging und Mutter dastand in ihrem einfachen dünnen Kleid und dem karierten Waschkittel. Die
Wangen gerötet von der Kälte. Zielstrebig und effektiv
bis in die letzte Bewegung, als hätte sie ihre ganze Kreativität darauf verwendet, sich auszudenken, wie sie am
geschicktesten mit ihrer Energie haushalten könnte. Sie
hatte nur sechs Jahre zur Schule gehen dürfen, aber sie
war gnadenlos, was das Putzen unseres Heims anging.
Niemand sollte behaupten können, dass sie nicht einen
Haushalt zu führen verstand! Der Boden wurde jede
Woche auf Knien liegend gescheuert. Jedes Frühjahr
brachte sie die Winterkleider nach draußen und lüftete
sie, bürstete sie aus und bestäubte sie mit Mottenpulver,
und dann hängte sie sie in Plastiktüten auf den Dachboden, um sie nächstes Jahr wieder hervorzuholen und
derselben Prozedur zu unterziehen. Alle Ecken und Leis-
ten waren so blitzsauber, dass man von ihnen hätte essen
können. Und nun stand ich hier, in einem neu gebauten

Haus mit meiner eigenen Waschmaschine. Dabei hatte ich nicht einmal ein Kind. Gerecht war das nicht.

Trotzdem begann ich diese Waschküche bald zu lieben. Es war eine Stätte des Friedens, ein richtiger kleiner Luxusraum, zu dem nur ich Zugang hatte. Über der Waschmaschine befestigte ich ein Regal mit Drahtkörben für die Schmutzwäsche. Ich besorgte mir hübsche Sprühflaschen für das Lavendelwasser, das ich beim Bügeln benutzte. Als Tomas auf die Welt kam, schraubte Horst einen ausklappbaren Wickeltisch an die Wand. Es war das einzige Mal, dass er diesen Raum betrat. Wie man die Waschmaschine bediente, lernte er nie. Und ich konnte es ihm auch nicht beibringen, denn ich hatte die alten Werte in den Genen, ich war dazu erzogen worden, um jeden Preis eine tüchtige Hausfrau zu werden. Aus dieser Rolle konnte ich mich nie befreien. Auch nicht, als ich anfing zu arbeiten. Ich machte einfach weiter, indem ich eben beide Jobs erledigte. Reden hätte mir nur die Zeit geraubt, die ich für die wichtigen Dinge brauchte.

Stattdessen putzte ich zu Hause wie verrückt, um dem Konflikt auszuweichen und mein schlechtes Gewissen zu betäuben, dass ich eine der ersten arbeitenden Mütter unserer Wohngegend war. Alles, was gemangelt werden musste, legte ich in einen Fahrradkorb und fuhr zu einer älteren Frau, die ihre Mangel für wenig Geld vermietete. Das Ding war die reinste Höllenmaschine, es donnerte jedes Mal wie ein Gewitter, wenn sich die Walzen herabsenkten. Dann kam ich nach Hause und legte mit einem rätselhaften Triumphgefühl die kalt gemangelten Laken in die neuen Regale.

Das Haus war im Grunde ein Trugbild. Trotz des

modernen Grundrisses blieben die Geschlechterrollen dieselben. Ich hätte eigentlich lieber ein Haus aus der Zeit der Jahrhundertwende gehabt, mit Parkettböden, offenem Kamin und einer kleinen Schummerecke, in die man sich nach dem Abendessen zurückziehen konnte, um hinter den Buntglasfenstern düstere Gedanken zu denken.

Jetzt musste ich freilich einräumen, dass die praktischen Aspekte unseres Hauses mir meinen neuen Alltag leichter machten. Nicht zuletzt der Grundriss sorgte für unerwarteten Sichtschutz, wo ich ihn am nötigsten brauchte. Durch die Haustür kam man erst mal in einen geräumigen Flur mit beigem Kokosteppich. Am Ende des Ganges lag die Küche. Von der Küche ging man durch eine Flügeltür mit Glasscheiben weiter ins Wohnzimmer. Ich hatte Horst also immer im Blick, wenn er auf dem Sofa lag und Fernsehen schaute, während ich meinen Bleizucker herstellte. Vom hinteren Teil der Küche ging die Kellertreppe ab, die man vom Wohnzimmer aus nicht einsehen konnte, sodass ich rauf und runter gehen konnte, ohne dass er es merkte. Die Verandatür führte auf die Terrasse und den leicht abschüssigen Garten. Wenn wir Besuch hatten, kamen die Leute immer aus dieser Richtung, weil man neben dem Haus nicht parken konnte. Die ganzen Schränke und Schubladen, bei denen ich mich zu Anfang unserer Ehe noch gewundert hatte, womit man sie füllen sollte, standen mittlerweile voll mit Schüsseln, Zitronenpressen, Töpfen aus rostfreiem Stahl, Untersetzern aus Bast, Geschirrtüchern und alten Marmeladengläsern, die ich über die Jahre aufbewahrt hatte.

Selbst wenn Horst im Haus herumwieselte, um irgendetwas zu suchen, konnte ich ungestört mein eigenes Ding machen.

Ich hatte herausgefunden, dass der Bleizucker im Verhältnis eins zu zehn mit normalem Haushaltszucker gestreckt werden musste. Sonst würde ich ihn damit sofort umbringen. Und das wollte ich natürlich nicht. Bei allen wichtigen Dingen muss man langsam vorgehen. Außerdem wollte ich ja nicht erwischt werden.

»Warum haben wir eigentlich keine Leberwurst im Haus?«, murmelte er in seinen Bart, als er vorm Kühlschrank stand.

»Ich habe eine leckere Pastete gekauft. Schau mal im obersten Fach!«, rief ich dann fröhlich zurück, während ich ein paar neue Flaschen Essig in die Vorratskammer stellte.

Als ich ausprobierte, wie sich die fertige Bleizuckermischung in warmem Wasser auflösen ließ, stellte ich fest, dass es eine Sache von wenigen Sekunden war. Sie ließ sich problemlos in den Kaffee schütten, oder man konnte sie übers Müsli streuen, wenn der richtige Moment gekommen war.

Bei den ganzen Dämpfen vom Herd musste ich auf einen alten Hausfrauentipp zurückgreifen: Ich wickelte Folie über den Abzug. So musste man nicht ständig putzen, sondern konnte nach dem Kochen einfach die Folie abnehmen und entsorgen. In meinem Fall musste ich die Folie alle zwei Tage wechseln. Der Essiggeruch setzte sich überall fest, sogar in meinen Haaren und in den Geschirrtüchern. Den alten Schrubber und den Wassereimer ließ ich irgendwann dauerhaft in der Küche stehen. Jedes Mal, wenn ich die nächste Ladung Bleizucker gekocht hatte, wischte ich rasch den Boden auf und wusch alle Gefäße ab. Die Tätigkeiten, die ich im Zusammenhang damit verrichten musste, waren so zahlreich und so zeitaufwändig, dass mir am Ende gar nicht mehr richtig bewusst war, was eigentlich die Hauptsache war. Das Ganze war zu einer ganz normalen Haushaltspflicht geworden. Mit verschiedenen Stationen und Handgriffen: waschen, abtrocknen, kochen, abspülen, aufwischen, abspülen.

Es war total einfach. Lächerlich einfach.

✦

Kleinkram. Irgendwie hält einen der Kleinkram, der einen tagtäglich beschäftigt, doch am Leben. Seinetwegen macht man weiter, entwickelt sich, lebt, freut sich, fühlt sich gebraucht. Die bloße Tatsache, dass die Hände etwas zu tun haben. Und damit meine ich nicht das zwanghafte Herumwerkeln von Leuten, die sich so ihre Angst vom Leibe halten, sondern die genussvollen kleinen Tätigkeiten. Irgendwie symbolisieren sie ja auch die Voraussetzung des Lebens: Man darf mitmachen, solange man beschäftigt ist, in Bewegung bleibt.

Als die Kinder klein waren, hatte ich ständig irgendwas zu tun. Ich wendete Horsts alte Hosen, zerschnitt sie und nähte daraus neue Hosen für die Kinder. Meistens schnitt ich die Stoffe aus Plüsch und Samt und weichem Flanell freihändig zu, denn ich hatte die Maße meiner Kinder in den Fingerspitzen. Im Schlafzimmer strich ich eine Wand tiefblau, die man gleich sah, wenn man die Tür aufmachte. An die Wand hängte ich einen wunderbaren gehäkelten Überwurf, durch den man die blaue Farbe hindurchsah, als wäre man irgendwo im Süden und würde durch einen fransigen Sonnenschirm den Himmel sehen. Als Tagesdecke hatte ich ein großes hafergelbes Seidentuch gewählt, das ich einmal in einem Second-Hand-Laden gefunden hatte. Für Malena nähte ich einen korallenroten Mantel aus Wollbouclé mit Nerzkragen, dazu zerschnitt ich einen alten Muff und stickte mit Goldfaden ihre Initialen hinein. Ich arrangierte Blumen in kleinen Orchideenvasen und verteilte sie auf allen Tischen. Damals war eine einzelne Tulpe oder Nelke in einer Vase aus buntem Glas ja das Schickste überhaupt. So sehen die Sechzigerjahre in meiner Erinnerung aus: einzelne Blumen auf dunklen Palisandertischen. Ich tapezierte die Küche mit einer teuren Tapete mit hellgelben Streifen. Auf den runden Wohnzimmertisch stellte ich einen modernen schwarzen Aschenbecher. Nicht weil wir geraucht hätten, sondern weil man das damals so machte, man stellte einen Aschenbecher auf den Wohnzimmertisch. Ich sagte nicht viel, aber meine Hände waren ständig beschäftigt. Sie sprachen mit allen Dingen, die um mich herum waren, sie waren niemals ruhig, sprühten vor Energie. In der Bibliothek blätterten sie in den Schubladen mit den Katalogkarten, schrieben neue Titel ins Register und stempelten Ausleihkarten, fest und entschlossen mit duftender roter und schwarzer Stempelfarbe. In diesen Handgriffen lag eine Feierlichkeit und Sinnlichkeit, die heutzutage verloren gegangen ist.

Man hatte seine Benutzernummer, die war fast so

etwas wie eine Sozialversicherungsnummer für die Seele. Die Benutzernummern unserer Stammkunden kannte ich tatsächlich auswendig. Noch Jahre nach ihrer Abschaffung passierte es, dass mir bestimmte Zahlenkombinationen in den Sinn kamen, wie Telefonnummern, die einem noch vage aus der Kindheit in Erinnerung sind.

Am Abend cremten diese Hände das Gesicht mit Oil of Olaz ein. Dann blätterten sie die Seiten um in dem Buch, das ich unter gelüfteten Decken und eigenhändig gemangelten Laken las.

Jetzt hatte ich eben den Bleizucker als Beschäftigung. Die Gläser drängten sich in der Vorratskammer. Bald wurde mir klar, dass ein paar davon auch gereicht hätten, aber nachdem das Blei nun mal da war, was hätte ich schon anderes damit anfangen sollen? Außerdem konnte ich mich nicht aufraffen, mit dem Vergiften anzufangen. Würde ich es wagen? Wie sollte ich anfangen? Sollte ich überhaupt anfangen? Oder war es vielleicht nur eine heimliche Fantasie, die gar nicht in die Realität umgesetzt werden sollte? Ich konnte lange davorstehen und die gefüllten Gläser mit derselben Befriedigung betrachten, als wäre es Kompott aus eigenen Äpfeln. Ich fühlte mich wie ein Eichhörnchen, das seinen Wintervorrat angelegt hat. Ich hatte ein schwieriges Rezept in einem uralten Buch entdeckt, und es war mir gelungen, es nachzukochen. Genauso ungern, wie man den Verschluss seiner besten Marmelade aufmachen will, so ungern wollte ich mit der Verwendung meines Bleizuckers beginnen. In erster Linie wollte ich ihn dahaben. Als Möglichkeit.

Dieser Augenblick zwischen dem Schaffen an sich und

dem Moment, in dem das Geschaffene sich der Welt stellen soll, ist ein Moment des Durchatmens und des Friedens. Sowie man etwas herausgibt, hört es gewissermaßen auf, einem zu gehören.

Also zögerte ich das Ganze hinaus. Statt mit dem Vergiften von Horst zu beginnen, fuhr ich jeden Tag frühmorgens in die Bibliothek. Im Laufe des Vormittags arbeitete ich bereits sämtliche Aufgaben ab, für die ich früher einen ganzen Tag gebraucht hatte. So war es mir möglich, am Nachmittag schon ziemlich früh nach Hause zu fahren, um ruhig und systematisch mit meiner Produktion fortzufahren. Ich genoss meinen neuen Tagesablauf.

Die Bibliothek war mein geistiges Zuhause gewesen, seitdem Malena drei Jahre alt war und endlich in den Kindergarten gehen konnte. Damals hatte sich der Zeitgeist schon ein wenig verändert, und man hielt es nicht mehr für selbstverständlich, dass es am besten für die Kinder war, mit ihren Müttern zu Hause zu bleiben. Der Kindergarten in der Stadt war ganz neu, mit großen Spielräumen, die mit Sprossenwänden und Schaumgummimatratzen ausgestattet waren. Im Duschraum standen Eimer mit Fingerfarbe, mit denen die Kinder nach Herzenslust herumschmieren konnten. Horst fand ja, dass das alles Unfug war. Die wenigen Male, die er Malena dort abholen musste, war ihm gar nicht wohl. Die Ideen der Pädagogen konnten am Ende auf andere abfärben. Ich wagte sie nie zu verteidigen, so stark war ich nicht. Stattdessen arbeitete ich im Stillen weiter und nähte mir einen kurzen, engen Rock aus alten Jeansresten, für den ich anerkennende Blicke erntete, wenn ich die Bücher tief in die Regale schob. In der Bibliothek fanden oft Versammlungen und abendliche Diskussionsrunden statt. Agneta fuhr jede Woche mit ihrem alten VW-Bus und einem Rollwagen voller Bücher zu den Schulen und gab den Kindern Buchtipps. Ich selbst spürte auch eine aufkeimende Freiheit. Eigenes Geld. Und die plötzliche Erkenntnis: Ich bin genauso klug wie alle anderen. Klüger als viele andere! Ich bekam Selbstvertrauen. Nicht alle meine alten Freundinnen verstanden, warum ich unbedingt arbeiten musste. Viele von den Hausfrauen in der Umgebung reagierten völlig verständnislos. Manche von ihnen liefen von morgens bis abends im Putzkittel herum. Eine der größten Gegnerinnen war mit einem Mann verheiratet, der in der Stadt ein Möbelgeschäft leitete. Sie fand es richtig egoistisch von mir, als ich anfing zu arbeiten, doch ein paar Jahre später machte der Laden ihres Mannes Konkurs, und ich sah sie im ICA-Supermarkt an der Kasse sitzen. Sie tat, als würde sie mich nicht erkennen.

Aber ich wollte nicht nur in der Lage sein, mich selbst zu versorgen.

Die Bibliothek wurde zum zweiten Mal meine Welt. Beim ersten Mal war ich eine junge Besucherin und Leserin gewesen. Jetzt durfte ich inmitten all dieser Geschichten arbeiten.

✦

Am Morgen in der Teeküche traf ich auf Agneta, die gerade ein paar Filzkörbe aus einem Karton auspackte.

»Was ist das?«, fragte ich.

»Das sind unsere neuen Arbeitsplätze.«

»Was?«

»Wir werden keine festen Arbeitsplätze mehr haben. Pontus findet, wir müssen unsere Komfortzone verlassen und den Besuchern näher kommen. Man nimmt sich seinen Korb und setzt sich am Morgen dorthin, wo man gerne sitzen will.«

Sie reichte mir einen blauen Filzkorb.

»Wie gefällt dir die Farbe?«

Ich starrte den Korb an.

»Wie? Dürfen wir unsere Zimmer nicht behalten?«

»Nein. Ab Montag nicht mehr. Aber du bekommst einen eigenen Korb.«

»Aber ich will meinen Schreibtisch!«, protestierte ich. »Meine Sachen!«

»Es ist doch auch mal ganz schön, ein bisschen auszumisten, oder? Man braucht viel weniger, als man immer meint. Es gibt doch überall Tische. Also, ich glaube ja, dass das total spannend wird.«

Ich starrte Agneta an. Sie hatte sich eine neue Brille zugelegt. Unbekümmert stellte sie die Körbe auf den Küchentisch und riss die Preisschilder ab.

»Vielleicht kriegst du ja zwei Körbe, wenn du willst. Frag Pontus doch mal.«

Ich blieb am Tisch stehen und wartete darauf, dass sie aufblickte und erklärte, das sei alles nur ein Scherz. Aber sie war vollauf damit beschäftigt, die Aufkleber von einer Packung Post-its zu puhlen.

Jungfrau

Wie immer sind Sie eine wahre Arbeitsbiene und organisieren alles mit eifriger Genauigkeit. Leider verlieren Sie sich zu sehr in den Details und werden manchmal ein bisschen zu pedantisch. Deswegen laufen Sie Gefahr, das große Ganze aus den Augen zu verlieren. Wie sollen Sie jemals den Lohn für Ihre harte Arbeit bekommen, wenn Sie niemals mit dem Feinschliff Ihrer Projekte zum Ende kommen und zur Tat schreiten?

Empfindlichster Körperteil derzeit: Magen

Momentan günstig für die Jungfrau: Pläne umsetzen

Lieber vermeiden: zu viel grübeln

Als ich dann endlich anfing, den Bleizucker zu verwenden, geschah es fast reflexartig – als wäre der Beschluss so überreif, dass er sich selbst auslöste. Es war ein Wochenende, Ende Oktober, aber sonnig und windstill. Ich saß auf der Veranda und las mein Horoskop in einer Illustrierten. Sternzeichen Jungfrau. Ich glaube zwar nicht an Horoskope, aber dieses hier traf einfach den Nagel auf den Kopf, da schien es genau um mich zu gehen! In dem Moment, als ich die Zeitschrift auf den Schoß sinken ließ, rief Horst von drinnen: »Gibt's Kaffee?«

Ich blickte auf. Die Sonne war weitergewandert und wurde jetzt von Horsts Eibe verdeckt. Der Baum hatte seine Größe seit dem Einpflanzen verdreifacht. Es war unglaublich, was für einen Wuchs dieser Baum an den Tag legte. Ich klappte die Illustrierte zusammen. Auf einmal wusste ich genau, was ich zu tun hatte.

»Ich wollte gerade welchen aufsetzen«, rief ich. »Warte kurz, ich komme gleich.«

Ganz ruhig ging ich in die Küche und schaltete die Kaffeemaschine ein. Dann öffnete ich die Tür zur Speisekammer und nahm ein Glas Bleizucker vom obersten Regal. Während ich eine Tasse und einen Teelöffel herausholte, spähte ich durch die Glastür ins Wohnzimmer. Meine Hände waren schweißnass, aber ruhig, als ich den Deckel abschraubte und den Löffel in die bröckelige Bleizuckermischung schob.

Ein gehäufter Löffel. Das war eine anständige Dosis.

Die kleinen Kristalle waren luftig wie frisch gefallener Schnee. Als ich den Kaffee in die Tasse gegossen hatte, rührte ich rasch um. Dann stellte ich die Tasse zusammen mit einem Stückchen Kuchen auf ein Tablett und brachte das Ganze zu Horst. Er lag auf dem Sofa und las Zeitung. Als ich das Tablett auf den Tisch stellte, lächelte ich.

»Willst du dich nicht auch in die Sonne setzen?«, fragte ich. »Es ist ungewöhnlich warm draußen.«

»Ich möchte lieber liegen.« Horst griff nach der Kaffeetasse und nahm zwei tiefe Schlucke.

Ich trocknete mir die verschwitzten Hände an der Hose ab. Von einer Tasse stirbt er nicht, dachte ich. Es ist nur ein kleiner Test, um zu sehen, ob ich mich traue. Mehr nicht.

»Lecker.« Er wandte sich wieder seiner Zeitung zu. »Ist das eine neue Sorte?«

»Ja, kann schon sein«, meinte ich.

Ich blieb stehen und starrte ihn noch eine Weile an. Er las weiter.

»Wolltest du noch was?« Er schaute auf.

»Nein«, sagte ich und ging zurück auf die Terrasse. Ich war mir nicht sicher, ob ich es wirklich getan hatte.

Als nichts passierte, weder an diesem Tag noch am folgenden, wurde das Weitermachen leichter. Die zweite Tasse war gar nicht mehr so schwierig, und bei der dritten bekam ich nicht mal mehr Herzklopfen.

Beim vierten Mal war es schon Routine. Ich kam in Schwung. So richtig. Es war wie eine Wette, von der Horst nichts wusste. Welche Symptome wohl als Erstes auftreten würden? Wie lange würde es dauern? Vielleicht würde ja auch gar nichts passieren? Wie auch immer, in diesem Fall war endlich einmal ich diejenige, die vorausplante, die den großen Überblick hatte. Früher hatte ich immer das Gefühl gehabt, dass ich gelenkt wurde, dass alle Beschlüsse sowieso über meinen Kopf hinweg gefasst wurden. Jetzt ging ich zu Hause wie auf glühenden Kohlen und achtete auf die geringsten Zeichen. War er nicht ein klein wenig vergesslicher als sonst? Müder? Als er seine Schlüssel zwei Tage hintereinander verlegt hatte, hoffte ich schon auf den Durchbruch. Aber nein. Schon am Tag danach stand er munter und rotwangig auf dem Minigolfplatz. Unverdrossen vertilgte er große Portionen, ging in die Arbeit und suchte die Toilette genau zu seinen gewohnten Zeiten auf. Ich hatte schon erwogen, die Dosis drastisch zu erhöhen, als er eines Tages nach dem Essen sitzen blieb, sich den Bauch hielt und ein komisches Gesicht zog. Seit der ersten Tasse waren drei Wochen vergangen, ich hatte jeden Morgen einen gestrichenen Teelöffel in den Kaffee getan.

»Was ist?«, fragte ich. »Geht es dir nicht gut?«

»Ach, nur irgendwas mit dem Magen. Das geht schon vorbei.« Horst rülpste, stand vorsichtig auf und taumelte schweratmend zur Toilette.

Als er herauskam, war er aschfahl im Gesicht.

»Ich glaube, ich leg mich mal hin.«

»Mach das«, sagte ich.

Ich blieb am Tisch sitzen. In der Flasche war noch Wein, den ich langsam austrank. Normalerweise bekam ich nach dem Abendessen immer meinen großen Putzanfall. Abwaschen und Boden aufwischen, vielleicht noch den Herd schrubben. Aber jetzt war ich ganz ruhig.

Ich nahm mir vor, den Abwasch bis zum nächsten Morgen stehen zu lassen.

In der Woche drauf sah man Horst seinen Gewichtsverlust plötzlich an. Ich fand sogar, dass er mittlerweile irgendwie hohläugig wirkte, wie diese ausdrucksvollen Skulpturen, die die Viadukte in Rom zieren. Nicht dass Horst genau das dekadente, gequälte Aussehen dieser römischen Masken angenommen hätte. Er erschien in erster Linie müde. Nero und Caligula wurden ja wahnsinnig. Horst wurde einfach nur schwächlich. Erst klagte er über Kopfschmerzen und zog sich schon gegen acht Uhr abends ins Schlafzimmer zurück. Dann war es der Bauch. Er hatte früher auch schon Magenprobleme gehabt. Reizmagen. Saures Aufstoßen. Blähbauch. Was es da so alles gab. Er meinte, er bekäme vielleicht wieder so etwas. Aber ihm wurde auch schlecht. Das gab er nicht zu, aber ich sah ja, wie langsam er nach dem Essen zum Sofa wankte, kreidebleich, mit feinen Schweißperlen unterm Haaransatz. Eine Weile überlegte ich sogar selbst, was ihm wohl fehlte, das Blei hatte ich fast verdrängt. Es gibt doch sicher auch noch andere Gründe, warum man blass werden und Schweißausbrüche bekommen kann? Warum sollte das unbedingt vom Bleizucker herrühren?

Ich hatte mich fast schon an seinen Zustand gewöhnt, da brachte er das Thema eines Abends auf. Wir saßen gerade vorm Fernseher und schauten einen Film über das Überleben in der Wildnis an.

»Ich glaube, ich geh morgen mal zum Arzt. Ich fühl mich gar nicht gut.«

Horst hatte die Wolldecke über sich gezogen. Es war

jetzt genau einen Monat her, dass ich mit seiner Kur begonnen hatte.

Mir wurde eiskalt. Seltsamerweise war mir der Gedanke gar nicht gekommen, dass er zum Arzt gehen könnte. Horst hatte Ärzten nie über den Weg getraut. Die könnten ja doch nie konkrete Antworten geben. Hinterher sei man kränker als vorher. Das meiste ließe sich mit einem Drink und einer Mütze voll Schlaf aus-kurieren. Eigentlich glaube ich, dass er Angst vor Ärz-ten hatte, vor ihren Kenntnissen und ihren Nadeln und vor ganz genauen Untersuchungen.

»Ein Arzt? Dann muss es ja ganz schön schlimm sein«, meinte ich und versuchte zu lachen, während meine Hände auf dem Kreuzworträtsel zitterten, das ich gerade auf dem Schoß hatte.

Horst schaute mich gereizt an.

»Was könnte dir denn fehlen?«, fügte ich hinzu. »Du warst doch immer kerngesund.«

Er antwortete nicht, nahm nur die Brille ab und putzte sie wie immer langsam und sorgfältig mit einem Hem-denzipfel.

»Na ja, so fühlt sich das im Moment aber nicht an. Jetzt fühl ich mich krank.«

»Vielleicht bist du einfach nur überarbeitet«, schlug ich vor und schaute ihn ganz unschuldig an.

»Überarbeitet? Was ist das? Seid ihr auch überarbeitet, wenn ihr in der Bibliothek die ganze Zeit Seiten umblät-tern müsst?« Horst bedachte mich mit einem galligen Blick.

»Na, ich weiß es doch nicht. Dann ist es wohl am bes-ten, wenn du wirklich zum Arzt gehst.

»Ach, vergiss es. Das löst sich von selbst, sagte der Mann, als er in den Abfluss schiss.« Horst stand auf, kam aber ins Taumeln und musste sich kurz am Sofa festhalten. Ich blieb mit klopfendem Herzen sitzen, während er stöhnend ins Schlafzimmer ging und sich mit einem dumpfen Plumps aufs Bett fallen ließ.

Ich lag die halbe Nacht wach und starrte in die Dunkelheit. Wenn Horst nun wirklich zum Arzt ging? Vielleicht würde schon eine einfache Blutprobe die hohen Bleiwerte zeigen? Dann konnte es sein, dass man nachforschte, wo die herrührten, und dann würde man mir auf die Schliche kommen. Wäre es denn möglich, es mir nachzuweisen? Am Ende war ich so durch den Wind, dass ich aufstehen und in den Keller gehen musste. Nervös suchte ich nach einem Buch zum Blättern. Abgesehen von den Chemiebüchern, die ich aus der Bibliothek mitgenommen hatte, standen dort ein paar Gedichtsammlungen und ein billiger, schlecht gebundener Nachdruck der *Naturalis Historia*. Ich denke mir oft, dass man nur sehr wenig braucht, um sich frei zu fühlen. Ein kleines Plätzchen reicht schon. Ein paar Quadratmeter, auf denen man selbst bestimmen kann. So ist der Mensch veranlagt. Das hat etwas Tröstliches. Man gebe uns einen einzigen Baum, und wir hören das Laub rascheln.

So was verstand Horst einfach nicht.

Aber jetzt war ich nervös. Ich warf einen Blick zu der Kiste, in der ich die Bleigewichte gefunden hatte. Weiß Gott, was meine Mutter damit vorgehabt hatte. Ihr eigener Mann war ja an einem Herzinfarkt gestorben. Oder?

Ich verweilte ein wenig bei diesem Gedanken. Der Heizkessel gab ein tiefes Brummen von sich. Ich betrachtete den Thermostat, den Horst an der Wand installiert hatte. Eine seiner »Energiesparmaßnahmen«. Der Thermostat regulierte die Wärme im Haus mit einer Zeitschaltuhr. Jeden Abend um sieben sank die Temperatur, um in den Nachtstunden ihren Tiefststand zu erreichen.

»Der Mensch an sich ist quasi ein Kamin. Wer braucht schon eine Heizung, wenn er schläft?«, fragte Horst immer rhetorisch, wenn ich mich über die Kälte beklagte. Darauf hatte ich keine Antwort.

Am Anfang, als er mit seinen Sparmaßnahmen ankam, fand ich es eher rührend. Ein Haushaltsbuch. Den Duschkopf gegen einen wassersparenden austauschen. Die Badewanne rauswerfen. Rabatte raushandeln. Aber im Laufe der Zeit senkten diese Maßnahmen nicht nur die Temperatur und unsere Kosten. Sie schränkten meinen Lebensraum ein. Alles, was nicht direkt zielführend war, galt als Übertreibung. Nur das Praktische durfte bleiben. So einer Lebenseinstellung konnte man nicht mit Argumenten beikommen.

Da waren Taten gefragt.

Ich machte mir eine Tasse Beruhigungstee und schlug den Artikel über Blei in einem der Chemiebücher auf.

»Eine Bleivergiftung lässt sich oft nur sehr schwer diagnostizieren. Fallstudien zeigen Beispiele von Patienten, die sich über einen längeren Zeitraum wegen Müdigkeit, Gleichgewichtsproblemen, Bauchschmerzen, Verstopfung und Depressionen an ihren Arzt gewandt hatten.

In einigen Fällen stellte sich nach einer Reihe von falschen Diagnosen heraus, dass die Patienten Nahrungsergänzungsmittel mit hohem Bleigehalt zu sich genommen hatten. Auch Menschen, die mit bleihaltiger Farbe oder bestimmten Baumaterialien in Kontakt gekommen sind, können sich eine Bleivergiftung zuziehen.«

Ich holte tief Luft und atmete langsam durch die Nase aus. Für den Fall, dass die Sache aufflog, gab es immer noch die Möglichkeit, die Schuld von mir zu weisen. Horst konnte bei seiner Arbeit mit Blei in Kontakt gekommen sein, bei irgendeinem Bauprojekt oder so. Ich dachte an seine Hände, die ständig halb geöffnet waren, geformt von den ganzen Kabeln und Rohren, die sie im Leben gehalten hatten. Und wenn es keine Kabel waren, war es die Fernbedienung für den Fernseher oder die Stereoanlage. Das Ganze lief darauf hinaus, dass er seine Hände nie ganz öffnen oder ganz schließen musste, da hätte das Blei ganz leicht hineinschlüpfen können.

Ich schlich zum Wandregal, auf dem sich die Auflaufformen und Gefäße mit Bleizucker in den unterschiedlichsten Entwicklungsstadien drängten. Auf den Boden hatte ich einen Radiator gestellt, um das Trocknen zu beschleunigen. Auf einem Backblech im obersten Fach begannen sich in den letzten Resten der trüben Flüssigkeit gerade die Zuckerkristalle abzusetzen. Es sah aus wie eine kleine Alpenlandschaft, mit weißen Gipfeln und Tälern. In der Kuchenform daneben überzog ein dünner, öliger Film die schimmernde Oberfläche. Aufmerksam inspizierte ich jede Kolonie. Früher hatte man den Farbstoff Bleiweiß hergestellt, indem man Bleibänder auf

Gerüste hängte, die in Dünger standen. Ich sah es richtig vor mir: Dochte mit Bleitropfen, die sich langsam in Zuckerkrusten verwandelten, die man abkratzen und zu Farbe weiterverarbeiten konnte.

Auf den ersten Blick war Blei nur eine graue, hässliche Substanz. Aber es war auch das Material, aus dem man Bleistifte herstellte, das gängigste Schreibwerkzeug der Welt. Mit dem Bleistift konnten ganz normale Menschen ihre Geschichte aufzeichnen, vielleicht auch heimlich. Außerdem war das Metall seit prähistorischer Zeit für seinen geheimnisvollen Schimmer bekannt. Ein Stoff, den man walzen und formen konnte, der aber auch unvergänglich war. Der geschmolzen und in Bleizucker verwandelt, aber nie ganz zerstört werden konnte.

Der Gedanke gefiel mir. In Blei lag so viel Symbolik.

Den Essiggeruch nahm ich kaum mehr wahr, ich fand die süßlichen Dünste, die mir hie und da in die Nase stiegen, wenn ich in meinem Rattanstuhl saß und umblätterte, sogar ganz angenehm.

Ich nahm den Lappen vom Boden auf und wischte den Staub von den Bücherregalen und dem Wasserkocher. Dann zog ich ein Buch von Seneca heraus, einen meiner römischen Lieblingsphilosophen, und schlug aufs Geratewohl eine Seite auf:

» Wir haben nicht wenig Zeit – wir haben viel Zeit vertan. Das Leben ist lang genug und reicht aus zur Vollendung größter Taten, wenn es als Ganzes gut angelegt würde.«

Das Leben als Ganzes gut anlegen. Das war ein schwindelerregender Gedanke. Was konnte man dann alles vollbringen? Wenn man sich nicht ausbremste, wenn man sich einfach traute?

Gestärkt trank ich den letzten Tropfen Tee, schlug das Buch wieder zu und machte das Licht aus.

✦

Am Morgen nach Horsts Drohung, zum Arzt zu gehen, stand er in aller Herrgottsfrühe auf. Als ich in die Küche kam, hatte er sich schon selbst Kaffee gekocht, sein frisch gewaschenes kariertes Hemd angezogen und eine neue Hose. Über seine Gesichtsfarbe hätte man nun nicht in Jubelrufe ausbrechen können, aber an seiner Laune gab es nichts auszusetzen.

»Wie geht es dir?«

»Ich fühl mich schon besser. War wahrscheinlich bloß was mit dem Essen.« Er goss sich Kaffee ein und nahm einen Schluck.

»Der ist aber nicht so gut wie der, den wir sonst immer haben.« Er runzelte die Stirn.

»Das ist aber dieselbe Sorte«, bemerkte ich vorsichtig. »Aber vielleicht möchtest du ein bisschen Süßstoff reintun?« Ich deutete mit einem Nicken zu dem Glas mit Bleizucker, das auf der Arbeitsplatte stand. Horst schraubte den Deckel ab, nahm zwei Teelöffel, doppelt so viel, wie ich mich je zu nehmen getraut hatte, und rührte um.

»Schon besser.« Er schlürfte zufrieden.

»Was würdest du heute denn gern essen?«, fragte ich.

»Fleisch fände ich ganz gut«, meinte Horst, stellte die leere Tasse ab und ging in den Flur.

»Willst du heute also doch in die Arbeit gehen?«, fragte ich.

»Warum denn nicht? Ich bin doch kein Schwächling!«

Er bekam einen Hustenanfall, als er die Jacke anzog. Er bot wirklich ein Bild des Jammers. Seine Augen sahen aus wie dunkle Schießscharten. Seine Haut, die immer so eine frische Farbe gehabt hatte – ob nun von der Sonne oder vom hohen Blutdruck, lassen wir mal dahingestellt –, war jetzt seltsam blass. Ich konnte mich nicht erinnern, wann nach unserer Heirat er seine Gesichtsform verloren hatte, konnte mir aber den Gedanken nicht verkneifen, dass das mit seinem Charakter in Zusammenhang stand. Da war auch jede Kontur verloren gegangen. Seitdem er jetzt abgenommen hatte, waren seine Gesichtszüge jedoch nicht wieder hervorgetreten, sondern vollkommen den Bach runtergegangen. Die Wangen hingen runter wie zwei Filtertüten mit altem Kaffeesatz. Auch sein Mund war ganz schlaff.

»Was starrst du mich denn so an?« Er warf mir einen mürrischen Blick zu.

»Ach, ich denke bloß nach.«

»Wir fangen heute mit dem Verlegen der Kabel im Neubau an. Ich werde spät heimkommen.«

Ich stellte mich ans Fenster und sah zu, wie er zielstrebig den Rasen überquerte und energisch auf ein Grasbüschel trat, bevor er ins Auto stieg. Als er aus der Einfahrt rollte, winkte ich ihm freundlich nach. Dann schaltete ich das Radio an.

Die Philosophiesendung. Und die Sonne schien.

Chemie

(griech. *chemeía*, arab. oder möglicherweise ägypt. Ursprungs)

Die Lehre von der Materie und ihren Umwandlungen. Die Chemie basiert auf der Atomlehre, was bedeutet, dass die ganze Vielzahl von Substanzen, aus denen das Universum besteht, auf eine kleine Anzahl von Grundstoffen zurückgeht. Dazu gehören Kohlenstoff, Schwefel, Phosphor, Chlor, Brom, Jod, die Metalle Eisen, Zink, Blei usw. Diese Stoffe können mit normalen Mitteln nicht zerlegt werden und auch nicht ineinander verwandelt werden.

So kann z. B. ein Stück Blei nicht in Eisen verwandelt werden. Aber so wie man eine kleine Zahl von Buchstaben zu einer fast unbegrenzten Menge von Wörtern zusammensetzen kann, die sich dann wiederum zu Sätzen zusammenfügen lassen, so kann eine kleine Zahl von Grundstoffen, wenn man sie auf eine bestimmte Art kombiniert, die ganze Vielzahl der Substanzen bilden, die man bis dato kennt.

Schwedisches Nachschlagewerk, Auflage aus den Jahren 1947–55

*B*is dato. Bis dato. Zwei hoffnungsvolle Worte. Wir wissen nicht alles. Wir haben noch nie alles gewusst. Da liegt der Chemie und der Literatur derselbe Glaube zugrunde: der Glaube an die unendlichen Möglichkeiten. An die Unvorhersagbarkeit. An die magische Wirkung, wenn man eine funktionierende Formel findet, eine Wahrheit, eine chemische Verbindung, die sich als besonders glückhaft herausstellt. Beide Fächer können Magie freisetzen. Beide Fächer tragen die Möglichkeiten einer Veränderung in sich.

Als Horst nach Hause kam, brach er fast auf dem Sofa zusammen. Das karierte Hemd hatte unter dem Arm Schweißflecken so groß wie Schallplatten. Er schnaufte angestrengt.

»Wie ist es mit den Kabeln gelaufen?«, erkundigte ich mich freundlich. Ich hatte immer noch die Schürze an. Ein ganzes Glas, in dem einmal kaltgerührte Preiselbeeren gewesen waren, stand jetzt gefüllt und etikettiert in der Speisekammer.

»Ganz schön steinig da draußen. Echt mühsam. Kannst du mir ein Glas Wasser geben?«

Ich ging in die Küche und füllte ihm ein Glas.

»Wir werden ein Unternehmen aufkaufen, das auch Ausrüstung an Windkraftwerke liefern kann … das sind Gauner, alle miteinander. Wenn man was wirklich gemacht haben will, muss man es selbst in die Hand nehmen«, erklärte Horst atemlos, als ich ihm das Glas reichte.

»Wenn sie solche Gesetzesauflagen gehabt hätten, als damals das Atlantikkabel verlegt wurde, dann hätte es nie ein Kabel gegeben! Ohne Kabel bleibt die Welt stehen.« Er schaute mich aufgebracht an, dann bekam er einen neuerlichen Hustenanfall und spuckte das ganze Wasser auf den Boden.

»Ich geh mal hoch in den Audioraum zum Entspannen. Stör mich nicht.« Er schleppte sich zur Treppe.

Der Audioraum. Ich wagte kaum daran zu denken, was es gekostet hatte, ihn so herzurichten. Das Schlimmste war, dass die Musik, die er darin spielte, völlig belanglos war: immer dieselben Harmonien, immer derselbe Takt. Jedes Mal, wenn ein neues Element installiert wurde, musste der Klang neu kalibriert werden. Zu dem Zwecke hatte er ein bestimmtes Referenzlied gewählt, das er in- und auswendig kannte: *Tutti Frutti* von Little Richard.

Im Großen und Ganzen hörte er sich zum Schluss nur noch sein Referenzlied an, und dabei spitzte er die Ohren, um eventuelle Aussetzer im Klangbild ausfindig zu machen. Ich verstand nicht mehr, was das Ganze überhaupt noch mit Musik zu tun haben sollte.

»Jeder Raum hat eine ganz bestimmte Akustik«, hatte er erklärt, als er meine Bücher in den Keller trug. »Und deine Bücher zerstören die Resonanz in diesem Raum. Sie saugen den Bass auf.«

Jeder Mensch hat seine Resonanz, dachte ich. Und die klingt noch lange nach, auch wenn der Mensch schon längst weg ist.

Ich war schon in der Küche, als ich den dumpfen Aufprall hörte. Ich lief auf den Flur, um nachzusehen, was passiert war. Horst lag am Fuß der Treppe, in einem seltsamen Winkel verdreht, ein Bein nach hinten gebogen. Ich sah sofort, dass es gebrochen war. Er stöhnte laut.

»Mein Bein! Oh Gott, tut das weh!«

»Was ist denn passiert?«

»Na, was meinst du wohl? Ich bin auf der Treppe gestolpert.« Er schaute mich wütend an.

»Kannst du dich bewegen?«, fragte ich.

Horst machte einen Versuch, sich auf den Bauch zu rollen. Der untere Teil seines Beins schien nicht mehr zum Körper zu gehören, es war nur noch ein loses Kabel, das in die falsche Richtung zeigte.

»Das sieht aber gar nicht gut aus«, musste ich zugeben. »Da muss ich wohl einen Krankenwagen rufen.«

»Meine Brille!« Horst tastete den Boden ab.

Ich entdeckte die Brille ein Stückchen entfernt auf dem Teppich. Sie war nicht zerbrochen.

»Jetzt gib sie schon her!«

Frustriert schlug er mit der Faust auf den Boden. Ich merkte, wie es vor Wut in meinen Armen pikste. Normalerweise war es mir unangenehm, wenn er mich wütend oder aufgewühlt sah. Ich hatte nie Gegenargumente, irgendwie hatte er seltsamerweise immer das letzte Wort. Aber jetzt tappte er im Dunkeln.

»Ich sehe sie leider auch nicht«, behauptete ich. »Jetzt rufe ich erst mal den Krankenwagen. Versuch dich in der Zwischenzeit ein bisschen zu beruhigen.«

Anstelle einer Antwort gab Horst nur ein Wimmern von sich.

Auf dem Weg zum Telefon bückte ich mich und schob seine Brille rasch in meine Schürzentasche.

Und dann wählte ich in aller Ruhe die 112.

✦

Es waren schrecklich nette Jungs. Sehr professionell. In raschelnder Kleidung mit Reflektoren. Mit geübten Griffen legten sie Horst auf die Krankentrage, deckten ihm die Beine zu und schnallten ihn fest.

»Muss ich mitkommen?«, fragte ich.

»Nein, das machen wir schon. Wird wohl einen Gips geben und ein paar Paracetamol. Stolpern kann man schnell mal, manchmal hat man dann einfach Pech.« Der Jüngere lächelte Horst an. Der erwiderte das Lächeln nicht.

»Jetzt verschwinde ich garantiert im System unseres Gesundheitswesens«, stöhnte Horst, als der Junge und sein Kollege die Trage hochhoben und die Haustür ansteuerten.

»Komm, jetzt sei doch nicht so«, sagte ich. »Für so was zahlen wir doch unsere Steuern!«

Horst versuchte noch etwas zu sagen, aber da knallten auch schon die Türen zu, und ich hörte nichts mehr.

»Sieht es schlimm aus?«, erkundigte ich mich bei einem der beiden Sanitäter.

»Ich tippe, dass das Bein an zwei Stellen gebrochen ist.« Er sprang auf den Fahrersitz. »Aber machen Sie sich keine Sorgen. Bis morgen früh ist er wieder zu Hause. Wenn die Ärzte ihn ansonsten nicht zu klapprig finden.« Er zwinkerte mir vielsagend zu.

Ich schluckte und betete insgeheim, dass sie keine Labortests bei ihm durchführen würden.

»Er hat ja Glück, dass er noch so eine jugendliche Frau hat. Er wird Sie sicher eine Weile brauchen, wenn er wieder zu Hause ist.«

»Selbstverständlich. Ich werde mich gut um ihn kümmern«, erwiderte ich sanft. »Horst? Ich warte dann hier. Erst mal viel Glück!«

Horst konnte mich natürlich nicht hören. Ich winkte mit dem Geschirrtuch, aber nur der Fahrer des Krankenwagens sah mich. Er grinste breit und winkte zurück.

Als ich alleine war, ging ich in den Audioraum. Das Zimmer, in dem ich einmal meine Leseecke gehabt hatte, war kaum wiederzuerkennen. Das Fenster war mit Akustikplatten zugenagelt. In der Decke war eine exklusive Halogenbeleuchtung eingelassen. Die Anlage thronte in der Mitte wie ein Altar. Ganz hinten auf dem Regal mit den alphabetisch geordneten Schallplatten standen eine Flasche guter Whisky, ein Glas und ein paar Tüten mit Nüssen und Cocktailwürstchen. Er hatte es sich wirklich nett gemacht hier oben.

Ich setzte mich auf den Ledersessel und drehte mich eine Weile im Kreis. Er war überraschend bequem. Das leise Knarren, das er von sich gab, wurde rasch von den Akustikplatten geschluckt.

Als wir damals einzogen, hatte ich als Erstes meine ganzen Bücher auf den Dachboden gebracht und einen flauschigen Teppich ausgerollt. Auf einem Flohmarkt hatte ich mir zwei schöne Bücherregale ausgesucht, die ich eigenhändig mit Sandpapier abgeschliffen und mit Öl eingelassen hatte. Dann kaufte ich mir einen billigen Sessel mit festem Gestell, den ich zusammen mit einer Stehlampe ans Fenster stellte. Dort saß ich oft bis spät in die Nacht und las und dachte nach, während der Wind um die Ecken heulte und die Dachbalken anheimelnd knarrten.

Ich hatte es kaum gemerkt, wie mir der Raum weggenommen wurde. Horst war so listig vorgegangen, dass es mir schwergefallen war, Einwände zu erheben. Es begann damit, dass er die Anlage kaufte, die mit ihren Lautsprechern das halbe Wohnzimmer einnahm. Sobald ich mich mit einem Buch aufs Sofa gesetzt hatte, legte er eine Platte auf. Wenn ich ihn bat, leiser zu drehen, rief er mit Unschuldsmiene: »Aber ich hab doch keinen anderen Platz, wo ich die Anlage aufstellen könnte! Ich muss doch irgendwo Musik hören dürfen.«

Nach einer Weile entdeckte ich eine schmutzige alte Holzkiste mit Schallplatten auf dem Dachboden.

»Die bewahre ich vorübergehend für Ronny auf«, sagte Horst. »Macht dir doch nichts aus, wenn die eine Weile hier steht, oder?«

Ronnys Schallplatten bekamen bald Gesellschaft. Jeden Tag tauchte etwas Neues auf: ein Keyboard, eine Tüte mit Kabeln, eine E-Gitarre, ein Verstärker. Ich hätte wetten können, dass Horst bei seinen Freunden die Runde gemacht und sich die Sachen zusammengeliehen hatte, nur um sie in meiner Leseecke abzuladen. Als ich einmal auf einer dreitätigen Fortbildung zur Digitalisierung von Bibliotheksarchiven war, war gleich die ganze Stereoanlage auf dem Schreibtisch gelandet, und meine Sachen waren in Tüten und Kartons in eine Kammer verfrachtet worden.

»Das ist die beste Lösung«, erklärte Horst. »Der Raum hier oben ist besser isoliert, dann stört dich meine Musik nicht immer beim Lesen. Du kannst deine Sachen doch ins Schlafzimmer oder in den Keller stellen, oder? Du willst ja doch bloß lesen.«

»Und mein Schreibtisch?«, versuchte ich.

»Was?« In gespielter Verwunderung zog Horst die Augenbrauen hoch.

»Mein Schreibtisch!«

»*Meinen* Schreibtisch meinst du wohl. Den hab ich mal gekauft.«

Das entsprach der Wahrheit. Dagegen konnte ich nichts einwenden. Der Tisch gehörte ihm. Ich hatte die Zähne zusammengebissen und meine Bücher in den Keller getragen. Aus reinem Trotz hatte ich mich eine Woche lang jeden Abend hinuntergesetzt und gelesen, obwohl der Heizkessel gerade kaputt war und es feucht und ungemütlich wurde.

Ich kaufte mir keinen neuen Schreibtisch. Es hatte mir sogar einen gewissen Triumph verschafft, mir keinen eigenen zuzulegen. Horst würde niemals erfahren, wie gerne ich einen Schreibtisch gehabt hätte. Das wollte ich für mich behalten. Ich hatte mich mit dem ausklappbaren Tisch begnügt, den ich in der Bibliothek hatte.

Jetzt hatte ich auch den verloren.

Und stattdessen zwei Filzkörbe bekommen.

Während in mir die Wut über den Stand der Dinge wuchs, ging ich zum Plattenspieler und riss die Kabel heraus. Dann trug ich das ganze Ungetüm in die Küche. Was ich hier tat, war die schiere Garstigkeit, das war mir natürlich klar, aber im Moment war es am wichtigsten, dass ich die Positionen vertauschte. Man sehe sich doch nur die ganzen Kriege an! Sie werden nicht als Auseinandersetzungen mit Verlust von Menschenleben beschrieben, sondern als Strategien, Listen, Rückzüge und Verhandlungen. Genauso verhielt es sich mit dieser Sache. Der Plattenspieler war Horsts Heiligtum, und der hatte jetzt zum letzten Mal Boogie-Woogie gespielt.

Als ich mit der Platzierung zufrieden war (auf der Mikrowelle!), zog ich Horsts Brille aus der Schürzentasche. Sie war ganz schön schwer. Mit Zweistärkengläsern und Premiumveredelung und was nicht noch alles. Man nenne mir einen Sehfehler, den er nicht hatte. Dann holte ich die Dose mit dem Sattelfett, das ich in einer Küchenschublade verwahrte, um damit Schuhe und alte Taschen einzufetten. Ich kramte einen Lappen heraus, nahm einen ordentlichen Klecks Fett und verschmierte es auf den Gläsern. Spaßeshalber setzte ich sie mir einmal auf, um zu sehen, was für einen Effekt das Fett hatte. Es sah aus, als würde man in eine seltsame Unterwasserwelt blicken.

Nachdem ich eine Weile mit der Brille herumgelaufen war, ging ich ins Schlafzimmer und legte sie auf Horsts Nachttisch.

»Jede Kriegführung gründet auf Täuschung.

Wenn wir also fähig sind anzugreifen, müssen wir
 unfähig erscheinen;

wenn wir unsere Streitkräfte einsetzen, müssen wir
 inaktiv erscheinen;

wenn wir nahe sind, müssen wir den Feind glauben
 machen, dass wir weit entfernt sind;

wenn wir weit entfernt sind, müssen wir ihn glauben
 machen, dass wir nahe sind.

Lege Köder aus, um den Feind zu verführen.

Täusche Unordnung vor und zerschmettere ihn.

Wenn der Feind in allen Punkten sicher ist, dann sei
 auf ihn vorbereitet.

Wenn er an Kräften überlegen ist, dann weiche ihm aus.

Wenn dein Gegner ein cholerisches Temperament hat,
 dann versuche ihn zu reizen.

Gib vor, schwach zu sein, damit er überheblich wird.

Wenn er sich sammeln will, dann lasse ihm keine
 Ruhe.

Wenn seine Streitkräfte vereint sind, dann zersplittere
 sie.

Greife ihn an, wo er unvorbereitet ist,

tauche auf, wo du nicht erwartet wirst.

Der General, der eine Schlacht gewinnt, stellt vor
 dem Kampf im Geiste viele Berechnungen an.

Der General, der verliert, stellt vorher kaum
 Berechnungen an.

So führen viele Berechnungen zum Sieg und wenig
   Berechnungen zur Niederlage –
überhaupt keine erst recht!«

Die Kunst des Krieges von Sun Tsu (523 v. Chr.)

$\mathcal{E}$s gab eine Frau in der Bibliothek, die aufgehört hatte, ihren Mann beim Namen zu nennen. Stattdessen hieß er nur noch Heb-und-trag, weil das die Tätigkeiten waren, für die sie ihn meistens einsetzte. Jedes Mal, wenn er in die Bibliothek kam, musste ich an einen geprügelten Hund denken. In seinen Augen flackerte die Angst. Immer diese leicht geduckte Haltung. Der entschuldigende Tonfall. Ich hätte ihn zu gerne einmal beiseite genommen, hätte ihm die Hand auf die Schulter gelegt und geredet wie diese Psychologen in den Zeitschriften: »Jeder Mensch ist für sein Glück selbst verantwortlich!« »Steh auf!« »Nimm dein Leben in die Hand und geh!«

Eigentlich hätte ich mir das selbst sagen müssen. Aber zu dieser Erkenntnis war ich noch nicht gelangt. Gleichzeitig befürchtete ich, es würde sich trotz meiner ganzen Anstrengungen herausstellen, dass ich meinen Vorsatz nicht durchziehen konnte wie geplant: ein normales, strebsames Leben zu leben. Ich wusste ja so gut, dass andere es genauso machten. Sie beklagten sich, fügten sich aber letztlich doch. Wer schafft es schon, die ganze Zeit ehrlich zu sein?

Für dich muss immer alles so groß sein, damit du mal zufrieden bist. Ich wollte nicht, dass dieser Satz stimmte, denn es hörte sich so an, als wäre ich schrecklich verwöhnt.

Was ich gelernt hatte, war wichtig für einen jungen Menschen: dankbar sein, nicht anspruchsvoll, fröhlich, aber nicht dumm, charmant, aber nicht vulgär. Gefühlvoll, aber nicht schwierig. Geduldig. Verzeihend. Unterstützend und großzügig. Süß, aber nicht sündhaft.

Dabei war ich das alles nie gewesen! Ich war von Natur aus kritisch, hochmütig und schnell gelangweilt. Trotz meines unansehnlichen Äußeren hatte ich ein ungezügeltes Inneres. Es dauerte nur etwas, bis ich es herauslassen konnte.

Die meisten Menschen können einfach nicht begreifen, wie viel Energie es kostet, gegen seine eigene Natur anzugehen. Wir kämpfen darum, jemand zu werden, der wir nie gewesen sind, als wäre das besser, als den Menschen zu akzeptieren, der man eigentlich ist.

Ich habe ein Geheimnis, dass ich jetzt, in der zweiten Hälfte meines Lebens, verraten will: Man hat nichts davon, wenn man seine Stärke versteckt. Niemand tut einem deswegen einen Gefallen. Das Einzige, was passiert, ist, dass man missachtet wird. Fangen Sie an, Ansprüche zu stellen, und dann schauen Sie mal, was passiert. Sie werden überrascht sein.

✦

Horst kam gegen sieben Uhr morgens mit dem Taxi nach Hause. Seltsam, wie ein Mensch seine Würde so vollkommen verlieren kann, indem er sich ein Bein bricht. Ich musste ihm ins Bett helfen, und da lag er dann ganz kläglich mit seinem Gipsbein auf dem Kissenhaufen. Am Arm hatte er auch noch einen Verband gekriegt.

»Was ist denn mit deinem Arm passiert?«, fragte ich. »Du hast dir doch das Bein gebrochen, oder?«

»Ich bin noch von der Krankentrage gefallen. Es ist nur ein Muskelriss.« Seine Stimme klang belegt.

»Ich werde mich um dich kümmern«, sagte ich. »Jetzt schlaf erst mal ein bisschen.«

Er fiel sofort in tiefen Dämmerschlaf, während ich neben ihm sitzen blieb und ihn anschaute. Das Haar, das oben auf dem Kopf schon dünn wurde. Den Gips am Bein. Die Krücke vom Bezirkskrankenhaus, die an der Wand lehnte. Jetzt war er erst mal eine Weile ans Bett gefesselt.

Das Ganze entwickelte sich in eine günstigere Richtung als gedacht.

Nun lag er also im selben Bett, das wir schon bei unserer Hochzeit gehabt hatten. Damals war es supermodern gewesen, mit Kopfteil und Fußteil aus Kiefernholz. Ich weiß noch, wie Malena knapp anderthalb Jahre alt war und ich zu einer Bibliotheksmesse nach Dänemark fuhr. Horst sollte sich währenddessen um die Kinder kümmern. Ich musste ihn lange bearbeiten, bis er sich darauf einließ. Er hatte den Terminkalender auf dem Schoß, den er sonst nie benutzte, und blätterte und blätterte, hin und her und vor und zurück.

»Du willst also einfach wegfahren?«, meinte er schließlich.

»Ich bin doch nur drei Tage weg«, sagte ich.

Blätterblätter.

»Das wird aber schwierig.«

»Du weißt das doch schon seit einem halben Jahr.«

»Ja, schon. Dann willst du also deine eigenen Kinder allein lassen?«

Oh Gott, wie ich ihn in dem Moment hasste. Ich raste

vor Wut. Reine, unverdünnte Wut. Er war nicht ein einziges Mal bei den Kindern geblieben, als sie krank waren. Hatte nie gedacht, dass mein Job auch nur annähernd so wichtig war wie seiner. Kurz bevor ich fuhr, sah ich, dass in unserem Bett eine vollgepinkelte Windel lag, die ich vergessen hatte wegzuwerfen. Automatisch streckte ich die Hand danach aus, aber dann überlegte ich es mir anders. Ich schaute die Windel einen Augenblick an. Die gelbliche äußere Schicht, die dicke Beule auf der einen Seite. Dann ging ich geradewegs zur Haustür hinaus, ohne sie zuzuknallen.

Als ich nach drei Tagen nach Hause kam, lag die Windel immer noch an derselben Stelle im Bett. Es war mir ein innerlicher Triumph. Horst war genauso unaufmerksam und ungeschickt, wie ich dachte. Ich erwähnte die Windel mit keinem Wort und warf sie einfach weg. Mein Sieg spielte sich im Stillen ab.

Jetzt lag er selbst dort. Nicht weit weg von der Stelle, an der vor gut dreißig Jahren die Windel gelegen hatte. Genau an der Stelle hat er sich später wundgelegen.

Wie man sich bettet, so liegt man.

✦

Wo wir uns kennengelernt haben? Ach, das war in meinem letzten Jahr auf der Bibliothekshochschule, beim Tanzen. Es war Karfreitag. Eigentlich hatte ich ein schlechtes Gewissen, ausgerechnet am Karfreitag loszuziehen und mich zu amüsieren. Das war schließlich der Tag, an dem Jesus gekreuzigt worden war. Nicht dass ich noch gläubig gewesen wäre, aber meine Mutter war Christin und glaubte an Sünde und Strafe. Und man konnte ja nie wissen. Normalerweise ging ich selten tanzen, es interessierte mich nicht sonderlich. Meistens war es quälend, darauf zu warten, dass man aufgefordert wurde, und gleichzeitig darauf gefasst zu sein, unerwünschte Annäherungen abzuweisen. Aber an bewusstem Abend wurde ich von einer Studienkollegin namens Gun überredet. Sie war oft unterwegs und kannte sämtliche Tanzveranstaltungen und Orchester. Sie tuschte mir die Wimpern mit Cake Mascara und verpasste mir rosa Lippenstift. Auf meine Nägel, die ich praktisch kurz geschnitten trug, kam purpurfarbener Nagellack.

»Du könntest richtig hübsch aussehen, wenn du nur wolltest«, sagte Gun, packte mich bei den Schultern und schüttelte mich leicht. »Du könntest wirklich jeden kriegen!«

Ich hatte eine blaue Hose aus Moleskin-Stoff und eine weiße Spitzenbluse an. Die Tanzveranstaltung fand auf dem alten Festplatz statt, ein gutes Stück außerhalb der Stadt. Davor standen die Jungs im Gebüsch und schütteten den Alkohol aus Flachmännern und Halbliterflaschen in sich hinein. Auf der Toilette drängten sich die Mädchen in einer Wolke aus Haarspray, Schweiß und Parfum. Eine lokale Band namens *Motormännen* sollte auftreten. Gun und ich standen ganz vorne an der Bühne. Als die Band herauskam, fiel mir Horst sofort ins Auge. Während er spielte, warf er mir ständig lange Blicke unter seiner blonden Tolle zu. Die Musik war nichts Besonderes, eine Art monotoner Rock mit simplen schwedischen Texten, aber er sah gut aus mit seinem dunkelroten Cordanzug und dem flirtenden Blick. Jedes Mal, wenn er mich ansah, spürte ich, wie mir im Gesicht und im Bauch ganz heiß wurde. Als sie nach ein paar Zugaben die Bühne verließen, kam er schnurstracks zu mir und forderte mich zum Tanz auf.

Er konnte gut tanzen. Konnte mich halten und führen. Das ist eine Kunst, die nicht viele beherrschen. Er trug ein ungewöhnliches Armband aus geflochtenem Leder, und als ich ihm in einer Pause zwischen zwei Liedern ein Kompliment dazu machte, nahm er es wortlos ab und knotete es um mein Handgelenk. Eigentlich war es wohl diese Geste, bei der ich mich endgültig in ihn verliebte.

Das letzte Lied war ein Klammerblues, und wir tanzten so eng aneinandergepresst, wie ich noch nie mit jemandem getanzt hatte. Er drückte seinen Unterleib an mich, und mir wurde fast schlecht von dem Begehren, das in mir aufwallte. Zugleich dachte ich an etwas wie Verpflichtungen. *Das muss etwas Ernstzunehmendes sein! Sonst würde ich mich doch nicht so fühlen, oder? Das muss ich ernst nehmen. Das ist wichtig.*

Er hatte ein Auto, einen hellblauen Volvo Amazon. Er fuhr mich nach Hause, zu meinem gemieteten Zimmer, ohne auch nur einen Versuch zu unternehmen, mich zu küssen.

Er drückte nur meine Hand auf dem Sitz und sagte: »Bis bald.«

Und so war es auch. Denn schon am nächsten Tag kam er vorbei und bat mich, mit ihm ins Kino zu gehen. Es war Samstag, und wir gingen in eine Matinee. Er bezahlte die Eintrittskarten und hielt meine Hand, als würde ich ihm gehören. Das gefiel mir. In den nächsten Monaten fuhr ich mit ihm und seiner Band zu ihren Auftritten bei verschiedenen Tanzveranstaltungen. Ein paar Lieder hatten sie selbst geschrieben, ansonsten waren es hauptsächlich Coverversionen. *Ein altes Pferdehalfter. Keine leeren Worte. Jetzt oder nie.* Es war entspannend, die verlassenen Landstraßen entlangzufahren, während die Sonne langsam hinter Äckern und Fichtenwäldern unterging. Eine stille Zuflucht, der Bibliothek nicht ganz unähnlich. Dass die Musik im Autoradio ein bisschen fad war, konnte ich ertragen. Ebenso wie den Umstand, dass er sich meistens mit den Jungs auf der Rückbank unterhielt. Zumindest hatte ich das Privileg, auf dem Beifahrersitz zu sitzen, mit seiner warmen Hand auf meinem Oberschenkel.

Er hatte eine eigene Wohnung, was in meinem Bekanntenkreis eher außergewöhnlich war. Die jüngeren Studenten und alle Arbeiter aus der Textilfabrik wohnten für gewöhnlich irgendwo zur Untermiete. Doch Horst wohnte in einer eigenen Wohnung im dritten Stock, wo er die roten Blechdächer überblicken konnte. Ich hatte bisher nie die Dächer gesehen. Immer nur die Fassaden.

»Man könnte meinen, man steht in Paris«, sagte ich, als ich ans Fenster trat. Dabei war ich niemals in Paris gewesen.

»Ach, komm.« Er lachte überrascht, als wäre der Gedanke völlig absurd.

Schon in dem Moment hätte ich aufmerken müssen.

Rechts befand sich eine Kochnische ohne Fenster. Im einzigen Zimmer stand an der einen Wand ein Sofa. Ich weiß noch genau, wie es aussah: ein viel zu weicher Dreisitzer mit braunen Noppen. Typisches Junggesellenmöbel. An der anderen Wand stand ein Einzelbett mit einer Tagesdecke aus Kunstfaser. Horst verschwand in seine Kochnische und begann mit irgendetwas herumzuhantieren. Der Sommer hatte die Stadt in Hitze und Stille getaucht. Ich nahm jedes Detail im Zimmer in mich auf, vom vertrockneten Ficus bis zur halb offenen Kommodenschublade mit den Strümpfen. Der Raum war mit einem PVC-Boden ausgestattet, der ziemlich abgewetzt war. Ich konnte mir den Gedanken nicht verkneifen, ob darunter wohl Parkett war. Ob der wohl hübsch genug wäre, um ihn freizulegen? Ich überlegte, wie ich die Wohnung einrichten und tapezieren würde, wenn ich dürfte. Wo wir das Bett und den Esstisch hinstellen würden. Seltsam, wie man sich in ein paar Sekunden ein Bild von einem ganzen Leben machen kann, oder?

Nach einer Weile brachte Horst ein Tablett, auf das er zwei Tassen Kaffee und Kekse gestellt hatte. Letztere hatte er liebevoll auf einem Teller drapiert und eine Serviette untergelegt. Er stellte das Tablett ab, deutete darauf und meinte: »Nimm dir! Die Kekse sind für dich.« Dann lehnte er sich auf dem Sofa zurück und schaute zu, während ich aß.

Es war schwül im Zimmer. Ich glaube, es war ziemlich genau Anfang August. Und ich fand, dass so das Glück aussah. Es hatte etwas ganz Anspruchsloses: schwacher Kaffee und viel zu süße Zitronenkekse und ein Sofa mit Noppen. Vor dem staubigen Fenster lag eine ganze Welt, die mich nicht mehr sonderlich interessierte. Ich verlangte wenig von der Liebe. So wenig verlangte ich, dass ich innerlich erzitterte, als er sich vorbeugte, mir eine Haarsträhne hinters Ohr strich und sagte: »Du bist ziemlich süß, weißt du das?«

Dann küssten wir uns, und ich dachte mir, dass so das richtige Leben aussah. Vielleicht war es einfach nicht so gedacht, dass man es in solch hohen Dosen einnahm. Mir wurde schwindlig, und ich legte mich auf Horsts Schoß und sagte: »Ich muss mich kurz ausruhen.«

Und ich spürte seine Hand auf meinem Haar. Sie war groß, aber sie zitterte trotzdem.

»*Wenn du zu lang über
den nächsten Schritt nachdenkst,
wirst du ein Leben lang
auf einem Bein stehen.*«

Chinesisches Sprichwort

Malena rief mich am Vormittag an, nachdem sie offenbar erfahren hatte, dass sich ihr Vater das Bein gebrochen hatte. Wahrscheinlich hatte er sie aus dem Krankenhaus angerufen, was ein einmaliges Ereignis war. Sonst war ich immer diejenige, die sich um die Telefonate mit den Kindern kümmerte.

»Fraktur an zwei Stellen«, bestätigte ich. »Und einen Muskelriss im Arm. Er kann nicht ans Telefon kommen.«

»Kannst du es ihm nicht bringen?«

»Er schläft. Er braucht seine Ruhe.«

Malena schwieg.

»Ist er einfach so gestürzt?«

»Sieht so aus«, meinte ich. »Ich weiß auch nicht so richtig, wie es passiert ist. Ich war gerade in der Küche. Die Treppe war aber schon immer etwas glatt.«

»Du musst da mal Stufenmatten drauflegen.«

»Hab ich schon gemacht.«

»Vielleicht ist er auch einfach überanstrengt. Er muss es mal ein bisschen ruhiger angehen lassen. Du musst darauf achten, dass er sich nicht kaputtarbeitet, Mama!«

Sie seufzte.

»Ich hab keine Zeit, zu euch zu kommen und euch zu helfen. Ich hab im Job so viel um die Ohren. Kommt ihr denn zurecht?«

»Er hat sich doch nur das Bein gebrochen. Ich kümmere mich schon um ihn. Ich habe mir sogar ein paar Tage freigenommen.«

Ich schob eine Holzfigur auf dem Fensterbrett zurecht. Malena hatte sie mal geschnitzt, als sie klein war: ein Mittelding aus Meerjungfrau und Monster. Im Hintergrund hörte ich die Enkelkinder lärmen.

»Wie geht es meinen kleinen Schätzchen?«, fragte ich und räusperte mich.

»Marius hat einen Zahn verloren.«

»Oh, dann kommt heute Nacht die Zahnfee zu euch, hm?«

»Hat Papa starke Schmerzen?«

»Er hat Tabletten gekriegt. Denk jetzt nicht mehr drüber nach«, sagte ich. »Davon geht es ihm auch nicht besser. Ich rufe dich morgen an, okay?« Ein unangenehm stechendes Gefühl breitete sich in meinen Armen aus, als ich den Hörer aufgelegt hatte.

»Hallo? Irene?« Aus dem Schlafzimmer rief Horst nach mir. Er klang richtig jämmerlich.

»Was ist?«

»Kannst du kommen?«

»Gleich. Ich bin noch am Telefon.«

»Wer ist dran?«

»Kennst du nicht. Schlaf weiter.«

Ich schaute aus dem Fenster. Es war ein nebliger, kalter Tag. So ein Tag, an dem das Licht dünn und silbrig aussieht, wie im Märchen, und man die Dinge kaum erkennen kann. Als ich klein war, blinzelte ich immer in den Nebel und ließ meine Fantasien und Märchenfiguren Gestalt annehmen. Ich versuchte, mein Unbehagen vom Telefonat abzuschütteln, während ich zum Schlafzimmer ging.

»Was ist denn?« Ich blieb an der Tür stehen.

»Mit der Brille ist irgendwas. Kannst du mir die mal putzen?« Horst streckte mir kläglich die Brille entgegen. Seine Hand zitterte.

Ich nahm sie. Das Sattelfett hatte auch die Brillenbügel verschmiert. Ich nahm ein Stück Bettlaken, putzte ein bisschen ums Fett herum und gab ihm die Brille zurück.

»Da. Jetzt ist sie sauber.«

»Kannst du mir auch die Zeitung geben?« Seine Stimme klang brüchig.

Meine Güte!, hätte ich am liebsten gerufen. Du hast dir doch nicht die Stimme gebrochen! Ich halte das nicht aus, wenn du mit dieser Stimme sprichst! Halt die Klappe! Aber ich sagte nichts und reichte ihm nur die Zeitung vom Nachttisch.

»Brauchst du sonst noch was?«

»Vielleicht ein Brot?« Immer noch diese Stimme. »Ich glaub, ich seh immer noch ein bisschen verschwommen.«

»Das liegt sicher an den Medikamenten«, sagte ich. »Diese Schmerzmittel sind ziemlich stark.«

»Ja, ja, das geht sicher vorbei.« Er klopfte tröstend auf die Kissen, die er im Rücken hatte.

»Gibt es vielleicht noch ein kleines Stück Obst?«, rief er mir nach, als ich schon auf dem Weg in die Küche war.

»Sonst noch was?«, fragte ich mürrisch.

Mein Tonfall entging ihm.

»Im Moment nicht. Später vielleicht.«

Aus reiner Genervtheit rührte ich zwei Teelöffel Bleizucker in den Philadelphiakäse, bevor ich ihn aufs Brot schmierte. Mit dem Zusatz war er sogar einfacher zu verstreichen.

Obendrauf legte ich ein paar Scheiben Schinken und ein Petersilienzweiglein.

»Hier kommt der Zimmerservice«, sagte ich und stellte das Tablett auf Horsts Nachttisch. »Kauen musst du aber selbst.«

Zufrieden hievte er sich ein Stück im Bett hoch.

»Das sieht ja schön aus. Danke.«

Ich schaute ihn verblüfft an. Danke? Das Wort war ihm nicht allzu oft über die Lippen gekommen.

Ich sah zweifelnd zu, während er mit gutem Appetit aß.

»Kannst du mir nicht aus der Zeitung vorlesen? Ich seh einfach zu schlecht.« Er leckte sich etwas Frischkäse vom Mundwinkel und deutete mit einem Nicken auf die Zeitung, die auf seiner Bettdecke lag.

Ich setzte mich auf die Bettkante und warf einen Blick auf die Titelseite der *Illustrierten Wissenschaft*. Das war Horsts Bibel, das einzige Heft, das er las, neben der *Hifi & Musik* und den neuesten Nachrichten in Sachen Kabeltechnik. Mein Blick fiel auf eine Überschrift ganz unten auf der Titelseite: »Elektrosmog – ein moderner Mythos?«

Ich merkte, wie meine Wangen heiß wurden, während eine Idee allmählich in mir Gestalt annahm. Nonchalant blätterte ich ein paar Seiten weiter und räusperte mich.

»Elektrosmog: Ein Thema für die Forschung?«, las ich vor.

Horst mampfte genüsslich sein Brot.

»Elektrosmog wird schon lange diskutiert, aber er ließ sich bisher wissenschaftlich kaum bis gar nicht belegen. Die Wissenschaftswelt schien größtenteils davon auszugehen, dass dieses Phänomen eher der Einbildung zuzuschreiben sei.«

Horst hörte auf zu essen und gluckste zufrieden.

»Doch englische Forscher denken jetzt um«, fuhr ich fort.

Horst hatte großes Vertrauen in England. Wegen des Atlantikkabels.

»In einer großangelegten Untersuchung der Cambridge University hat man freiwillige Testpersonen aus der Computer- und Elektroindustrie befragt, die wegen ähnlicher Symptome den Arzt aufsuchten. Die Befragten waren Elektroinstallateure, Elektroingenieure, Servicetechniker und Kabelverleger.« Ich legte eine Kunstpause ein.

»Lies weiter!«, bat Horst.

»Im Laufe eines Jahres setzte man die Testpersonen hoher elektromagnetischer Strahlung aus, wodurch sich die Symptome verschlimmerten. Sie zeigten sich in Form von Gewichtsverlust, trockener, blasser Haut, Erbrechen, Magenschmerzen, Durst und Schwindel.«

Horst rülpste und schaute mich an.

»Hast du gerade Schwindel gesagt?«

»Schwindel. Steht hier.« Ich ließ die Zeitschrift auf den Schoß sinken. »Und wenn du jetzt am Ende ein Opfer des Elektrosmogs bist, wo du doch den ganzen Tag mit Kabeln zu tun hast? Könnte es nicht daran liegen? Auch deine Kopfschmerzen und das alles?«

»Unfug. Das liegt an diesen blöden Forschern. Die haben nichts zu tun, also denken sie sich bescheuerte Studien aus. Was steht da sonst noch?«

»Hier steht nur, dass es neue Erkenntnisse gibt. Vielleicht ist ja doch was dran? Ich finde, das klingt seriös. Das ist eine renommierte englische Universität.«

Horst presste missbilligend die Lippen zusammen.

»Gibst du mir mal eine Paracetamol? Ich hab Schmerzen.« Er lehnte sich an sein Kissen. Er hatte sich schon bestens in seine neue Identität als Bettlägeriger hineingefunden.

»Kann ich noch mehr Brote haben?«

»Mache ich dir«, sagte ich.

»Mit ganz viel Schinken.«

Als ich ins Schlafzimmer kam, war Horst eingeschlafen. Ich schlüpfte auch ins Bett und stopfte mir ein Daunenkissen in den Rücken. Den gestreiften Bezug hatte meine Großmutter in einsamen Nächten beim matten Schein einer Petroleumlampe gewebt. Als Einzige hatte ich dieses Kissen haben wollen. Dann schlug ich mein Buch über Gifte auf.

Draußen hatte es angefangen zu hageln.

✦

Ich möchte ein bisschen von den Mahlzeiten erzählen, die ich mittlerweile einnehme. Ich esse sehr schlicht, aber trotzdem habe ich mein Essen nie so geschätzt wie jetzt. Ich habe ein kleines Kartoffelfeld hinter dem Häuschen, hinter den Pflanzkästen mit dem Grünkohl. Die Befriedigung, die man empfindet, wenn man ein Bündel zarter, neuer Kartoffeln aus der Erde zieht, ist kaum zu übertreffen. Ich nehme sie mit ins Haus und brause sie in der Spüle ab, mit Blick auf den Waldrand. Dann lasse ich eiskaltes Wasser in einen Topf laufen, gebe ordentlich Salz hinein und mache den Herd an. Im Keller habe ich jede Menge Konservendosen: Hering, braune Bohnen, Ravioli, Rindssuppe. Mir gefällt der Gedanke, dass ich noch eine ganze Weile überleben könnte, sollte der Rest der Welt untergehen. Wenn ich Lust habe, mache ich ein Glas Matjes auf, hole mir eine Handvoll Schnittlauch vom Beet, hacke ihn grob und warte, bis die Kartoffeln gar sind. Anschließend gebe ich einen Löffel eiskalte Butter darüber und richte alles auf einem Teller an.

Gelegentlich trinke ich ein Bier dazu.

Dann setze ich mich vors Haus in die Sonne, stelle den Teller auf den kleinen, grün gestrichenen Gartentisch und bereite mich innerlich auf dieses göttliche Mahl vor.

Eine geheimnisvolle Brise von den Baumwipfeln. Die Zustimmung des Schöpfers. Ich lasse die Butter auf den Kartoffeln schmelzen, bis sie mit dem säuerlichen, sonnenwarmen Schnittlauch in den Matjessud läuft.

Alles um mich herum erscheint wie ein Kunstwerk. Denn genau das ist es: ein Kunstwerk. Wir Menschen haben die Chance, es wertzuschätzen, doch nur zu oft übersehen wir es. Mittlerweile genieße ich die Dinge, die die meisten Menschen für klein und unbedeutend halten. Wie die gelben Blätter, die in weichen Pirouetten durch die Luft tanzen. »Das Laub winkt uns zu«, wie Tomas als kleiner Junge sagte. Kinder sehen so etwas. Erwachsene hingegen sehen etwas anderes, meistens etwas weniger Schönes. Die Schönheit war schon immer einer der Gründe, warum ich Bücher geliebt habe. Die Schönheit ist ein Wert an sich. Sie muss nicht mit Nützlichkeit oder einer politischen Botschaft begründet werden, um ihre Existenz zu rechtfertigen.

»Ein Text voll großer Schönheiten«, steht in einem alten Vorwort zu einem Shakespeare-Stück, das ich auf dem Nachttisch liegen habe. Das ist ein wichtiger Hinweis. Also genieße ich das alles. Gereimte Gedichte. Einen sternenübersäten Nachthimmel. Die Lockrufe der Vögel im Wald. Das Gefühl, wenn ich eine Handvoll Kräuter abzupfe und meine Hand davon duftet. Liebstöckel. Thymian. Rosmarin. Eisenkraut.

Mehr braucht es nicht. Nur die Fähigkeit zu genießen. Und die Dinge anzunehmen.

Vielleicht regen sich die alten Erinnerungen wie aufgeweckte Urzeittiere, weil ich angefangen habe, in dieses Notizbuch zu schreiben? So vieles, was ich im Laufe der Jahre verdrängt hatte, kommt zurück.

Wir hatten ein gemeinsames Sparbuch. Die Einzahlungen, die wir beide jeweils tätigten, sobald wir ein bisschen Geld übrig hatten, waren für nette Anschaffungen rund ums Haus gedacht. Horst wollte einen Bartresen in der Küche. Ich führte eine intensive Überzeugungskampagne für ein Gewächshaus, in dem ich unser eigenes Gemüse anbauen könnte. Dadurch würden wir Geld sparen, versuchte ich zu argumentieren.

»Aber Kartoffeln kann man doch einfach so in die Erde setzen, oder nicht?« Horst schaute mich misstrauisch an.

»Ja, aber denk doch mal an Tomaten oder Gurken«, sagte ich. »Die muss man schon in einem Gewächshaus ziehen. Und Salat und Spinat und Auberginen.«

»Auberginen? Wer will denn bitte schön Auberginen essen?«

Horst beendete die meisten Diskussionen, die er nicht führen wollte, sehr effektiv, indem er einfach aus dem Zimmer ging. Nach langem, ausdauerndem Kampf hatte ich ihn jedenfalls überredet, das Gewächshaus zu kaufen, obwohl er sich das Recht vorbehielt zu entscheiden, wann es soweit sein sollte.

»Denn du wirst ja wahrscheinlich Hilfe brauchen, wenn du die Hütte aufbaust, oder?«

Die »Hütte« war ein total modernes Gebilde mit automatischen Fensteröffnern im Dach. Großartig. Ich kaufte mir schon mal pastellfarbene Gummistiefel. Dann würde ich sogar an Regentagen in den Garten gehen und im Schutz des Glasdaches die Hände in die Erde stecken können. Jedes Mal, wenn ich Obst kaufte, hob ich die Kerne auf. Ich hatte hochfliegende Pläne für den Anbau von Maracuja und Avocado. Wenn ich erst mein Gewächshaus hätte. Aber dann kam ich eines Tages von der Arbeit nach Hause und entdeckte einen brandneuen, knallgelben Aufsitzrasenmäher auf unserem Grundstück. Ich starrte ihn eine Weile an, bevor ich ins Haus ging und Horst rief.

»Wem gehört denn die Maschine, die da auf dem Rasen steht?«, fragte ich atemlos.

»Welche Maschine?«

»Na, dieser hässliche knallgelbe Rasenmäher?«

»Ach so, weißt du ...«, begann Horst. »Ich bin auf dem Heimweg am Baumarkt vorbeigekommen. Wusstest du, dass die pleitegemacht haben? Sie hauen alles raus. Zu Spottpreisen.«

»Was hat das mit dem Thema zu tun?«

»Jetzt können wir endlich den Rasen schön mähen. Früher war der ja nie so richtig gepflegt.«

»Was willst du damit sagen?«, fragte ich. »Ich habe ihn jahrelang mit dem Handrasenmäher gemäht. Das ging ganz wunderbar. Ich brauche doch nicht so eine Riesenmaschine, um den Rasen zu mähen!«

»Ab jetzt übernehm ich diese Arbeit.« Horst legte mir eine Hand auf die Schulter.

»Wie viel hat der gekostet?«

Horst antwortete nicht gleich.

»Knapp zwanzigtausend Kronen. Das Aggregat war im Preis inbegriffen.« Er räusperte sich und straffte den Rücken.

»Den kannst du allein bezahlen«, sagte ich kalt. »Ich hoffe wirklich, dass du nicht unsere gemeinsamen Ersparnisse für dieses Ding ausgeben willst.«

»Du kriegst schon noch dein Gewächshaus, wenn es das ist, worum du dir jetzt Sorgen machst. Aber wir können im Moment nicht mehr investieren, das verstehst du doch auch, oder? Der Rasenmäher hat eben doch ein Sümmchen gekostet. Das ist eine gemeinsame Investition. Außerdem hat er auch einen tollen Wiederverkaufswert. Versuch doch mal, ein gebrauchtes Gewächshaus zu verkaufen, da wirst du dich ganz schön umschauen!«

Er drehte sich um und schlurfte ins Wohnzimmer. Ich stand da und kochte vor Wut.

Es wurde nichts aus dem Wiederverkauf des Aufsitzrasenmähers. Und auch nichts aus dem neuen Gewächshaus. Im Gegenteil, ich verlor sogar noch das bisschen, was ich hatte. Als Horst den neuen Rasenmäher in Betrieb nahm, fuhr er über einen Stein, der direkt durch die Glasscheibe geschleudert wurde, mit der ich meine Pelargoniensteckling schützte. Die Scheibe explodierte quasi. Horst machte den Motor aus und rutschte vom Sitz.

»Ojeoje. Der ist einfach davongeflogen. Hast du das auch gesehen? Dieser Rasenmäher hat wirklich starke Rotorblätter.« Er schob das Käppi hoch, das er sich extra für seine Aufenthalte im Grünen zugelegt hatte. »Na ja, da drüben musste sowieso ein bisschen Platz gemacht werden.«

Nach dem Vorfall kann man sich leicht ausrechnen, wie oft der Rasenmäher noch benutzt wurde. Ich rührte ihn natürlich nicht an, und Horst parkte ihn immer weiter entfernt vom Haus. Eines Tages verschwand er unter einer Plane, die nur noch ganz selten abgenommen wurde. Das Einzige, was von meinem alten Gewächshaus blieb, waren ein paar Holzpaletten, die irgendwann der Feuchtigkeit zum Opfer fielen.

✦

Wie hält man es eigentlich mit jemandem aus? Das ist die Frage. Ist es möglich, Seite an Seite zu leben, ohne dass der eine dem anderen das Gefühl gibt, minderwertig zu sein, seltsam, wunderlich, anders als die anderen, unterlegen – oder überlegen? Kann man ohne Machtkämpfe zusammen sein und nebeneinanderher gehen?

Ich habe meine Zweifel. Vielleicht sieht es manchmal anders aus, aber ich muss nur meine Freundinnen anschauen, meine alten Arbeitskolleginnen. Manche sind von ihren Ehen so gründlich vernichtet, dass sie langsam schon wieder glücklich aussehen. *Seht ihr? Die passen so toll zusammen. Nach vierzig Jahren sind sie sich so ähnlich geworden.*

Oh doch, ich sehe es schon. Sie sind am Ende. Fertig. Erschöpft. Ausgelaugt. Sie haben sich mit ihrer Niederlage abgefunden, sie können einfach nicht mehr. Sie sind nur noch Hüllen, die es nicht einmal fertigbringen, wie sie selbst auszusehen.

Meine kleine Schwester war in Beziehungsdingen immer sehr unbeständig, ist von Mann zu Mann gewandert. Zweimal war sie verheiratet und hatte Kinder aus beiden Ehen. Seitdem hat es mehrere kürzere und längere Beziehungen gegeben. Sie war mit sich selbst beschäftigt und launenhaft und empfindlich wie ein kleines Kind. Meine Mutter hatte in den Rahmen mit dem Foto von ihrem Abitur ein Zitat von Goethe gesteckt: »*Du verklagest das Weib, sie schwanke von einem zum andern! Tadle sie nicht: sie sucht einen beständigen Mann.*« Das sah meiner Mutter so gar nicht ähnlich, ich glaube, sie hat das Zitat aus einer Illustrierten ausgeschnitten.

Ich weiß noch, wie meine Schwester mir einmal einen Brief schickte, in dem sie offenherzig beschrieb, wie sie mit ihrem neuesten Kavalier in eine Paartherapie gegangen sei, dass sie jetzt aber doch beschlossen hätten, eine Beziehungspause einzulegen. Um einander Gelegenheit zu geben, sich wieder nacheinander zu sehen, wie sie schrieb. Horst schnappte mir den Brief aus der Hand, als wir am Küchentisch saßen und frühstückten. Klatsch hat er schon immer gewittert, wie ein Straßenköter den Abfall.

»Na, die haben es ja nicht lange miteinander ausgehalten«, meinte er lachend und schob mir den Brief achtlos über die Wachstuchtischdecke zu.

Wie im Triumph. Und als ich sein zufriedenes, freudloses Lachen hörte, kam mir auf einmal die schreckliche Erkenntnis: Wir beide wussten und hatten akzeptiert, dass wir nur zusammen waren, weil keiner von uns beiden nachgeben wollte. Damit andere nicht über uns sagen konnten, was er gerade über meine Schwester gesagt hatte. Wir wussten auf eine unausgesprochene Weise, dass wir immer noch verheiratet waren, weil wir nicht die Kraft hatten, selbst etwas aus unserem Leben zu machen, weil wir nicht wagten, uns dem ungetrübten Blick eines neuen Menschen auszusetzen. Wir zwei waren zusammen, um zu zeigen, dass wir es geschafft hatten, einander zu ertragen. Um anderen zu zeigen, dass es sehr wohl ging! Und wenn es uns das Leben kosten sollte. Mir wurde auf einmal so schlecht am Frühstückstisch, dass ich rausgehen und mich auf die Toilette setzen musste. Es flimmerte mir vor Augen. Ich ließ den Kopf zwischen die Knie sinken, und dann packte mich eine Welle der Solidarität mit meiner Schwester. Bitte, dann war sie eben ein unordentlicher Mensch, aber sie versuchte zumindest zu leben. Sie war nicht so leer, dass sie sich von den Misserfolgen anderer nähren musste, um sich selbst erfolgreich zu fühlen. Darin lag doch ein ziemlicher Kampfgeist, oder nicht?

Ich wurde immer mutiger. Verdreifachte die Dosis. Jetzt, wo Horst bettlägerig war, wurde alles viel einfacher. Morgens machte ich mir Toast und Kaffee, wann es mir passte, und ließ ihn so lange warten, wie es mir gefiel, bis ich ihm sein Frühstück brachte.

Brot. Ei. Joghurt. Blei.

Zum Mittagessen: Kartoffeln. Frikadellen. Zwiebelsauce. Blei.

Das Abendessen konnte aus Pfannkuchen mit Bleizucker oder einer einfachen Bleibouillon bestehen.

Mein Erfindungsreichtum kannte fast keine Grenzen, und er verzehrte seine Mahlzeiten alle mit bestem Appetit. Manchmal schlief er mitten im Essen ein, aber im Großen und Ganzen war er wie immer. Den großen Unterschied bemerkte man in den Kleinigkeiten. Jetzt war ich diejenige, die am Abend die Fernbedienung fest im Griff hatte. Ich war es, die die Zeitschaltuhr im Keller einstellte, damit das Haus rund um die Uhr richtig warm war. Horst musste sich daran gewöhnen, weniger Koteletts zu essen, und stattdessen Bulgur kennenlernen. Es war gar nicht so leicht, ihn genau zwischen zwei Zuständen zu halten: einer so schlechten Verfassung, dass er ärztliche Hilfe in Anspruch nehmen wollte, und einem verwirrten Zustand, in dem er fand, dass er doch niemanden brauchte. Aber ich kannte ihn schon so lange, dass mir dieses Kunststück gelang.

Es wurde November. Ich kaufte mir einen teuren roten Daunenmantel und ein Paar fingerlose Handschuhe aus Mohair. So konnte ich leichter im Durchzug der offenen Fenster stehen, wenn ich Essig kochte. Einen guten Kreislauf bekam ich kostenlos obendrauf. Ich hatte sogar das Gefühl, dass meine Augen besser geworden waren. Ich bekam einen richtigen Forscherblick, das merkte ich ganz deutlich, wenn ich im Badezimmer stand und mir abends die Zähne mit fluorfreier Zahnpasta putzte, denn ich hatte plötzlich das ganze Kleingedruckte zu den schädlichen Eigenschaften von Natriumfluorid gelesen.

Ich muss sagen, ich wandte meine gesammelte Lebenserfahrung auf bahnbrechende und fachübergreifende Weise an, und ich bezweifle, dass jemals ein anderer Chemiker – ob Profi oder Amateur – so vorgegangen ist. Ich spürte, dass ich ein grundlegendes Verständnis für Metalle besaß. Es machte mir Spaß, Blei in Zucker zu verwandeln. Vom Schlittenglöckchen zum Pulver. Ich verstand sowohl den chemischen Prozess als auch die Zubereitung, und ich lernte auf die Sekunde genau, wann ich das Wasserstoffperoxid hineinträpfeln lassen musste, bevor der Essig zu kochen begann. Manchmal befielen mich Zweifel, aber die schob ich beiseite. Wenn ich jetzt alles abblies, wäre Horst bald auf den Beinen, und meine ganze Arbeit wäre umsonst gewesen. Ich musste mich an meinen Plan halten und am besten noch etwas Tempo zulegen.

Zuerst fand ich es stressig, wieder in die Arbeit zu müssen, nachdem ich zwei Wochen freigenommen hatte, um Horst in Vollzeit pflegen zu können. Doch als ich zurückkam, merkte ich, wie gut mir die freie Zeit getan hatte. Ich hatte Gelegenheit bekommen, meine Giftherstellungsmethoden zu vertiefen und zu verfeinern. Ich war als Mensch gewachsen, war jetzt von brennender Begeisterung erfüllt. Und das sah man mir offenbar auch an. Mir kam es so vor, als würde ich von Männern auf der Straße wohlwollende Blicke ernten. Warum auch nicht?

Nach ein paar Tagen rief Horsts Chef an und wollte wissen, wie es aussah. Ich schaltete auf Lautsprecher und stellte das Telefon auf die Schwelle zum Schlafzimmer. Eigentlich war das kaum nötig, denn sein Chef redete immer so laut, als stünde er mitten auf einer lauten Baustelle.

»Wie geht's dir, Horst?« Die Stimme schnarrte und hallte aus dem Lautsprecher. Wahrscheinlich saß er gerade im Auto.

»Na ja, ich lieg total hilflos rum. Und meine bessere Hälfte trifft alle Entscheidungen.«

»Was meinst du denn, wann du wieder auf den Beinen bist?«

»Sie haben gesagt, es kann sechs, sieben Wochen dauern, bis ich richtig auftreten kann.« Horst bekam einen Hustenanfall. »Man kommt ja schon ein bisschen aus der Form, wenn man nur daliegt, aber ansonsten fehlt mir nichts. Bin nur etwas müde.«

»Wir haben den ganzen Auftrag für die neue Wohnsiedlung unten am Hafen gekriegt. Haben wir heute Morgen erfahren. Startschuss ist schon nächsten Monat, also sieh zu, dass du möglichst bald wieder auf die Füße kommst.«

»Definitiv. Ich lieg hier im Bett, und mein Bein heilt vor sich hin.«

»Prima. Ich komm demnächst mal vorbei und schau, wie's dir geht. Und jetzt werd mal schön gesund.«

»Mach ich.«

Na, viel Glück auch, dachte ich.

Noch am selben Tag kam ein halb verwelkter Blumenstrauß von seiner Arbeitsstelle mit einer krakelig beschrifteten Karte: »*Gute Besserung! Schöne Grüße von den Arbeitskollegen.*«

Astern. Ich habe sie schon immer gehasst. Eine von Menschen zurechtgezüchtete Blume ohne jeden Charme.

Hier auf dem Land habe ich weder Astern noch Tagetes oder hässliche Petunien. Wenn die Blumen wollen, dürfen sie sich gerne vermehren. Ich habe eine dunkelrote Edelrose, die nach Ingrid Bergman benannt ist. Gleich nebenan wächst eine steife Sorte in Zartrosa. Daneben befindet sich eine wunderbar duftende Strauchrose mit gelb-rosa gesprenkelten riesigen Blüten, die diesen Sommer förmlich explodiert ist. Ich habe mir angewöhnt, ein paar Zweige abzuschneiden und zusammen mit Spanischem Lavendel in einer Vase auf den Küchentisch zu stellen. Dieser Duft! Ohnegleichen.

Aber zurück zu Horst. Und seinem Chef.

Ich merkte, dass Horst neue Energie aus diesem Telefonat geschöpft hatte. Er hatte sich im Bett aufgesetzt, und seine Augen leuchteten.

»Jetzt geht's aber los. Die ganze neue Wohnsiedlung, nicht schlecht. Da unten sollen zweihundert Wohnungen gebaut werden.«

Ich nickte. Ich hatte die Zeichnungen gesehen, als das städtische Bauamt sie in der Bibliothek ausgestellt hatte: ein Wohnkomplex direkt am Hafen, mit Blick aufs Wasser.

»Jetzt brauchen sie mich wirklich in der Arbeit, ich kann hier nicht mehr lange rumliegen.« Horst schlürfte seinen Bleikaffee. »Zu blöd, dass mir immer so schwindlig ist. Mein Schädel fühlt sich an wie eine verdammte Lostrommel. Soll ich doch mal den Arzt anrufen? Was meinst du?«

»Ach, ich weiß nicht«, meinte ich. »Das steht hier doch bei den ganzen Nebenwirkungen.« Ich zog den Beipackzettel aus der Paracetamol-Packung und las vor: »Müdigkeit, Übelkeit, Verstopfung, Atemnot, vorübergehend verschlechterte Sehfähigkeit.« Letzteres hatte ich selbst hinzugefügt.

»Aber wenn du es noch mal von jemand anders hören musst, dann ruf eben an.«

»Ja, ja, wird ja sowieso Zeit, dass ich die Schmerzmittel mal runterfahre. Jetzt reicht es allmählich mit den ganzen Tabletten.«

Er gähnte, und da versetzte es mir einen Stich. Direkt über den Zähnen im Oberkiefer hatte sich nämlich ein blauer Rand gebildet. Er war ganz deutlich zu sehen: gerade und dünn, genau wie in den Giftbüchern beschrieben. Der Anblick jagte mir einen ehrfürchtigen Schauder über den Rücken. So einen hatte Kaiser Augustus auch gehabt. Das war nicht einfach irgendeine Vergiftung. Das war ein Bleisaum. Ein waschechter.

»Ich müsste übrigens mal aufs Klo. Hilfst du mir schnell?«

Es war der reinste Gang nach Golgatha, Horst zur Toilette zu begleiten. Die Krücken, die er vom Bezirkskrankenhaus bekommen hatte, waren keine große Hilfe. Er stöhnte und fluchte über sie. Außerdem hatte er sich eine neue Art zu stöhnen angewöhnt, die klang wie eine Symphonie von Missmutsbekundungen. Er stützte sich so schwer auf meine Schulter, dass ich mir vorkam wie ein schlecht bepackter Maulesel. Zerstreut dachte ich an die Male, als ich schwanger war und unter meiner Symphysenlockerung litt und er mich »Elefant« nannte. Da hatte mir auch niemand auf die Toilette geholfen.

»Frauenpower!«, hatte er mir aufmunternd zugerufen.

Und als Agneta mich für einen letzten Mädelsabend in der Stadt abholte, hatte er mit einem Nicken auf meinen Bauch gedeutet und gemeint: »Wie willst du denn mit dem Ding noch ins Auto kommen?«

Schließlich waren wir bei der Toilette angekommen. Ich musste Horst die Hose aufknöpfen, weil er in der rechten Hand immer noch den Muskelriss spürte.

»Aber halten kannst du ihn dann bitte selber«, murmelte ich.

Er stöhnte erleichtert, als der Strahl aufs Porzellan traf.

»Ich sollte mir auch mal das Gesicht waschen und mich rasieren«, verkündete er. »Ich fühl mich schon ein bisschen schmuddelig.«

Ich schaute zum Waschbecken, über dem ein Spiegel hing. Wenn er nun den blauen Rand im Zahnfleisch entdeckte? Der war so überdeutlich, dass man ihn unmöglich übersehen konnte.

»Ich kann dir doch das Gesicht waschen, ich bring dir einfach Seife und warmes Wasser und ein Handtuch ans Bett«, schlug ich vor. »Dann musst du nicht so lange stehen. Das ist doch viel bequemer.«

Er lächelte schwach.

»Ja, gute Idee. Vielleicht kannst du dir ja auch noch eine zusätzliche Behandlung vorstellen?«

Mir kam fast das Kotzen.

Er schüttelte den Urin ab, dass es auf die ganze Klobrille spritzte.

»Ich muss mich hinsetzen. Hilf mir mal kurz.«

Er stützte sich mit den Händen auf meine Schultern und landete schließlich auf der Klobrille.

»Ruf mich, wenn du fertig bist«, sagte ich und machte die Tür zu.

»Bringst du mir noch eine Zeitschrift?«

»Ich dachte, das Lesen fällt dir so schwer«, sagte ich.

»Ich schau mir die Bilder an«, antwortete Horst mürrisch.

Ich ging die *Illustrierte Wissenschaft* holen. Auf dem Weg vom Schlafzimmer ins Bad blätterte ich zerstreut darin.

Der Artikel über Elektrosmog war herausgerissen.

✦

Zweimal hatte ich mit einem anderen Mann als Horst sexuellen Kontakt gehabt. Einmal auf besagter Bibliotheksmesse in Dänemark, da hatte ich zum Abendessen ein Glas zu viel erwischt. Das erste Wort, das er sagte, war: »Entschuldigung.« Er lag auf dem glatten Bettüberwurf des Hotelbetts, Schuhe und Strümpfe hatte er immer noch an. Das Ganze hatte nicht länger gedauert als eine Minute. Danach plagten ihn schreckliche Schuldgefühle, denn er war verheiratet, und ich musste ihn die halbe Nacht trösten. Er folgte mir ins Bad und entschuldigte sich immer wieder, während ich auf der Toilette saß und pinkelte. Das Ganze war ein beklemmendes Erlebnis.

Nach einem Monat rief er mich an und fragte mich, ob alles in Ordnung sei. Überrascht antwortete ich mit Ja. Erst später begriff ich, dass er Angst hatte, ich könnte schwanger geworden sein.

Das zweite Mal passierte zehn Jahre später und war wesentlich besser. Ein Vortragsredner aus dem Norden, neben dem ich beim anschließenden Abendessen landete. Er hatte wache Augen und war nicht direkt gutaussehend, aber er zeigte Interesse auf eine Art, die die meisten Frauen schwach macht. Wenn die Männer wüssten, wie einfach es im Grunde ist! Interesse zeigen. Zuhören. Sehen, was sie sieht. Eigentlich hatte ich so etwas überhaupt nicht vorgehabt. Horst war in Norwegen und verlegte Kabel. Eine Nachbarin passte auf die Kinder auf. Ich war in Flirtlaune und fühlte mich so herrlich frei, und wir verließen die Veranstaltung gemeinsam. Er wohnte in der einzigen Pension der Stadt, die auf dem Weg lag, er bot mir seinen Arm und schlug mir einen Drink auf seinem Zimmer vor. Ich kam mit. Als ich in meinem engen Kleid am Fenster im Mondlicht stand, mit einem Glas Weißwein aus der Küche der Pension, setzte er sich aufs Bett und sagte andächtig: »Du bist so schön!«

Die Worte waren wie ein Schlüssel zu meiner Lust. Seine Aufmerksamkeit beschwingte mich so sehr, dass ich mich völlig hingeben konnte.

In der Morgendämmerung ging ich alleine nach Hause, seltsam nüchtern und gleichgültig. Obwohl es ein wundervolles Erlebnis gewesen war, empfand ich keinen Drang, es zu wiederholen. Ich war zufrieden damit, es einmal erlebt zu haben. Jetzt wusste ich besser, wovon eine gewisse Art von Literatur eigentlich sprach.

Horst machte im Bett ein paar schwache Fummelversuche, während ich ihm das Gesicht mit dem Frotteehandtuch wusch. Seine nervösen, glänzenden Finger tasteten nach den Lücken zwischen den Knöpfen meiner Bluse.

»Wie fühlst du dich so?«, fragte ich, um ihn abzulenken. Das Herz hämmerte in meinem Brustkorb. Ich musste an den Artikel über Elektrosmog denken, den er ausgeschnitten hatte. Wenn er ihn inzwischen gelesen hatte, dann wusste er jetzt, dass ich ihn hinters Licht geführt hatte, dass Elektrosmog überhaupt kein Thema war, das die Wissenschaftler beschäftigte. Nicht im Geringsten.

»Es geht mir insgesamt viel besser«, antwortete er mit Schmeichelstimme. »Willst du dich nicht ein bisschen zu mir legen?«

»Ich sitze hier ganz prima«, erwiderte ich und rieb ihm die Stirn mit dem Handtuch ab.

»Kannst du nicht ein bisschen hier anfassen?« Er versuchte, meine Hand in seinen Schritt zu ziehen.

»Herrgott noch mal, Horst! Was ist denn mit dir los?«

»Ich weiß nicht. Ich fühl mich so anders.«

»Inwiefern anders?«

»Einfach anders. Ich kann es nicht erklären.«

Er seufzte und ließ die Hände auf die Decke fallen. Als wäre sein Annäherungsversuch sowieso nur ein völlig abwegiger Versuch gewesen, dessen Ausgang nicht so wichtig war.

»Ich kann dir was vorlesen«, schlug ich vor. »Irgendwas Schönes.«

»Zum Beispiel?«

»Hm. Wie wäre es mit einem lateinischen Dichter?«

»Klingt nicht so toll.« Horst schob die Unterlippe vor.

»Wir können es ja trotzdem mal probieren.« Ich nahm ein Buch über Ovids *Metamorphosen* vom Nachttisch. Es war eine hübsche Ausgabe mit farbigen Illustrationen. Ich hatte zwei Exemplare für die Bibliothek bestellt und eins davon mit nach Hause genommen.

»Er hat über Wein und Frauen und Erotik geschrieben.«

Horst blickte hoffnungsvoll auf.

»Aber in erster Linie ist er für seine Gedichte über mythologische Verwandlungen bekannt geworden. Weißt du, Horst, man meint es zwar immer, aber nichts hat wirklich eine feste Gestalt. Sogar Menschen können sich verwandeln. Es heißt sogar, dass man sich vom Pessimisten in einen Optimisten verwandeln kann. Dazu muss man einfach nur neue Wege im Gehirn bahnen. Andere Gedanken zulassen. Sogar Pythagoras vertrat diese Meinung, und der war immerhin Mathematiker.«

»Der Satz des Pythagoras?« Horst blinzelte ein paar Mal.

»Genau. Er hat noch mehr geschrieben als nur diesen Satz. Zum Beispiel einen langen Monolog über die Veränderlichkeit aller Dinge. Über die Phasen des Mondes, die Jahreszeiten, die Vegetation, den Lebenskreis des Menschen. Alles befindet sich in ständiger Veränderung. Du auch, Horst.«

»Ich?«

»Natürlich. Du musst nur gut hinhören.« Ich räusperte mich. Horst sah mich durch seine fettigen Brillengläser an. Seine Augen sahen aus wie hinter einer dicken Taucherbrille.

»Aus allem, was verschwindet, entstehen neue Gestalten, unerwartet und nicht vorhersagbar. Man muss sich nur den Frosch ansehen, der ohne Beine im Wasser geboren wird und nur schwimmt, aber dann an Land so kräftige Hinterbeine entwickelt, dass er lange Sprünge machen kann. Der Bär bringt einen unförmigen Fleischklumpen zur Welt, der erst in seine richtige Form gebracht werden muss. Die Vögel, die so unterschiedlich sind, schlüpfen alle aus Eiern, die einander ähnlich sehen. Die Hyäne wechselt das Geschlecht. Den Kreislauf, den die Götter einmal eingeführt haben, kann der Mensch nicht beeinflussen. Das einzig Beständige ist die Veränderung. Ist das nicht ein ermutigender Gedanke?« Ich sah ihn an.

»Na, ich weiß ja nicht.« Horst wandte desinteressiert den Blick ab.

»Man denke nur an das schöne Mädchen Scylla aus der griechischen Mythologie«, fuhr ich ungerührt fort. »Sie schwamm gerade auf dem Meer, als ein Meeresgott mit grünem Haar und schuppigem Schwanz sie entdeckte. Der Meeresgott hieß Glaucus; er war früher Fischer gewesen, war aber in ein Monster verwandelt worden, nachdem er an einem giftigen Blatt geleckt hatte. Er verliebte sich wahnsinnig in sie, als er sie sah, und begann ihr seine Geschichte zu erzählen. Doch Scylla hatte kein Interesse an ihm. Glaucus war ihr zu hässlich. Da schwamm er quer übers Tyrrhenische Meer und bat die Göttin Circe um Hilfe, die sich aufs Zaubern verstand. Circe fand Gefallen an dem Meeresgott und bot sich selbst an Scyllas Stelle an, doch Glaucus wies sie ab. Da begab sie sich in rasender Wut an die Stelle, an der ihre Rivalin immer ihr morgendliches Bad nahm. Dort verstreute sie giftige Kräuter, und als Scylla aus dem Wasser gehen wollte, sah sie zu ihrem Entsetzen, wie Hunde aus ihrem Bauch wuchsen. Ihr Unterleib wurde zu einem einzigen großen Ring aus aufgerissenen Mäulern. Jetzt konnte sich ihr kein Mann mehr nähern. Da wären sie nämlich amputiert worden. Kastriert. Verstehst du?«

Ich schaute Horst an. Er erwiderte verschreckt meinen Blick.

»So kann's gehen«, sagte ich.

»Kannst du mir nicht aus der Zeitung vorlesen?« Seine Stimme klang schwach.

Ich klappte das Buch zu.

»Das musst du jetzt erst mal verdauen. Immer eins nach dem anderen. Außerdem wird es sowieso Zeit zu schlafen.« Ich stand auf. »Gute Nacht«, sagte ich und machte die Tür hinter mir zu, obwohl es erst acht Uhr abends war.

Das Sattelfett allein reichte nicht. Horsts Brille musste nachhaltiger unschädlich gemacht werden. Ich konnte nicht riskieren, dass er weitere Artikel über Elektrosmog oder Ähnliches las. Es war besser, wenn ich ihm die Informationen vorsortierte, die er bekam. Aber ich konnte die Brille nicht einfach kaputtmachen, das wäre zu billig gewesen. Subtilere Methoden waren gefragt. Ich überlegte den ganzen Abend. Schließlich ging ich in den Keller und holte den Werkzeugkoffer hervor. Er hatte eine Unsumme gekostet. Horst hatte teures Werkzeug für die kleinsten Arbeiten im Haus gekauft, unter dem Vorwand, dass es wichtig sei, mit dem richtigen Werkzeug zu arbeiten. Ganz unten lag ein Stapel Sandpapier in verschiedenen Stärken. Ich suchte das feinste heraus. Dann hielt ich die Brille ans Licht und begann vorsichtig, das Glas von innen ganz vorsichtig mit Sandpapier zu bearbeiten. Danach setzte ich sie auf. Die Wirkung war grandios. Man konnte nur leidlich hindurchschauen. Alles war in Verwandlung begriffen. Spaßeshalber setzte ich die Brille auf, während ich die Dunstabzugshaube abwischte, wo wirklich das Fett klebte, und danach entkalkte ich die Kaffeemaschine. Abschließend putzte ich die Schranktüren mit meinem neuen ökologischen Putzmittel, bis man keinen Geruch von Essig oder alten Abfällen mehr wahrnahm. Jetzt duftete es nur noch nach Waschnuss und Salbei.

Als ich fertig war, legte ich die geschmirgelte Brille zurück in ihr Etui und ging ins Schlafzimmer. Horst war beim Einschlafen das Kinn auf die Brust gesackt. Ich gab ihm einen gönnerhaften Klaps auf die Wange, bevor ich das Brillenetui auf seinen Nachttisch legte.

✦

Auf unserer Hochzeitsreise fuhren Horst und ich nach Amsterdam, um uns die Tulpenblüte anzuschauen. Ich bewahrte Bustickets, Speisekarten und Servietten aus berühmten Cafés auf und klebte sie in ein Album, zusammen mit ein paar Fotos, die aus viel zu großer Entfernung aufgenommen worden waren.

»Rote Tulpen bedeuten ›Ich liebe dich‹ in der Sprache der Blumen«, sagte ich und griff in Keukenhof, der berühmten Gartenanlage, nach Horsts Hand.

»Da braucht man ja Unmengen von Dünger«, murmelte er.

Am ersten Abend wollten wir ausgehen und in einem exklusiven Restaurant Meeresfrüchte essen. Ich hatte mich im Hotelzimmer schick gemacht, während Horst das Bier in der Bar probierte. Ich hatte mir die Haare toupiert, sie oben glatt gekämmt und ein Haarband darüber befestigt. Hatte Grundierung und Puder aufgelegt, Lippenstift aufgetragen und die Wimpern schwarz getuscht. Und ich hatte meine neu erstandene Unterwäsche aus weißem Satin angezogen. Ich wollte mich in der Lobby mit Horst treffen. Bevor ich hinunterging, blieb ich lange vor dem Spiegel im Hotelzimmer stehen und war ganz hingerissen von mir selbst. Ich musterte mich aus allen Perspektiven, hob sogar mein Oberteil hoch und betrachtete kritisch die Silhouette meines Busens. Ich dachte mir, wenn ich ein Mann wäre und mich so in der Stadt gesehen hätte, dann hätte ich mich umgedreht. Was würde da erst Horst empfinden, wenn er mich jetzt sah? Vielleicht würde ihn der Anblick sogar zu Tränen rühren? An diese Momentaufnahme meiner selbst wollte ich mich später erinnern, wenn ich Kinder hatte und auf meine Blütezeit als schöne, frisch verheiratete Frau zurückschaute. Schließlich zog ich meinen hellblauen Wildledermantel an und begann die geschwungene Treppe zur Lobby hinunterzugehen. Bei jedem Schritt spürte ich den Griff der Stahlbügel um meine Brüste. Es scheuerte etwas, aber das ließ sich nicht ändern. Wer schön sein will, muss leiden.

Horst stand in Jackett und Schlips an einer Sitzgruppe und sah aus, als wäre ihm gar nicht wohl in seiner Haut. Ich tippte ihm auf die Schulter, und er drehte sich um.

»So, wollen wir dann gehen? Der Tisch ist für sieben Uhr reserviert.«

Er schaute mich kaum an, sein Blick glitt quasi an mir vorbei, zu den Menschen, die sich an der Rezeption gesammelt hatten. Auf einmal kam er mir viel kleiner und untersetzter vor. Ich konnte mich noch gut daran erinnern, wie ich ihn auf der Bühne mit seinem Bass gesehen hatte. Jetzt war er weit weg von allen Tanzböden, weit weg von zu Hause. Ob er mich jetzt auch so sah? Als ein Mädchen, das er gar nicht recht wiedererkannte? Einen Augenblick befiel mich ein Gefühl von Unwirklichkeit, als wäre das alles nur ein Traum: die ganze Hochzeit, die Reise, das Hotel mit seinem Aquarium in der Lobby. Aber ich sagte nichts, sondern riss mich zusammen und folgte Horst in meinen allzu engen Schuhen nach draußen.

Ich könnte mich immer totlachen, wenn ich die Fragen lese, die den Kummerkastentanten in den Zeitschriften geschickt werden: »*Wir halten es nicht mehr miteinander aus. Was machen wir falsch?*« »*Wie soll ich mit der herablassenden Art meines Freundes umgehen?*« »*Wann ist es an der Zeit, die Beziehung zu beenden?*«

Die Psychologen betonen immer, wie wichtig es sei, miteinander zu reden, zuzuhören, wirklich »die Ohren zu öffnen«. Sie benutzen Worte wie Respekt und Innenschau. Aber ich würde gerne mal die lebenslange Ehe sehen, in der Respekt und offene Ohren und Sinne die Eckpfeiler bilden! Meistens ist es ein Machtkampf, und sei er noch so subtil. Aber wo verläuft eigentlich die

Grenze zwischen Kompromiss und Selbstverleugnung? Viele sind an den Mühlstein gefesselt und werden mit teuflischer Langsamkeit und Gründlichkeit zermahlen, wischen Schicht um Schicht von ihrem eigentlichen Wesen ab, von allem, was sie einst so hochgehalten haben, wie Respekt, Würde und die Fähigkeit, leicht verzeihen zu können.

Und unter dem Staub, der von diesem Kampf aufgewirbelt wird, landet dann irgendwo ziemlich weit unten die reflektierende Innenschau.

Man könnte vielleicht behaupten, dass es nicht nötig gewesen sei, ihn umzubringen, aber in diesem Punkt muss ich widersprechen. Die Leute leben gerne zu lang. Aber nicht zu ihrem Besten. Nehmen Sie doch mal Horst. Was hatte der eigentlich für Freude an seinen letzten fünfzehn Jahren? Er war nie auf irgendetwas neugierig. Er stöhnte, statt zu atmen. Ein konstantes misslauniges Seufzen, das dem Haus innerhalb einer Minute jedes bisschen Sauerstoff entziehen konnte.

Im Übrigen ist es schwierig, einen Menschen zu töten. Die meisten sind verdammt zäh.

✦

Malena kam mit dem Auto aus der Stadt angefahren, in der sie wohnt, knapp hundert Kilometer entfernt. Sie hatte eine Pralinenschachtel und einen Stapel Zeitschriften über Technik und Geschichte mitgebracht. Die Kinder waren beide mitgekommen, aber Mats war zu Hause geblieben, um zu arbeiten. Jetzt saß sie auf Horsts Bettkante und streichelte ihm die verletzte Hand und hörte mitleidig zu, wie er von den Röntgenplatten und den Krankenschwestern und dem Gips erzählte. Jedes Mal, wenn er das Wort »Gips« sagte, zuckte ich zusammen, denn am Abend hatte ich in einem ganz anderen Zusammenhang von Gips gelesen. In der Abhandlung über Gifte stand Folgendes über den traurigen Anblick, den Gips im Darm hinterlassen konnte:

»*Gips besitzt eine nicht unerhebliche ätzende Kraft. Es sollte uns nicht überraschen, dass Gips im Körper aushärten kann, wenn wir uns überlegen, dass Gießer bei der Herstellung von Totenmasken eine flüssige Masse aus Alabaster oder Gips zusammenmischen, die sie auf die Gesichter der Verstorbenen streichen und die nach dem Erstarren ein sehr lebendiges Bild abgibt. Kaiser Augustus hatte einen Verwandten, der an Gipsvergiftung starb, nachdem er aus einem See mit Gipsablagerungen getrunken hatte.*«

Jemanden von innen ausgipsen. Puh, was für ein Anblick! Das war Horst immerhin erspart geblieben.

Die Jungen hatten sich mit ihren Tablets aufs Sofa gesetzt. Als sie noch kleiner waren, war Malena oft gekommen, um sie übers Wochenende bei uns abzusetzen, wenn Mats und sie irgendwo hinfahren wollten. Manchmal hatte mir das Babysitten nicht in den Kram gepasst, aber niemand hatte gefragt, ob ich wollte. Das wurde einfach vorausgesetzt, als wäre es der einzige Wunsch jeder intelligenten Frau, Unmengen von Zeit mit ihren Enkelkindern zu verbringen.

»Das ist doch bestimmt schön, wenn wieder ein bisschen Leben ins Haus kommt, oder?«, sagte Malena, wenn sie sie an der Tür ablieferte. Horst konnte sich auf die Minigolfbahn verdrücken oder mit seinen Freunden ein Bier trinken gehen, während ich Abendessen kochen und Puzzle legen, unterhalten und zu Bett bringen musste.

Jetzt hörte ich, wie Malena im Schlafzimmer herzlich lachte und anschließend eine von Horsts Lieblingsredensarten zitierte: »*Das löst sich von selbst, sagte der Mann, als er in den Abfluss schiss.*« Es klang so komisch und rührend aus ihrem Munde. Sie war immer von Natur aus zaghaft gewesen. Schon früh hatte sie das typische Mädchenverhalten gelernt: zuhören, unterstützen, abwarten und den anderen Kindern in ihrer Umgebung den Vortritt lassen. So hatte sie es auch mit ihrem Mann und ihren Kollegen gehalten, und jetzt mit ihrem eigenen Vater. Ich wusste, dass sie in ihrem Job in einer großen Versicherungsgesellschaft richtig gut war. Einmal, bevor ich sie überhaupt richtig als Erwachsene sah, hatte sie ungerührt verkündet, dass es ganz einfach sei, in der Arbeit seinen Willen durchzusetzen: Man müsse nur so tun, als kämen die eigenen Ideen eigentlich von einem Vorgesetzten. Wenn man hingegen darauf beharrte, Anerkennung für seine Leistung zu bekommen, werde man als anstrengend wahrgenommen. Man müsse einfach seinen Ärger herunterschlucken und seine Karten gut spielen.

Mittlerweile war sie Personalchefin.

Nach dem Abendessen – ich hatte mich besonders angestrengt, es gab Schweinenacken mit Bier und Estragon, ein Rezept aus der Sammlung meiner Mutter – blieben wir noch am Küchentisch sitzen. Horst hatten wir wieder ins Bett geholfen. Malena fegte mit der Serviette langsam ein paar Krümel vom Tisch.

»Warum habt ihr die Stereoanlage denn wieder runtergebracht?« Sie deutete mit einem Nicken auf die Mikrowelle.

»Papa möchte gern Musik hören, wenn wir essen«, sagte ich mit Unschuldsmiene. »Die Treppen kommt er ja nicht mehr hoch.«

»Hast du die etwa runtergetragen?« Sie sah mich an.

»Ja«, sagte ich. »Wieso wundert dich das so?«

Sie zuckte mit den Schultern.

»Ich kann es nur manchmal nicht fassen, wie du es schaffst, die ganze Zeit immer nur das Beste für deine Mitmenschen im Auge zu haben. Ich kriege in der Hinsicht kaum was auf die Reihe. Marius' Klasse soll jetzt Geld für eine Klassenreise zusammenbringen. Wir müssen Zimtschnecken backen, die sie immer sonntags verkaufen sollen. Zehn Kronen pro Tüte, da kommt kaum was zusammen, aber es ist total viel Arbeit. Ich schwör dir, ich kann echt keinen Hefeteig mehr sehen.«

Sie grinste schief. Ich legte meine Hand auf ihre.

»Ich bitte dich, dann kauf doch fertige Zimtschnecken! Und die können sich ihr Geld doch selbst verdienen, oder? Mit Pfandflaschen oder einfachen Gärtnerarbeiten für die Nachbarn. Das kann doch wohl nicht allein deine Aufgabe sein?«

»Wenn ich das nicht mache, denken die anderen Eltern, dass ich mich drücke.« Sie warf den Kopf in den Nacken, eine Geste, die ihr schon als Kind eigen war. »Du hast dich doch auch nie beschwert.« Sie drehte ihr Weinglas zwischen den Fingern und schaute mich an.

Auf einmal packte mich der übermächtige Wunsch, sie einzuweihen: in Bleizucker und geschmirgelte Brille, Sattelfett und Marmeladengläser und meine innersten Gedanken. Aber das ging ja nicht. Ich musste mich zusammenreißen. Zum ersten Mal spürte ich einen Hauch von schlechtem Gewissen. Malena würde Horst in der ersten Zeit bestimmt vermissen. Aber sie war eine erwachsene Frau, sie würde es verkraften. Da gab es Schlimmeres, zum Beispiel seinen Vater jahrelang im Krankenbett zu sehen. Da würde sie stattdessen nur Schuldgefühle bekommen, weil sie sich nicht genug um ihn gekümmert hatte und ihn nicht so oft besucht hatte, wie sie es vielleicht hätte tun sollen.

»Schraub deine Ansprüche mal runter«, sagte ich. »Du bist einfach zu fleißig. Das dankt einem ja doch niemand. Mach das, worauf du Lust hast, und den Rest steck dir an den Hut.«

»Das sagt sich so leicht.« Sie rümpfte die Nase. »Du, hier drinnen riecht es übrigens ein bisschen komisch. Riechst du das nicht? Irgendwie … säuerlich.«

»Da muss ich wohl mal den Filter im Dunstabzug wechseln«, erwiderte ich neutral.

»Und wenn am Ende eine tote Ratte im Keller liegt und da unten verwest? Oder es könnte Asbest sein. Kommt das nicht häufiger vor in Häusern aus den Sechzigern? Da musst du unbedingt mal nachschauen. Ich will nicht, dass ihr euch beide hier zu Hause vergiftet, Papa und du.«

Ich zuckte zusammen.

»Mach dir keine Sorgen. Ich werd der Sache auf den Grund gehen.«

»Versprich es mir!« Sie schaute mich unverwandt an mit ihren großen, dunkelblauen Augen. »Du darfst nicht einfach sterben, Mama!«

Ich spürte ein unangenehmes Stechen in den Armen.

»Ich sterbe nicht«, sagte ich. »Versprochen.«

Dann stand sie jäh auf und begann, den Tisch abzuräumen. Sie stellte die Teller in die Spülmaschine und füllte die Spüle mit warmem Wasser, um die Weingläser darin abzuwaschen. Ihr Rücken war leicht gebeugt, ihre Schultern vorgeschoben, die Bewegungen ihrer Hände waren ökonomisch und gründlich. Ihre Körperhaltung ähnelte meiner. Das hellbraune Haar sah immer noch so weich aus wie Weidenkätzchen.

»Diesen Spüllappen schmeiß ich mal weg, der hat seine besten Tage weiß Gott auch schon hinter sich.« Angewidert hielt sie den gelben Lappen hoch, bevor sie die Tür unter der Spüle aufmachte und ihn in den Mülleimer warf. »Weißt du, welches der häufigste Unfall im Haushalt ist?«

»Nein«, gab ich zu.

»Leute, die sich den Kopf an Schranktüren anschlagen, die sie vergessen haben zuzumachen. Manche erleiden schwere Hirnschäden, das ist gar nicht so bekannt. Man kann sogar die Sprachfähigkeit verlieren. Du ahnst ja nicht, was für schreckliche Geschichten wir in der Versicherung zu hören kriegen. Also immer schön die Küchentüren zumachen.«

»Ich werde dran denken«, sagte ich und merkte, wie

meine Beine unter dem Tisch taub wurden, aus Gründen, die ich nicht recht benennen konnte.

Der Augenblick, in dem wir uns hätten näher kommen können, war wieder vorbei.

Ein paar Tage nach ihrem Besuch kam ein dickes Kuvert mit der Post. Darin war ein handgeschriebener Brief.

Hallo Mama!

Wir sind ja gar nicht dazu gekommen, über Weihnachten zu sprechen. Wie geplant, wollen wir dieses Jahr bei uns feiern. Ich wollte dich dran erinnern, deinen üblichen Heringssalat mitzubringen, Kartoffelgratin mit Anchovis, außerdem Lachs und gerne auch den Safrankuchen, den mochte Mats' Vater so gern. Wenn du nichts Besonderes vorhast, kannst du auch gerne noch ein paar Pfefferkuchen und Zimtschnecken backen. Laken haben wir, aber bring bitte Decken mit. Braucht Papa irgendwas Besonderes, wenn er kommt? Er kann Marits Zimmer haben, dann schläft sie so lange bei uns. Wir versprechen, ihn rundum zu versorgen, wenn er hier ist. Was meinst du, klappt das?

Kuss,

Malena

PS: Der Wunschzettel der Kinder kommt mit separater Post.

Forderungen. Darum drehten sich die Feiertage letztlich. Sogar ein armer Idealist, der vor zweitausend Jahren ans Kreuz genagelt worden war, musste mit einer Fressorgie und unnötigen Geschenken gefeiert werden.

Sie fing an, fast täglich anzurufen, um sich nach Horst zu erkundigen. Das überraschte mich. Er war nie besonders für sie da gewesen. Gerade dass er sie damals zum Arzt gefahren hatte, als sie sich die Hand am Herd verbrannt hatte, damals meinte er, das müsse sie schon aushalten. Er fluchte jedes Mal, wenn er sie mit dem Auto vom Stall abholen musste. Aber jetzt stand offenbar seine Heiligsprechung bevor. Das war der Dank für alles, was man so gemacht hatte. Es ist natürlich immer leichter, das zu kritisieren, was man gehabt hat, es ist sicherer, an den Banden zu reißen, von denen man weiß, dass sie niemals reißen können. Horst wurde idealisiert, ohne ein einziges Mal eine Windel gewechselt zu haben. Aber wer hatte ihre Milchzähne in einem kleinen Schmuckkästchen aufbewahrt, damit man sie ab und zu rausholen und in der Nachmittagssonne betrachten konnte? Sie sahen aus wie Perlen. Und wer hatte ihre kleinen Weihnachtsmänner und selbst gebastelten Osterhexen in Seidenpapier gewickelt und in Schuhkartons gelegt, um sie zu jedem Fest wieder hervorzuholen?

Tomas war nicht ganz so schnell bereit, von Boden anzureisen, um ein gebrochenes Bein zu besichtigen. Als ich ihn anrief und von dem Unfall erzählte, meinte er nur: »Und du, Mama? Wie kommst du damit klar?«

»Es geht schon.«

»Du arbeitest dich jetzt aber nicht vollkommen auf, oder?«

»Ich versprech's dir, mein Schatz. Keine Sorge.«

»Gut. Du musst auch auf dich selbst achtgeben.«

Die Telefonleitung aus Boden rauschte immer, als

würden sich Wind und Schneestürme dazwischendrängen: ein poetischer Einfluss, den nicht einmal Horsts Telefonkabel beseitigen konnten.

»Wie ist es denn so in Boden?«

»Kalt.«

»Und Roland? Wie geht's dem?«

»Gut. Er hat ein interessantes Projekt, da geht es um neue Gesetzesauflagen für basisch-ionisches Trinkwasser in unserem Bezirk.«

»Das klingt ja spannend«, sagte ich. »Sehen wir uns denn zu Weihnachten? Bei Malena?«

»Ich glaube schon. Roland hat sich noch nicht entschieden, was er machen will. Wahrscheinlich fährt er dieses Jahr zu seinen Eltern nach Hause.«

Einen Augenblick herrschte Stille in der Leitung, abgesehen vom Wind, der an den Telefondrähten zerrte.

»Aber du bist glücklich, oder?«, fragte ich vorsichtig.

Er lachte, ein lustiges kleines Lachen vom anderen Ende des Landes.

»Ich glaube schon, ja.«

»Gut. Wir müssen die Verantwortung für unser Glück selbst übernehmen«, sagte ich. »Das kann niemand anders für uns machen.«

»Das stimmt. Ich glaube, ich habe einen Weg gefunden. Kleinere Erwartungen. Nicht so viel erhoffen. Verstehst du? Ich bin zu dem Schluss gekommen, dass man nicht immer alles so schrecklich ernst nehmen muss.«

»Vielleicht hast du recht«, meinte ich zögernd.

Als ich auflegte, dachte ich darüber nach, was Tomas übers Ernstnehmen gesagt hatte. Es stimmt schon, dass wir vieles unnötig ernst nehmen. Zum Beispiel die Erwartungen anderer. Aber ist es nicht auch genau umgekehrt? Dinge, die wir wirklich ernst nehmen sollten, wischen wir vom Tisch oder spielen sie herunter. Wo ist da der Ernst? Wünsche und Träume sind etwas Ernstes, daran halte ich fest. Und Hoffnungen natürlich. Kabel können ohne Hoffnung existieren. Und Menschen können ohne Kabel existieren, aber nicht ohne dieses undefinierbare, unsichtbare Etwas namens Hoffnung. Menschsein bedeutet, nachzudenken und sich zu wundern. Alles beginnt mit einem Wunsch und einer Lust. Wir haben die Pflicht, ständig das zu analysieren, was wir nicht ganz verstehen – solange wir auf Erden sind.

Ich freue mich, dass auch Horst das am Ende begriffen hat. Er hatte mehr Dimensionen, als ich dachte. Sein spät aufkeimender Zweifel hat ihm gutgetan. Das war mein Werk, und ich war stolz darauf. Natürlich war er ein Langweiler, aber ganz bestimmt kein schlechter Mensch.

Es half mir, die Beerdigung und alles, was danach kam, zu überstehen. Denn so musste ich nicht lügen.

»Horst war ein guter Mensch.«

»Ja, das war er«, konnte ich dann antworten und es auch so meinen.

Horst verbrachte fast die ganze Zeit im Bett, versorgt mit regelmäßigen Mahlzeiten und Bleikaffee. Jetzt, da er nicht mehr im Haus herumlief, fühlte ich mich so, als hätte ich ein riesengroßes Möbelstück entsorgt, das so lange dagestanden hatte, dass man gar nicht mehr wusste, wie der Boden darunter aussah. Auf einmal hatte ich so viel Platz. Ich nutzte die Gelegenheit, um das Wohnzimmer umzuräumen. Ich nähte einen geblümten Überzug für das braune Sofa, das wir seit unserer Hochzeit hatten. Den Sessel, der inzwischen so speckig war, dass die Oberfläche wasserabweisend wirkte, schleppte ich kurzerhand in die Garage. Ich kaufte mir eine Heizdecke, die ich mir über die Beine legen konnte, holte die Nähmaschine und einen runden Tisch ins Wohnzimmer und warf die hässliche Yuccapalme raus. Auf den Fensterbrettern prangten jetzt jede Menge Kerzen in schönen Kerzenständern aus gefärbtem Glas. Das hässliche Gemälde mit der Fichte im Sonnenuntergang, das Horst von einer Tante bekommen hatte, tauschte ich gegen einen Kalender mit Bildern von Frida Kahlo aus. Ich kaufte einen geflochtenen Korb für die Zeitungen und Kreuzworträtsel. Kochte Kartoffelsuppe und trank eiskalten elsässischen Wein auf dem Sofa. Den Fernseher schaltete ich kaum noch an, es sei denn, es kam irgendwas Bestimmtes, was ich sehen wollte. Sport schaute ich nie. Dafür Oper und Tanz und alte Filme, wenn welche kamen. Ich nahm Hobbys wieder auf, die ich wegen Horsts ständiger Sticheleien seit

Jahren aufgegeben hatte. Zum Beispiel begann ich wieder, Kissen zu besticken. »Die technische Entwicklung ist doch mittlerweile so weit fortgeschritten, dass man so was in Fabriken herstellen kann – das ist besser und billiger, als wenn sich die Weiber zu Hause mit so einem Zeug befassen.«

Ich nahm Fußbäder und benutzte Parfum. »Hast du dich mit einem Wunderbaum abgerieben, oder was?«

Ich kochte ein scharfes indisches Gericht. »Den Scheiß haben die doch bloß zusammengepanscht, damit man nicht sieht, was da alles drin ist!«

Und ich las stapelweise Bücher.

Als Horst sich im Schlafzimmer allein fühlte, machte ich ihm ein Angebot: Ich würde mich zu ihm auf die Bettkante setzen, wenn ich ihm vorlesen durfte. Darauf ließ er sich ein. Zu Anfang nur widerstrebend, aber er wusste es bald immer mehr zu schätzen. Ich begann mit den *Just Bill*-Büchern, die Horst als Kind geliebt hatte. Ich fand schon immer, dass man die Lesegewohnheiten von Kindern nicht kritisieren sollte, und ich wollte auch Horst die schönen Erlebnisse seiner Kindheit nicht vorenthalten, nun, da es ihm so schlecht ging.

Nachdem ich die Heizung voll aufgedreht hatte, verfolgte ich nur zu gern, wie der kleine Schlingel Bill mit seiner knittrigen Jacke, Krawatte und Kniestrümpfen, begleitet von seinem Mischlingshund Jumble, diverse Abenteuer erlebte. Wir machten weiter mit John Irving, Stephen King und Tolkien. Horst war nicht bildungsresistent. Er war eigentlich nur ein unreifes Kind im Körper eines erwachsenen Mannes, ein Bärenjunges, das noch nicht in Form gebracht worden war. Menschen sind nur selten eindimensional. Das macht es ja so schwierig, dass man sie nicht als hundertprozentig dumm und gefühllos abtun kann. Es gibt immer noch andere Seiten. Ich begann eine fast mütterliche Sympathie für ihn zu empfinden.

Diese friedlichen Tage und Abende lösten einander in einer bemerkenswerten Mondphase ab. An so einem Abend polterte es auf einmal im Schlafzimmer, und dann hörte ich Horst rufen. Als ich hereinkam, sah ich, dass er aus dem Bett gefallen war und stöhnend auf dem Boden lag. An den Schläfen war sein Haar ganz verschwitzt.

»Um Gottes willen, was ist denn passiert?«, fragte ich.

»Hilf mir!«, wimmerte Horst atemlos.

Ich sah ihn ein paar Sekunden an. Er umklammerte krampfhaft das Kabel der Nachttischlampe. Er hatte angefangen, jeden Abend den Stecker herauszuziehen. Manchmal murmelte er zusammenhangloses Zeug über Radiowellen und elektromagnetische Felder.

»Was machst du denn da unten?«, fragte ich.

»Ich bin aus dem Bett gefallen, das siehst du doch.«

Der Flickenteppich hatte sich unter seinem mageren Hintern zusammengeschoben. Aus seinem Pyjamaoberteil schauten ein paar Büschel Brusthaar heraus. Seine Haut wirkte gelblich und leblos, wie etwas, das monatelang im Wasser gelegen hatte und aufgequollen war. Mit einem unbehaglichen Gefühl wandte ich den Blick von ihm ab.

»Ich muss erst ein bisschen Kraft sammeln«, sagte ich und setzte mich aufs Bett. »Leg dir das hier unter den Kopf, dann überlege ich so lange, wie wir das machen.«

Ich warf ihm ein Kissen hin. Er hatte nicht weniger als vier Stück am Kopfende aufeinandergestapelt, darunter auch ein altes aufblasbares Nackenkissen von einer Charterreise. Ich lehnte mich an und streckte die Hand nach Malenas Pralinenschachtel auf dem Nachttisch aus. Sie hatte zwei Lagen. Nur helle Milchschokolade. Ich nahm mir eine mit Sahnenougat.

»Du hast es dir hier ja richtig bequem eingerichtet«, sagte ich und zog mir die Decke über die Knie.

Das Zimmer fühlte sich anders an, wenn man es von Horsts Bettseite aus betrachtete. Er lag näher am Fenster. Wir hatten immer jeder auf derselben Seite gelegen, über dreißig Jahre hatte ich im selben kleinen Radius geschlafen. Jetzt sah alles anders aus, nur weil ich ein paar Handbreit weitergerutscht war.

»Ich glaube, ich kaufe mir ein Schminktischchen für die Ecke da hinten«, meinte ich. »So eins, wie ich es früher hatte, in Altrosa, mit Volants bis zum Boden. Komisch, ist dir eigentlich bewusst, dass wir die Möblierung hier drin nie verändert haben? Nicht ein einziges Mal. Die Griffe an den Schranktüren sollten wir auch mal austauschen.«

»Wie lange soll ich noch hier liegen?«, stöhnte Horst.

»Du kannst da schon noch ein Weilchen liegen bleiben, das macht gar nichts.«

Ich nahm mir noch eine Praline. Französischer Nougat. Außen ganz glatt. Innen zäh.

»Ich muss dich mal was fragen, Horst«, sagte ich zögernd. »In was genau hast du dich eigentlich verliebt, als du mich kennengelernt hast?«

Horst gab ein Husten von sich.

»Was ist das denn für eine Frage? Was redest du denn jetzt davon? Pack lieber an und hilf mir hoch!«

Ich ignorierte ihn.

»Ich habe dich mal gebeten, etwas Nettes über mich zu sagen, als ich es wirklich sehr nötig gehabt hätte, und da hast du gesagt, ich sei kindisch, weil ich so um Komplimente bitte. Aber weißt du, dass Komplimente ganz oben stehen auf der Hitliste der Beziehungstipps? Ich habe das nachgelesen. Worte sind wichtig. Sehr wichtig. Hast du nie gemerkt, dass ich versucht habe, dir Komplimente zu machen? Ich hab dir so viel zugehört, Horst, dass ich mich frage, ob das nicht insgesamt mehrere Jahre ausmachen würde, wenn man mal genau nachrechnet. Trotzdem hatte ich die ganze Zeit das Gefühl, dass ich zu anspruchsvoll bin. Dass ich zu viel wollte. Jetzt weiß ich, dass das nicht stimmt. Ich hätte viel, viel mehr Ansprüche stellen müssen.«

Ich schloss die Augen und nahm, ohne hinzuschauen, eine weitere Praline aus der Schachtel.

Horst schwieg. Ich konnte kaum glauben, dass ich diese Worte gesagt hatte. Horst lag schweigend auf dem Boden, während die Worte nur so aus mir herausströmten. Ich staunte, wie leicht es war. Warum hatte ich das alles nicht schon viel früher gesagt?

»Es ist traurig, wenn ich jetzt so darüber nachdenke – dass ich mich so angestrengt habe, immer nett und bequem zu sein. Dabei passte das überhaupt nicht zu mir! Das hätte ich natürlich schon viel früher erkennen müssen. Du hast selbst gesagt, dass ich nicht mehr die Jüngste bin. Natürlich ist das auch meine Schuld. Glaub nicht, dass ich das nicht wüsste. Ich erwarte auch nicht, dass du das verstehst, Horst, aber ich erzähle es dir trotzdem. Heute steht es mir nämlich nicht mehr zu Gesicht, mich kleiner zu machen, als ich bin. Das lass dir gesagt sein, damit ist jetzt Schluss. Und eines musst du wissen: Es ist tausendmal anstrengender, so zu tun, als wäre man banal, als die Person zu sein, die man wirklich ist. Aber wenn man anfängt, ehrlich zu sein, entwickelt man sich in rasendem Tempo. Es ist fast unheimlich, wie schnell das geht. Ich merke es selbst, wie ich mich entwickle. Kannst du mir folgen?«

Ich beugte mich über die Bettkante. Horst sah verängstigt aus.

Ohne es zu merken, war ich laut geworden, und mein Rücken war ganz verschwitzt.

»Bitte hilf mir hoch, Irene. Ich weiß nicht, was in dich gefahren ist, aber es ist kalt hier auf dem Boden.« Seine Stimme klang jämmerlich. Die goldbraunen Augen, die ihm einst zum Titel »Mann des Jahres« verholfen hatten, waren jetzt feucht und rot geädert.

»Mir ist ganz schwindlig. Ich glaube, ich werd gleich ohnmächtig.« Tastend streckte er die Hand nach mir aus.

»Leg die Arme um meinen Hals, dann nehme ich dich um die Taille«, sagte ich leise.

Ich spürte, wie er mit kräftigem Griff meinen Hals umfasste.

»Das wurde aber auch Zeit, verdammt«, murmelte er gereizt.

»Wie bitte?« Ich zog den Arm weg, den ich schon um ihn gelegt hatte.

»Hör auf, so rumzuzicken, ich will wieder ins Bett.«

Ich spürte einen Schauder in meinem Nacken und

wand mich aus seinem Griff. Horst plumpste wieder auf den Boden und stieß einen Laut der Verblüffung aus.

»Wenn ich es mir recht überlege – ich glaube nicht, dass ich mit meinem Rücken so schwere Lasten heben kann«, sagte ich. »Ich sollte wohl einen Nachbarn um Hilfe bitten, aber dafür ist es heute Abend zu spät. Du kannst ja über Nacht so liegen bleiben. Hier hast du noch eine Decke, dann frierst du nicht so.«

Ich wickelte die Decke fest um ihn, während er lautstark protestierte. Dann ging ich aus dem Zimmer und machte die Tür hinter mir zu.

Das Herz hämmerte mir heftig in der Brust, als ich die Treppe zum Dachboden hochging. Nachdem ich die Isolierung vom Fenster entfernt hatte, könnte man den Himmel sehen. Ein paar vereinzelte Schäfchenwolken segelten rastlos über den Abendhimmel. Ich trat vor den alten großen Spiegel, der ganz hinten an der Wand lehnte. Der gehörte auf jeden Fall mir. Ich hatte ihn von meiner Mutter geerbt, und die wiederum von ihrer Mutter. Über hundert Jahre hatte sich niemand die Mühe gemacht, das Spiegelglas einmal auszutauschen. Es war voller kleiner schwarzer Punkte, kleiner Krater aus metallischem Glas. Ich betrachtete mein Spiegelbild. Mein Hals war immer noch lang und kein Doppelkinn in Sicht. Ich hatte immer noch meine schlanken Schultern, von denen so schnell kein Spaghettiträger herabrutschte. Mein Gesicht war immer noch ein bisschen rund an den richtigen Stellen. Es war lange her, dass ich mich so angeschaut hatte, ohne genervt zu sein, weil irgendetwas nicht so war, wie es sollte, oder um mir eine Strähne aus dem Gesicht zu streichen. Ich stellte fest, dass ich mich außergewöhnlich gut gehalten hatte, ja, sogar richtig hübsch war. Vorsichtig strich ich mit den Händen über meine Brüste. Wie viele Frauen hatten schon vor diesem Spiegel gestanden und sich selbst kritisiert? Wie viele Generationen vor mir? Wie viele hatten sich das Gesamtbild durch Kleinigkeiten vermiesen lassen? Etwas seltsam Geheimnisvolles senkte sich über das Spiegelbild herab. Es lag etwas Majestätisches darin.

Ich ließ den Blick zu dem großen Tisch gleiten, auf dem zuvor die Stereoanlage gestanden hatte. Ein paar aufgerollte Kabel glänzten in der Ecke, wo der Plattenspieler gethront hatte. Die Stecker waren mit Gold überzogen, weil Gold den Strom besser leitete als andere Metalle, wie Horst behauptete, und somit den Klang am besten halten konnte. Das klang eher nach einem guten Rat für Inkontinente, fand ich. In der Tasche meiner Strickjacke tastete ich nach der kleinen Kneifzange, die ich aus Horsts Werkzeugkasten genommen hatte und jetzt immer bei mir trug. Man wusste ja nie, wann man mal schnell etwas abknipsen musste. Dann ging ich zum Tisch und zwickte ungefähr zehn Zentimeter vom Goldkabel ab.

✦

Horst hatte einen meiner Bücherkartons übersehen, als er im Keller ausmistete. Darin lagen neben Büchern auch noch ein alter Anspitzer, ein paar Teelichthalter aus Glas in Schneeballform, eine Bücherstütze in Form eines Messingkaninchens, eine Tüte mit der Aufschrift »Krimskrams« und ein Füller der Marke Pelikan. Ich legte die Cretonnevorhänge obenauf und trug den Karton auf den Dachboden. Die Bücher wollte ich hübsch und ordentlich wieder ins Regal räumen. Die Frage war nur, was ich mit Horsts Sachen anfangen sollte. Ich räumte sämtliche Kopfhörer und Fernbedienungen in einige große Papiertüten. Ein paar Antennen und Kabel, deren Funktion mir nicht ersichtlich war, nahmen denselben Weg. Dann holte ich meinen Kurbelanspitzer aus dem Karton und schraubte ihn an den leergeräumten Tisch. Ich hatte ihn als kleines Mädchen von meiner Schwedischlehrerin bekommen. Sie war ins Ausland gezogen und hatte ihn mir als stilles Abschiedsgeschenk gegeben, denn ich war ihre Lieblingsschülerin gewesen. »Klassenbeste im Aufsatzschreiben«, hatte sie mir ins Ohr geflüstert, bevor sie verschwand. Der eiserne Anspitzer machte sich gut auf der schwarzen Holzplatte. Danach holte ich einen Eimer warmes Wasser und Seife aus der Küche und begann, die Fächer des Bücherregals zu säubern. Und wo ich schon so schön in Schwung war, putzte ich den Boden auch noch gleich mit.

Während ich wartete, dass alles trocknete, goss ich mir ein Glas von dem rauchigen Whisky ein, den ich aus Horsts Versteck geholt hatte, und machte das Fenster weit auf. Über dem Neumond lag ein dünner Schleier. Ein scharfer Geruch nach Erde und Laub hing in der Luft. Es roch genauso wie damals, wenn ich am Fenster meines Mädchenzimmers stand. Nachts verließ ich manchmal das Bett, nur um ein paar Zeilen aufs Papier zu werfen, die ich dringend loswerden musste. Das war meine Art, mit etwas Höherem in Kontakt zu treten. Meine Worte waren wie Anker, die ich ins Weltall hinausschleuderte, um irgendwo in dieser unendlichen Größe Halt zu finden. Um zu zeigen, dass ich willens und bereit war. Ich schrieb poetische, romantische Dinge wie:

Des Mondes Silber läuft mir in die Augen.
  Schlag ich sie morgen auf, so lass es glänzen.
  Und schick mir jemanden, der meinen Glanz auch sehen kann. Himmel – leih mir ein wenig nur von deiner Ewigkeit!

Hinterher schlüpfte ich ins kalte Bett und schloss die Lider über dem Silber in meinen Augen …

Und dann kam Horst, und ich glaubte, dass er derjenige sei, der meinen Glanz sehen würde. Und zwar nicht nur sehen, sondern ihn auch schätzen und davon beeindruckt sein. Ich nahm noch einen tiefen Schluck Whisky.

Die Jugend war eine mühsame Zeit. Aber sie brachte auch etwas mit sich, was man respektieren muss: nämlich die Fähigkeit, aus sehr wenig sehr viel Kraft zu schöpfen. Zu glauben, dass alles etwas bedeuten kann, einen zu etwas Höherem führen kann. Da reichte manchmal schon der Neumond.

Ich blieb eine Weile reglos stehen und atmete nur, saugte die Stille des Abends in mich auf und spürte die angenehme Erschöpfung in meinen Muskeln. Alles war unter Kontrolle. Ich war nur dabei, mir mein Zimmer zurückzuerobern. Ich öffnete eine Packung mit geräucherten Cocktailwürstchen. Sie waren lecker, mit viel Knoblauch.

Nach einer Weile wandte ich mich wieder dem Karton

mit meinen Büchern zu und wischte mit der Handfläche behutsam den Staub von den vertrauten Umschlägen, bevor ich sie ins saubere Regal stellte. Tatsächlich konnte ich mich durch diese Bücher an wichtige Ereignisse in meinem Leben erinnern. Jeder Riss im Schutzumschlag, jedes Preisschild und jede Widmung und jeder abgegriffene Einband hatte für mich seine eigene Bedeutung. *Anne auf Green Gables.* Mein Liebling und mein Vorbild als Mädchen. Die erotischen Beschreibungen in einigen alten Romanen, in denen manche Seiten so intensiv gelesen worden waren, dass sie sich ganz dünn und weich anfühlten. Hermann Hesse. Mehrere Werke von Dorothy Parker und Ernest Hemingway. Scott Fitzgerald. Lyrik aus aller Welt. Nachdem ich die Bücher ins Regal gestellt hatte, setzte ich mich in den Ledersessel und nahm die ganze Pracht in mich auf. Die Fächer waren noch nicht ganz gefüllt. Da war noch jede Menge Platz für Neuanschaffungen. Ich schaute mich auf dem Dachboden um. Der Ledersessel war bequem, der konnte von mir aus bleiben. Ich konnte ja immer noch einen Überwurf drauflegen, dann knarzte das Leder nicht so. Ich goss mir noch ein Glas Whisky ein und tastete mit der Hand nach dem Nagel auf dem Boden. Der Nagel, der quasi der Curiepunkt für Horsts Klangerlebnisse war. Der Nagel, von dem aus jede Musik kalibriert wurde. Der Nagel, der den Nabel seines Universums darstellte. Der Nagel, der für meine ruhigen Leseabende den Anfang vom Ende bedeutete. Ich packte ihn fest, er ließ sich lockern und herausziehen, und ich warf ihn mit voller Kraft zum Fenster hinaus. Bei nächster Gelegenheit würde ich die Vorhänge meiner Mutter anbringen.

Die würden so hübsch im Wind flattern, das wusste ich jetzt schon.

Nach mehreren Stunden intensiven Blätterns in meinen alten Lieblingsbüchern war ich irgendwann eingeschlafen. Die Whiskyflasche war so gut wie leer. Alle Cocktailwürstchen aufgegessen. Jetzt erwachte ich von den kurzen, hartnäckigen Tönen der Türklingel. Draußen war es schon hell. Ich stolperte die Treppe hinunter. Wer kam denn um diese Tageszeit an einem Samstag bei uns vorbei? Ich warf einen raschen Blick in die Küche. Ich war eingeschlafen, während ein Topf mit fertiger Essiglösung abkühlte, die musste jetzt umgeschüttet werden. Auf einmal fiel mir selbst auf, wie scharf der Geruch tatsächlich war. Ein paar gefüllte Gläser mit Bleizucker, die ich noch nicht in die Speisekammer geräumt hatte, standen auf dem Tisch. Wieder klingelte es, diesmal war der Ton lang und fordernd. Ich eilte in den Flur und machte die Tür vorsichtig einen Spaltbreit auf.

Draußen stand Bosse, Horsts Chef, und neben ihm seine Frau. Sie war klein, hatte ein süßes kleines Mausgesicht und einen dunklen Pagenkopf. Ich hatte sie nur selten gesehen bisher.

»Hallo! Ich hoffe, wir wecken euch nicht, aber wir waren gerade in der Gegend.« Bosse streckte mir die Hand hin. »Wir sind eigentlich auf dem Weg zum Grab meiner Mutter, aber wir dachten uns, wir könnten unterwegs ja mal bei Horst vorbeischauen.« Er sah mich unverwandt aus seinen runden hellblauen Augen an.

»Stören wir?« Seine Frau hatte einen Teller in der Hand, mit einer Biskuitrolle unter Frischhaltefolie.

»Kein Problem. Aber Horst schläft noch«, sagte ich. »Wie spät ist es denn?«

»Fast zehn.« Horsts Chef schaute mich ungnädig an. Ich sah seiner Miene an, dass man seiner Meinung nach um diese Zeit längst aufgestanden sein sollte.

»Kannst du ihn nicht wecken? Dann können wir kurz einen Kaffee trinken, bevor wir weiterfahren.« Er räusperte sich.

»Natürlich. Kommt rein und wartet kurz im Flur.« Widerwillig machte ich auf. Mein Herz klopfte wie wild. Darauf war ich nicht gefasst. Auf einmal kamen mir die vergangenen Wochen vor wie ein einziger langer Traum, als hätte ich in einer Art Blase gelebt. Wie lange war es her, dass wir Besuch gehabt hatten?

Ich fuhr mir mit der Hand durchs Haar. Mein Mund war ganz klebrig von dem ganzen Whisky. Hoffentlich roch ich nicht danach.

»Streicht ihr das Haus?« Bosses Frau schnupperte.

»Nein, ich renoviere bloß gerade ein bisschen auf dem Dachboden. Das wird wie neu da oben, wenn's mal fertig ist.« Ich schluckte.

»Ja, so ist das, wenn man mit einem sogenannten handwerklich geschickten Mann zusammen ist – am Ende muss man alles selbst machen.« Sie lächelte.

Ich sah sie ausdruckslos an, bevor ich unauffällig beiseitetrat und das Küchenfenster kippte.

Horst lag immer noch auf dem Boden und schlief mit offenem Mund. Es war ihm noch gelungen, sich die Decke vom Bett herunterzuziehen. Sein Gesicht war wachsbleich. Der Bleisaum am Zahnfleisch war über Nacht noch ausgeprägter geworden. Eine blaue Ader, gerade wie ein Bleistiftstrich. Die ließ sich nicht mehr verbergen, falls es ihm einfallen sollte zu lächeln.

»Horst.« Ich schüttelte ihn. »Wach auf!«

Er blinzelte verwirrt.

»Hör zu. Bosse und seine Frau sind hier. Sie sind vorbeigekommen, um Hallo zu sagen. Sie haben eine Biskuitrolle mitgebracht und würden gern mit uns Kaffee trinken.«

»Bosse?«

»Dein Chef. Weißt du nicht mehr?«

Seine Augen leuchteten auf, ein kurzes Aufblitzen von Hoffnung.

»Dann hat man mich also doch noch nicht vergessen! Hab ich mir doch gedacht, dass er vorbeischaut. Wenn er mal Zeit hat. Sie sind jetzt also hier?« Er versuchte sich auf die Ellbogen zu stützen. Die Haare standen wirr vom Kopf ab. Auf seiner Wange war ein Streifen Speichel angetrocknet.

»Ich glaube, er macht sich ein bisschen Sorgen um dich«, fuhr ich fort. »Es sieht fast so aus, als würde er nicht glauben, dass du wieder in die Arbeit zurückkommst.«

Ich ging neben ihm in die Hocke.

»Wenn ich du wäre, würde ich jetzt versuchen, mich aufzuraffen und zu zeigen, dass es nicht so schlimm ist, wie es aussieht. Ist ja nicht nötig, dass er dich für kränker hält, als du bist, oder?« Ich drückte seine Hand. »Wir müssen gute Stimmung vorgaukeln, damit er in seinem Verdacht nicht bestärkt wird, okay?«

Horst nickte ernst.

»Jetzt zieh dich an. Am besten ein bisschen sportlichlässig. Ich leg dir dein Poloshirt raus und die Jeansshorts. Schaffst du es mit den Krücken allein in die Küche, was meinst du?«

»Natürlich. Ich will nicht, dass er sich Sorgen macht«, sagte Horst.

»Sehr gut. Alles andere wäre nur zu deinem Nachteil.«

Ich half ihm mit seinem Pyjamaoberteil und zog ihm das hellblaue Poloshirt mit dem aufgestickten Emblem an. Er war wirklich dünn geworden. Das Fett, das früher seinen Bauch gefüllt hatte, war jetzt verschwunden und hatte schlaffe Hautfalten hinterlassen. Die weißen Jeansshorts ließen sich problemlos über das Gipsbein ziehen. Am Ende sah er einigermaßen respektabel aus.

»Es ist gut, wenn du positiv rüberkommst, als wärst du schon auf dem Wege der Besserung. Aber vielleicht solltest du aufpassen, dass du nicht zu viel lachst«, sagte ich.

»Warum sollte ich lachen?«

»Man weiß ja nie. Womöglich glaubt er, dass du nur so tust, als ob du krank wärst. Das willst du doch nicht. Verstehst du?« Ich nahm ihm die Brille ab. Vorübergehend musste ich von meinen Prinzipien abrücken. Ich ging in den Flur, nahm die heile Reservebrille aus der obersten Kommodenschublade und gab sie ihm. Als er mich durch die unzerkratzten Gläser sah, wirkte er im ersten Moment fast erschrocken.

»Was ist denn?«, fragte ich.

»Meine Augen. Ich kann sehen!«

»Wie schön.«

»Ich kann sehen! Ich kann sehen!«

»Ich hab's kapiert, du hast es schon einmal gesagt.

Als Nächstes wirst du wohl deinen Gips abwerfen und gehen.«

Horst schaute sich verwundert im Zimmer um. Erst sah er fröhlich aus, dann entdeckte er die Kabel in der Steckdose an der Leiste und wurde ganz kleinlaut.

»Ich setze schon mal Kaffee auf«, sagte ich. »Kommst du allein zurecht?«

»Ja, ich komme gleich.«

Ich ging zu Bosse und seiner Frau, die brav im Flur standen und warteten.

»Entschuldige, ich habe vergessen, wie du heißt. Ich hab so ein schlechtes Namensgedächtnis«, sagte ich, während ich Bosses Frau half, ihre Daunenjacke auf einen Bügel zu hängen.

»Karin.« Ihre manikürten Finger umklammerten den Teller.

»Mmh, Biskuitrolle zum Frühstück!« Ich lächelte.

»Ist das kranke Huhn schon wieder auf den Beinen?« Bosse zog seine karierte Jacke mit dem Rentierpelz aus, die ihm viel zu klein war.

»Er ist auf dem besten Wege«, sagte ich.

»Sehr gut.« Bosse rieb sich die Hände und warf einen sehnsüchtigen Blick auf die Biskuitrolle, bevor er auf die Toilette verschwand. Ich hörte Poltern aus dem Schlafzimmer. Es klang, als würde Horst irgendetwas umschmeißen. Es gelang ihm nicht immer, allein mit den Krücken durch die schmale Türöffnung zu kommen.

»Sollen wir ihm helfen?« Karin stellte das Gebäck auf dem Küchentisch ab und schaute mich ängstlich an.

»Er will unbedingt alles allein machen«, erklärte ich. »Sein Stolz ... du weißt schon.«

»Ja, so was kenne ich.« Ihre dunklen kleinen Augen glitten über die Töpfe auf dem Herd, die Essigflaschen und die Gläser auf dem Tisch. Das war die Art Blick, dem nichts entgeht. Ich beeilte mich, alles in den Schrank zu räumen.

»Es muss schwer für dich sein, so einen Invaliden ganz allein zu Hause zu versorgen. Wie lange ist er jetzt schon krankgeschrieben?«

»Tja, das ist jetzt wohl bald ein Monat«, meinte ich.

»Wenn ich mich recht erinnere, hat Bosse was von sechs Wochen gesagt. Hat es denn Komplikationen gegeben, oder warum dauert es so lange?«

»Er hat sich das Bein an zwei Stellen gebrochen«, sagte ich.

»Na ja, aber trotzdem …«

Sie stand genau hinter mir, als ich versuchte, so lässig wie möglich Kaffeetassen aus dem Schrank zu nehmen, in den ich gerade verzweifelt ein Glas mit Bleizucker gequetscht hatte.

»Wie lange es dauert, ist wohl von Patient zu Patient verschieden«, sagte ich. »Und er hat eben schlimme Schmerzen und muss Medikamente nehmen.«

»Was denn für Medikamente? Die Nebenwirkungen legen sich doch normalerweise nach einer Weile, oder etwa nicht?«

»Ich weiß nicht so genau«, sagte ich.

Ich drehte mich um. Karin hatte die Stirn gerunzelt. Nur ein paar ganz kleine, dünne Fältchen in der glatten weißen Haut. Ihr Blick war an etwas auf der Spüle hängen geblieben. Es war die digitale Haushaltswage, mit der ich den Bleizucker immer abwog. Ein Löffel mit pudrig-weißen Überresten lag daneben. In meinen Armen begann es wieder zu stechen. Wie zum Teufel hatte ich versäumen können, alles wegzuräumen? So etwas war mir noch nie passiert, und jetzt passierte es mir ausgerechnet an dem Tag, an dem Karins aufmerksame Augen auf der Bescherung ruhten. Langsam streckte sie die Hand nach einem der vollen Gläser mit dem »Leicht zu lesen«-Etikett aus.

»Ist das Süßstoff in Pulverform? Bosse sollte seinen Zuckerkonsum reduzieren, und ich im Übrigen auch. Kann ich den mit auf den Tisch stellen?«

Ich nahm das Glas.

»Das nicht. Da ist was anderes drin. Wenn du einfach die Tassen nimmst, dann kümmere ich mich um den Rest«, fügte ich hinzu und befeuchtete meine Lippen mit der Zunge.

Widerstrebend ließ Karin das Glas los und sah mich forschend an.

Liebe Karin, was du da im Topf auf dem Herd siehst, ist reiner Haushaltsessig, Wasserstoffperoxid und die gesammelten Bleigewichte meiner Mutter. Weißt du, ich bin seit zwei Monaten dabei, Horst gründlich und systematisch zu vergiften. In der Speisekammer steht noch eine ganze Reihe von Gläsern mit blendend weißem Bleizucker, den ich ganz allein hergestellt habe. Der schmeckt sogar richtig lecker.

Wie würde sie wohl reagieren, wenn ich das sagen würde? Würde sie sich aufregen? Mir ein Kompliment zu meinem Einfallsreichtum machen? Um ihr Leben rennen?

Würde sie mir überhaupt glauben? Vielleicht sogar um das Rezept bitten? Ich würde es nie erfahren.

Schließlich nahm sie das Tablett mit den Tassen, ging zum Küchentisch und begann aufzudecken. Vielleicht bildete ich mir nur ein, dass sie misstrauisch war. Jetzt war sie ans Fenster getreten und hatte ein verwelktes Blatt von den Pelargonien abgezupft. In den vergangenen Wochen hatte ich ganz vergessen, die Blumen zu gießen.

»Wie lange wohnt ihr hier schon?«

»Fast vierzig Jahre«, sagte ich.

»Habt ihr immer noch eure Originalküche? Die Schränke und die Spüle von damals?«

»Ja.«

»Diese Schneidbretter, die man einfach so rausziehen kann, sind wirklich praktisch. Wir haben zu Hause eine neue Küche, mit Induktionskochfeld, aber mir fehlt mein alter Herd. Bei dem waren die Platten viel schneller heiß. Na, dann gehört ihr ja auch zu den Ausdauernden, was? Bosse und ich sind dieses Jahr achtunddreißig Jahre verheiratet. Zementhochzeit. Ja, das heißt wirklich so. Das nächste Edelmetall ist dann wohl die Goldene Hochzeit in zwölf Jahren. Jetzt kann zumindest niemand mehr behaupten, man hätte es nicht versucht.« Sie schaute aus dem Fenster und verschränkte die Hände auf dem Rücken.

»Die jungen Leute lassen sich alle so schnell scheiden. Es kann nicht immer nur Spaß machen, mit jemandem zusammenleben. Man muss eben zu seinem Wort stehen. Ich habe auf alle Fälle versprochen, dass die Braut meines Sohnes meinen Trauring bekommt.«

»Heiratet er?«

»Noch nicht. Er muss erst jemand Passendes finden.«

Ich versuchte ein verständnisvolles Lächeln. Zugleich war ich leicht angewidert. Da hatte sie also schon eine Metallfessel für die Zukünftige ihres Sohnes parat.

»Dann musst du Horst jetzt also bedienen wie im Hotel?« Karin drehte sich um. »Ich würde ja wahnsinnig werden, wenn Bosse den ganzen Tag zu Hause liegen würde.«

»Du würdest sicher auch einen Weg finden, wie du das hinkriegst«, sagte ich.

»Meinst du?«

»Wenn es sein muss, schafft man mehr, als man meint.«

»Ja, das stimmt wohl. Bosse hat im Moment alle Hände voll zu tun, er hat auch noch keinen Ersatz für Horst gefunden. Die anderen müssen im Moment einfach mehr arbeiten. Und wo jetzt die neue Wohnsiedlung gebaut wird, gibt es schrecklich viel zu tun.«

»Das verstehe ich.«

Ich zog die Besteckschublade heraus und nahm die Teelöffel heraus. Durch die Wand hörte man, wie in der angrenzenden Gästetoilette gespült wurde. Dann kam Bosse in die Küche. Eine peinlich stille Minute verging, bis Horst keuchend an der Tür auftauchte. Dicke Schweißperlen standen ihm auf der Stirn. Er sah schrecklich aus.

»Horst! Hast du dich endlich aus dem Bett gekämpft! Das wurde aber auch Zeit.« Bosse klopfte Horst zur Begrüßung linkisch auf den Oberarm. »Aber du bist ja schrecklich blass, sag mal.«

»Ja, das Liegen kostet ganz schön Kraft.« Horst lächelte tapfer.

Sein Schauspieltalent beeindruckte mich nicht zu knapp. Das hatte ich noch nie zu sehen bekommen.

»Aber ... was zum Teufel ...« Er hielt vor der Mikrowelle inne, wo der Plattenspieler stand. Der Plexiglasdeckel war mittlerweile ziemlich fettig geworden.

»Irene ...?« Er suchte meinen Blick.

»Komm, jetzt wollen wir Kaffee trinken und Biskuitrolle essen«, erinnerte ich ihn und zog ihn mit zum Tisch. »Bosse und Karin sind schließlich extra deinetwegen gekommen. Setz dich, ich nehme deine Krücken.«

Horst starrte immer noch seinen Plattenspieler an. Er hatte ja ausnahmsweise eine Brille auf, mit der er genau hinschauen konnte. Bosse zog seine Hosenbeine ein bisschen hoch, bevor er sich auf den Küchenstuhl setzte.

»Ich wünsche dir sehr, dass du bald gesund wirst. Die Kabel vermissen dich. Ich hatte gehofft, dass du bis Neujahr wieder bei uns bist. Was meinst du, bist du bis dahin wieder auf den Beinen?«

»Na, also ... selbstverständlich! Neujahr – bis dahin ist ja noch ewig Zeit.« Horst setzte sich auf dem Stuhl zurecht und versuchte dabei mit seinen dünnen Beinchen einigermaßen männlich auszusehen.

»Aber sag mal, du hast ja ganz schön abgenommen! Geht es dir gut?« Karin streckte eine mütterliche Hand über den Tisch.

»Ich hatte sowieso ein paar Kilos zu viel auf den Rippen. Jetzt kann ich demnächst als Model arbeiten!« Horst lächelte mit geschlossenem Mund.

»Bist du sicher, dass da nichts anderes dahintersteckt? Hast du mit deinem Arzt darüber gesprochen?«, bohrte Karin weiter.

»Ich bin ein bisschen müde, aber das ist ja normal, wenn man so viel Schmerzmittel nimmt, sagt meine bessere Hälfte.«

»Wenn du mir mal deine Medikamente zeigst, dann kann ich dir sagen, welche davon du absetzen kannst. Das ist ja nicht normal, dass man nach über einem Monat noch so starke Schmerzen hat. Ich schau mir die Medikamente wirklich gerne mal an.«

»Jetzt misch dich doch nicht überall ein«, meinte Bosse leise und stupste seine Frau am Knie an. »Die kriegen das schon selbst geregelt.«

Karin kniff die Lippen zusammen.

»Wie auch immer, es ist nicht zu fassen, wie schwer es ist, neue Leute anzulernen.« Bosse schnitt sich ein mächtiges Stück Biskuitrolle ab. »Die verlegen die Kabel wie Kraut und Rüben! Vor zwei Wochen haben wir einen Typen eingestellt, der hat glatt vergessen, die Kabel am ersten Tag zu markieren, und jetzt liegen die da draußen in einem einzigen Kuddelmuddel. Von den Schnellläufern beim Golfplatz wollen wir gar nicht erst reden. Der Boden ist so steinig, dass die Bauherren erst mal vier Traktoren mieten mussten, um alles wegzubringen. An Erdbohrer ist da überhaupt nicht zu denken. Das kann ich dir sagen, Horst, gute Leute wachsen nicht auf Bäumen. Und was schiefgehen kann, geht schief, darauf kann man wetten.« Er schob sich das ganze Gebäckstück in den Mund.

Horst nickte ernst. Ich sah ihm an, wie geschmeichelt er sich fühlte.

»Wann kommt denn der Gips ab?« Karin schob den Teller mit der Biskuitrolle zu Horst hinüber.

Konnte diese Frau es nicht einfach mal gut sein lassen?

»In einer Woche.« Horst schaute mich an. »Das war doch in einer Woche, oder?« Seine Atemzüge gingen rasch und mühsam. Die Haut um seine Augen war dunkellila, sein restliches Gesicht eher gelb. Er sah unfassbar elend aus. So jämmerlich hatte er noch nie ausgesehen, schien mir. Vielleicht hatte ich es in der dämmrigen Schlafzimmerbeleuchtung aber auch nicht richtig gesehen?

»Nimm dir ein Stück, den hab ich selbst gebacken.« Karin deutete mit einem auffordernden Nicken auf die Biskuitrolle. »Du musst essen!«

Horst nahm sich mühsam ein Stück. Ich sah, wie seine Hände zitterten.

»Aber zumindest hast du eine Rund-um-die-Uhr-Betreuung, nicht wahr?« Bosse nickte mir freundlich zu.

»Ich könnte mir gar nicht mehr wünschen«, sagte Horst. »Ich weiß gar nicht, was ich ohne Irene machen würde.«

Er schaute mich ernst an. Einen Augenblick herrschte Schweigen in der Küche. Da sah ich, wie auf der anderen Seite des Tisches Karins Augen feucht wurden vor Rührung.

»Das würden sicher viele gerne mal aus dem Munde ihres Mannes hören. So eine Liebeserklärung! Davon kannst du dir wirklich mal eine Scheibe abschneiden, Bosse.« Sie verzog den Mund.

»Ja, ja. Wünschen würde man sich vieles.« Bosse bohrte mit einem seiner Wurstfinger in einem Kratzer auf der Tischplatte herum. »Wir haben übrigens eine neue Baufirma beauftragt, die die Gruben für den Neubau ausheben soll. Die sehen ganz anständig aus. Der Vorarbeiter ist ein alter Hase. Und die haben einen großen Fuhrpark mit Schaufelbaggern und Motorwinden. Da brauchen wir unsere alten Geräte gar nicht mehr rausholen. Jetzt müssen wir nur noch in einen Kabelpflug investieren.« Er schnitt sich noch ein Stück von der Biskuitrolle ab und goss sich Kaffee nach.

»Und was habt ihr auf dem Dachboden so vor?« Karin lächelte.

»Was?« Horst blickte auf.

»Ich hab gehört, dass ihr den Dachboden renoviert. Was habt ihr damit vor?«

Horst blinzelte langsam und suchte nervös meinen Blick.

»Ach, nur so eine kleine Auffrischung«, warf ich rasch ein.

»Das müssten wir zu Hause auch mal machen. Da gäbe es so einiges aufzufrischen.« Sie wandte sich zu mir und verdrehte diskret die Augen, aber ich erwiderte den Blick nicht. Ich war schon lange über das Stadium hinaus, in dem ich vielsagende Blicke mit anderen Frauen tauschte. Aber dann beschloss ich, doch bei der Wahrheit zu bleiben.

»Wir richten da oben eine Leseecke ein«, erklärte ich. »Für mich.«

»Aha!« Karin nickte langsam.

»Horst hat fünfunddreißig Jahre lang seine Stereoanlage da oben gehabt, und jetzt bin ich mal dran. Die Stereoanlage hab ich dafür hier runtergestellt.« Ich deutete mit einem Nicken zur Mikrowelle.

»Was für eine tolle Idee – ein Plattenspieler in der

Küche!«, rief Karin. »Ist das nicht prima, Bosse? So was müssten wir auch haben. Wir haben unseren alten ja im Hobbykeller stehen, und keiner benutzt ihn mehr. Vielleicht stell ich ihn auch in die Küche?«

»Das ist aber nur vorübergehend«, protestierte Horst.

»Na, wie dem auch sei. Wir müssen jetzt weiter zum Grab meiner Mutter.« Bosse klatschte sich mit den Händen auf die Knie und stemmte sich hoch. »Wir sollten gehen, bevor meine Göttergattin auf noch mehr Ideen kommt.« Er lächelte, dann streckte er mir die Hand zum Abschied hin.

Karin ging ihm nach, doch als sie die Hand an der Türklinke hatte, drehte sie sich noch einmal um und bedachte mich mit einem Blick, der mir einen unerklärlichen Schauder über den Rücken jagte.

Nachdem sie gefahren waren, blieb Horst eine ganze Weile schweigend am Tisch sitzen. Dann schaute er mich mit seinem alten durchdringenden Blick an.

Und dann sagte er: »Was führst du eigentlich im Schilde?«

»Was meinst du?«, fragte ich.

»Du hast hier doch irgendwas vor ...«

»Ich weiß nicht, wovon du redest.«

»Hier stimmt doch was nicht.« Er schaute sich in der Küche um. Sein Blick blieb am Plattenspieler hängen. »Sag mir, dass ich nicht wirklich sehe, was ich da sehe.«

»Tja, du hast in letzter Zeit ja wirklich schlecht gesehen.«

»Was zum Teufel ist in dich gefahren, Irene? Weißt du, was diese Anlage kostet?«

»Ich habe das vor allem für dich gemacht«, behauptete ich. »In deinem Zustand schaffst du es doch nicht mehr die Treppe hoch. Ich dachte, es wäre besser, die Anlage steht hier unten, falls du Lust kriegst, Musik zu hören. Außerdem habe ich ganz schön viel zu tun, seitdem ich mich um dich kümmern muss, da ist ein bisschen Musik ja wohl nicht zu viel verlangt.«

»Das ist kein Spielzeug. Das ist … das ist ein Spitzengerät. Eine technologische Errungenschaft.«

»Das ist doch ein guter Platz«, fiel ich ihm ins Wort.

»Dieser Besuch hat dich, glaube ich, ein bisschen zu sehr angestrengt.« Ich tätschelte ihm die Schulter. »Ich glaube, wir legen uns jetzt schön wieder hin.«

»Und was sollte das Gerede mit dem Dachboden? Was machst du da oben eigentlich?«

»Aufräumen«, sagte ich. »Darüber brauchst du dir nicht den Kopf zu zerbrechen. Du brauchst nicht über alles Bescheid zu wissen, was ich tue. Und jetzt komm. Ich helf dir ins Bett. Ich habe noch jede Menge andere Sachen zu erledigen.«

Horst ließ sich ins Schlafzimmer führen, aber ich merkte, wie sich sein ganzer Körper anspannte und sträubte.

Nachdem ich die Schlafzimmertür zugemacht hatte, wurde mir klar, dass Gefahr im Verzug war. Wenn er sich nun trotz seines eingetrübten verbleiten Hirns ausrechnete, was ich hier machte? Es war schon schlimm genug, dass er überhaupt Argwohn geschöpft hatte. Wenn sie im Krankenhaus Blutproben nahmen, würden sie das Blei entdecken. Und ich würde natürlich nicht erben.

Sondern in den Schmutz gezogen werden. Am Ende landete ich sogar im Gefängnis?

Ich schlich mich auf den Dachboden, setzte mich auf den Ledersessel und aß die Reste von Karins Biskuitrolle, während ich nach einer neuen Lösung suchte.

✦

In den Tagen nach Bosses und Karins Besuch gab ich Horst abwechselnd die Reservebrille und die mit den geschmirgelten Gläsern. Das verwirrte ihn so, dass er vorerst passiv blieb. Wenn er die funktionierende Brille aufhatte, lag er meistens mit der *Illustrierten Wissenschaft* im Bett und versuchte zu lesen. Ich sorgte dafür, dass er immer Essen, Kaffee, Schokoladenkekse und anderes zur Hand hatte, um ihn halbwegs bei Laune zu halten. Manchmal legte er eine Patience oder löste einfache Kreuzworträtsel. Das batteriebetriebene Radio war für ihn auch ganz in Ordnung. Wenn er die präparierte Brille aufhatte, lag er in erster Linie da und ruhte sich aus oder bat mich, ihm vorzulesen, was ich gerne tat.

Ich hatte das Gefühl, dass mir bald eine Lösung einfallen würde.

»*Je ne regrette rien.*«

Edith Piaf

Es war schön, wieder in der Bibliothek zu sein, den Leuten Lesetipps zu geben und sogar Lieder für die Karaokemaschine auszusuchen. Ich entschied mich für ein paar französische Schlager, bei denen beim Singen kaum jemand mitkommen konnte. Das war mein kleiner Protest.

Ich war gerade in einem interessanten Buch über Strafgefangene versunken, die in früheren Zeiten zur Arbeit in Erzbergwerken verurteilt wurden, wo sie oft wegen der schädlichen unterirdischen Gase starben. Da räusperte sich jemand am Informationsschalter. Es war ein älterer Herr mit dichtem grauem Haar und einem braunen Tweedjackett, den ich noch nie gesehen hatte.

»Ja? Wie kann ich Ihnen helfen?« Ich sah ihn ungeduldig an.

»Ich komme von der Schule in Kullen. Bertil Graff.« Er streckte eine magere Hand über den Tresen. Sein Händedruck war stahlhart.

»Ich wollte mich bei Ihnen in einer Angelegenheit erkundigen. Die Sache ist die, dass die halbe Schule bei uns geschlossen wird, Sie haben sicher schon davon gehört.«

»Nein.«

»Na ja, die Schüler der Klassen sieben bis neun müssen ab nächstem Schuljahr jedenfalls mit dem Bus in die Stadt fahren. Das ist mehr oder weniger das Ende für die Naturwissenschaften bei uns.«

Die Schule von Kullen lag außerhalb der Stadt und war in der Blütezeit der Textilindustrie gegründet worden, als jede Menge Familien angelockt wurden, die natürlich eine Schule für ihre Kinder brauchten.

»Das ist ja bedauerlich«, sagte ich.

»Ja, so sind nun mal die Zeiten. Ich selbst bin Chemielehrer, aber höre zum Herbst auf, dann muss ich das alles nicht mehr miterleben. Das ist mir ganz recht.«

Er faltete die Hände auf dem Tresen.

»Wie auch immer – wir haben eine Reihe von Büchern bei uns, die Sie vielleicht interessieren könnten. Natürlich in erster Linie naturwissenschaftlicher Art. Ein paar gute Lexika und ungewöhnliche Folianten sind auch dabei. Vielleicht möchten Sie selbst mal rauskommen und schauen, ob etwas dabei ist, was Sie gerne hätten?«

Mein neu erwachtes Interesse für Gifte ließ mich die Ohren spitzen. Das war kein Zufall. Das war Schicksal.

»Natürlich könnte ich mal zu Ihnen kommen und mir das ansehen.« Ich schluckte. »Wir haben hier kein besonders großes Angebot an Chemie- und Physikbüchern. Was hatten Sie denn gedacht, wann sollte ich kommen?«

»Eigentlich so bald wie möglich. Nächsten Mittwoch fangen sie schon an, die Chemie- und Physikräume abzureißen. Das ganze Gebäude soll zu Behindertentoiletten umgebaut werden. Wir haben verschiedenste Dinge abzugeben. Schultische und Material und Laborausrüstung. Die Kollegen dürfen sich am Wochenende raussuchen, was sie haben wollen, aber es wird eine Menge übrig bleiben.«

Mein Herz klopfte schneller.

»Morgen?«, sagte ich. »Würde Ihnen das passen? Da

hab ich zufällig den Nachmittag frei. Ich könnte selbst rausfahren und mir das mal anschauen.«

»Morgen passt mir hervorragend. Ich schreibe Ihnen mal kurz meine Nummer auf, damit Sie mich erreichen können.«

Er zog einen kleinen Zettel aus der Innentasche seiner Jacke. Darunter ragten mehrere Schichten hervor: eine weiche Baumwollstrickjacke, ein Pullover, fransige Hemdenzipfel und ein schmuddeliges weißes Unterhemd. Der ganze Mann sah irgendwie abgewetzt aus, ein Bohème-Studienrat von einer eigentlich schon ausgestorbenen Art. Mit einem Kugelschreiber, den er irgendwo hergezaubert hatte, kritzelte er ein paar Zahlen auf den Zettel.

»Das ist meine Handynummer. Rufen Sie mich an, wenn Sie losfahren. Ich unterrichte nicht mehr. Ich räume jetzt nur noch aus, Sie können also kommen, wann Sie wollen.«

Ich nahm den Zettel. Er deutete eine Verbeugung an, dann war er verschwunden.

Als er gegangen war, kamen mir Zweifel, ob er wirklich da gewesen war.

✦

An meine eigene Schulzeit kann ich mich nur noch bruchstückhaft erinnern. Das abgegriffene Treppengeländer aus lackiertem Holz. Der Werkraum mit der Bandsäge, in dem sich ein Mitschüler tatsächlich eine Fingerkuppe abschnitt. Schwarze Tafeln und weiße Waschbecken. Die knallgelben Vokabelhefte. Am besten hatten mir natürlich immer die Schulbibliothek gefallen und der Zeichensaal mit seinen hohen Fenstern, den Staffeleien und dem Materialraum, in dem Öl- und Acrylfarben gelagert wurden. Während ich mit dem Fahrrad zur Schule von Kullen hinausfuhr, kehrten immer mehr Erinnerungsbilder zurück. Es ging ein kräftiger Wind, aber ich war es gewöhnt. Ich radelte das ganze Jahr und genoss den freien Fahrradweg vor mir.

Das Schulgebäude war schon aus der Ferne zu sehen. Es war eine dieser typischen Fünfzigerjahre-Schulen, mit zwei Stockwerken, aus gelbem Klinker. Ein Anbau war bereits abgerissen. Zwei Bagger standen mit aufgerissenem Rachen auf dem asphaltierten Schulhof – bereit, sich auch noch in den Rest zu verbeißen. Ich stellte mein Rad in den Fahrradständer. Ein paar gelangweilte Mädchen um die dreizehn saßen auf einem Geländer. Ich nickte ihnen zu und lächelte. Ein Stück weiter hatten sich einige Jungs um einen Papierkorb geschart und versuchten, Papierkugeln anzuzünden. Manche Dinge ändern sich eben nie.

Schulen haben alle diesen ganz besonderen Geruch. Staubig und trocken, mit einem Hauch von Teenagerschweiß, Turnbeuteln, gekochten Kartoffeln und Holz. Es war derselbe Geruch wie in meiner alten Schule. Ich zückte mein Handy und wählte die Nummer auf dem Zettel. Nicht weil es so schwer gewesen wäre, den Weg zum Lehrerzimmer zu finden, sondern weil wir es so abgesprochen hatten. Er nahm sofort ab und meinte, er würde mich am Eingang abholen. Keine Minute später kam er die Treppe herunter und streckte mir schon die Hand entgegen.

»Schön, dass Sie kommen konnten. Haben Sie einen Anhänger dabei?«

»Nein. Ich wollte ja erst mal schauen, ob was dabei ist, was wir haben wollen«, erklärte ich abwartend. »Wenn ja, kommen wir noch mal zum Abholen. Jetzt bin ich mit dem Rad da.«

»Ach so, na dann.« Er eilte mir voraus durch den Flur. »Fangen wir mit den Biologie- und Chemieräumen an. Die sollen schon nächste Woche abgerissen werden. Das Gebäude ist auf der anderen Seite vom Bolzplatz.«

Ich folgte ihm über den Schulhof zu einer Baracke, die wohl ursprünglich als Provisorium gedacht gewesen war, aber nach den bekritzelten Wänden zu urteilen dann doch dauerhaft genutzt worden war. Mit einem Schlüssel von seinem riesigen Schlüsselbund öffnete er ein Sicherheitsschloss.

In der Baracke befand sich ein Flur mit drei Türen nebeneinander. Die hinterste öffnete er zuerst. Im Raum dahinter waren die Stühle ordentlich auf die Tische gestellt. An der hinteren Wand befanden sich hohe Holzschränke mit Glastüren, die mit Büchern und Ordnern vollgestopft waren. Das Zimmer war die reinste Zeitkapsel. Es war schon fast unheimlich, denn es schien sich so gut wie nichts geändert zu haben, seit ich selbst die Schulbank gedrückt hatte. Sogar die Stühle erinnerten an die, die wir zu meiner Zeit gehabt hatten: Teakstühle mit harten Sitzen und Metallgestell.

»Das ist mein altes Klassenzimmer.« Bertil Graff rasselte mit seinem Schlüsselbund. »Da, Sie sehen ja selbst, wo die Bücher stehen.« Er deutete zum Schrank. »Ich kann verstehen, dass Sie sich nicht so sehr für die Lehrbücher interessieren, aber wie gesagt, da stehen noch lauter andere Sachen.« Er trat an den Schrank, öffnete eine Tür und zog ein paar Folianten aus dem obersten Fach.

»Hier haben wir ein paar gut erhaltene Raritäten mit botanischen Zeichnungen. Die gehören eigentlich zum Biologieraum, aber es ist alles schon ein bisschen chaotisch. Und hier haben wir ein sehr schönes anatomisches Lexikon.«

Er blätterte zerstreut darin.

»Ein paar Chemielexika haben wir auch, und Werke von der Königlichen Akademie der Wissenschaften. Wir hatten eine Weile einen Lehrer, der war Dozent an der Uni gewesen und hat in die Lehrmittel hier so einiges investiert. Wir haben im Laufe der Jahre natürlich aussortiert, jetzt sind wirklich nur noch die besten Stücke übrig.«

Mein Blick wanderte durch den Raum. Ganz vorne am Lehrerpult lehnte ein kleines Whiteboard, auf dem mit roter Schrift ein paar chemische Formeln standen. Der Diaprojektor, der als Abstellfläche zu dienen schien, stand eingekeilt in einer Ecke. Ganz hinten befand sich noch eine Tür mit einem Schild: »Lagerraum«. Bertil Graff folgte meinem Blick.

»Sie ahnen nicht, was das für ein Drama ist, diese ganzen Chemikalien loszuwerden. Die Schule in der Stadt will nichts davon haben, die haben mehr als genug. Ein paar von diesen Substanzen sind so giftig, dass sie nicht mal beim Wertstoffhof angenommen werden. Wir müssen die per Kurier durch halb Schweden schicken, um sie vernichten zu lassen. Auf Kosten des Steuerzahlers.

Am Dienstag kommen ein paar Spediteure.« Er verzog das Gesicht.

»Ich weiß nicht, ob ich jemals wieder einen Fuß in dieses Klassenzimmer setzen werde. Das ist vielleicht das letzte Mal. Ein bisschen wehmütig bin ich schon.«

Ein Handy klingelte irgendwo unter seinen Kleidungsschichten. Mit ein paar flinken Bewegungen hatte er es herausgefischt.

»Ja? Oh, gut, ich komme. Wartet auf mich.«

Er drückte das Gespräch weg.

»Kommen Sie allein zurecht? Ich muss noch was erledigen.«

»Natürlich«, sagte ich.

»Schauen Sie sich in Ruhe um. Sie müssen sich nicht beeilen. Rufen Sie mich einfach an, wenn Sie fertig sind, dann zeige ich Ihnen den Physikraum.« Er lächelte und ging davon. Ich war allein.

Die Tür fiel hinter ihm ins Schloss. Ein altbekanntes Gefühl von Klaustrophobie und Widerwillen machte sich bemerkbar. In meiner Klasse hatte ich weder zu den mittelmäßigen noch zu den übertrieben ehrgeizigen Schülern gehört, ich hatte einfach nur versucht, das zu tun, was erwartet wurde. Doch jetzt erinnerte ich mich auf einmal wieder an die ganze Tristesse und den ganzen Frust. Diese ganzen Räume, in die man geschickt wurde. Das Gefühl, als würde da draußen das Leben vorbeirasen, als liefe alles genau nach Wunsch, wenn man nur endlich aus dem Klassenzimmer dürfte. Dem war nicht so, doch das wusste man damals noch nicht. Ich weiß noch, wie sehr mir diese pedantischen Lehrer auf den

Nerv gingen, deren Litaneien einfach nie ein Ende nahmen. Warum konnten sie sich nicht ein bisschen kürzer fassen? Im Nachhinein fragte ich mich, wo ich damals so eilig hinwollte. Zu Horst? Mein Blick wanderte weiter zum Lehrerpult und zum Lagerraum. Ich ging durchs Zimmer, fasste prüfend an die Klinke und drückte sie herunter. Die Tür ging sofort auf. Drinnen war es dunkel. Ich tastete nach dem Schalter an der Wand und machte das Licht an, eine flackernde Neonröhre mit gesprungener Plastikfassung.

Dort drinnen verbarg sich ein vollgestopftes Materiallager. In den Regalen standen Messbecher, Erlenmeyerkolben, Reagenzgläser und die dazugehörigen Ständer. Seltsame braune Glasbehälter mit öligen Flüssigkeiten und Metallklumpen, die aussahen wie abgeschnittene Würste, reihten sich an der anderen Wand auf. Ich beugte mich vor. Was zum Teufel war das? Vielleicht Natrium- oder Kaliumstückchen, aber es hätte genauso gut verschimmeltes Kompott sein können. Auf einem Rolltisch standen Becher mit Salzen und Flüssigkeiten und etwas, das aussah wie Kohlestückchen und Quecksilber. Mein Gott, das war ja die reinste Fundgrube! Ich stieg über ein paar wellige Lehrtafeln. Glasgefäße mit blassen, unregelmäßig geformten Klumpen, die an Tierembryonen erinnerten, schimmerten leicht im schwachen Licht. Das Wort Viskosität kam mir in den Sinn. War dieser Raum vielleicht auch das Materiallager für den Biologieraum? Ich konnte mich noch an ein paar Jungs aus meiner Schulzeit erinnern, die damit angaben, wie sie Salpeter- und Schwefelsäure aus dem Chemieraum geklaut hatten, um selbst Schießbaumwolle daraus herzustellen.

Das wusste ich nur noch, weil ich den Namen so schön gefunden hatte: Schießbaumwolle. Einer von den Jungs hatte in sachlichem Ton erläutert, wie einfach das ging: Man tränkte ganz normale Baumwolle mit den Säuren und ließ sie trocknen. Dann drückte man die Baumwollstückchen in irgendetwas Passendes, was man gerne in die Luft sprengen wollte, zum Beispiel in den Briefkasten eines Lehrers, und zündete sie an. Man konnte eine ganz normale Wunderkerze als Docht nehmen, erklärte er gähnend. Ich kicherte und meinte, er sei ja verrückt, aber insgeheim imponierte er mir. Sowohl mit seinem Mut als auch mit seinem Wissen. Und auch diese Schießbaumwolle selbst faszinierte mich irgendwie – so ein weiches Material, das auf einmal explodieren konnte.

An der hinteren Wand des Lagerraums stand ein weißer Blechschrank, der an der Wand festgeschraubt war. Ich trat näher.

»Giftschrank« stand auf einem schwarzen Etikett. Mir stellten sich die Nackenhaare auf. Die Schranktür war nur angelehnt. Mit zitternden Händen machte ich sie ganz auf. Darin standen kleine verstaubte Fläschchen mit Pipetten im Deckel, ein paar Gefäße und Miniaturflaschen, die aussahen wie die Überbleibsel aus einem geheimnisvollen Kuriositätenkabinett. Auf ein paar Etiketten war die Beschriftung so verblichen, dass man sie kaum noch entziffern konnte:

Phenol

Chrom

Methanol

Formaldehyd

Nickelsulfat

Alle waren mit Totenschädeln markiert. Gab es so etwas wirklich noch? Gottvergessene Lager mit Giftstoffen? Wie alt waren diese Sachen eigentlich? Vorsichtig hob ich eine kleine durchsichtige Flasche mit gelbem Schraubverschluss hoch und hielt sie gegen das Licht. Es war die kleinste Flasche, die ich je gesehen hatte, nicht größer als mein kleiner Finger. Darin segelten kleine Kristallteilchen herum, wie Prismen in einem Kaleidoskop. Auf einem umlaufenden Etikett war ein schwarzer Totenkopf abgebildet, ein toter Fisch und ein verwelkter Baum. Und daneben der Name: »*Kaliumcyanid.*«

Ein Schauder lief mir den Rücken hinunter. Kaliumcyanid war eine der giftigsten Substanzen der Welt, besser bekannt unter dem Namen Zyankali. In einem Chemieraum, der demnächst dem Erdboden gleichgemacht werden sollte. Was hatte der Lehrer gesagt? Am Dienstag würde jemand kommen und die Chemikalien zur Entsorgung abholen? Er selbst werde wahrscheinlich nie wieder einen Fuß in dieses Klassenzimmer setzen. Jeder konnte die Gifte völlig unbemerkt stehlen. Woher sollte die Transportfirma wissen, welche Präparate sich hier befanden, wenn nicht mal mehr der Lehrer sich dafür verantwortlich fühlte? Die Jungs aus meiner Oberstufenklasse hätten garantiert jede Flasche mit Totenkopf eingeschoben, ohne mit der Wimper zu zucken. Ich selbst hatte nur ein einziges Mal in meinem ganzen Leben etwas gestohlen: eine Hyazinthenzwiebel vom Markt, und ich wusste nicht einmal, warum eigentlich. Vielleicht, weil es sich einfach so ergeben hatte? Der Verkäufer hatte kurz weggeschaut, und ich hatte die Zwiebel genommen und in meine Tasche gleiten lassen. Sie musste dann im Kleiderschrank blühen, weil ich ein zu schlechtes Gewissen hatte, um sie auf den Tisch zu stellen.

Irgendwo hörte man jetzt das dumpfe Brummen eines anspringenden Ventilators, aber draußen auf dem Schulhof war es totenstill. Wahrscheinlich hatte der Nachmittagsunterricht begonnen. Wie spät es wohl sein mochte? Vielleicht kurz nach eins? Ich streichelte das Fläschchen mit dem Zyankali. Wer würde es je vermissen? Ich versuchte, es in der tiefen Tasche meines Mantels verschwinden zu lassen. Man fühlte es kaum durchs Futter. Es hatte ungefähr die Größe eines Lippenstifts. Die Neonröhre an der Decke flackerte noch einmal auf und erlosch dann ganz. Plötzlich bekam ich Angst. Wenn ich jetzt hier eingeschlossen wurde? Vergessen und von gefährlichen Dämpfen vergiftet? Ich stolperte zurück über die Lehrtafeln und fasste nervös nach der Klinke. Ohne mir noch einen einzigen Gedanken zu gestatten, eilte ich durch den Chemieraum, zur Tür und über den Bolzplatz zum Fahrradständer.

Als ich nach Hause fuhr, hatte es schon angefangen zu dämmern. Ich trat kräftig in die Pedale, mit trockenem Hals und klopfendem Herzen. Von zu Hause rief ich Bertil Graff an, landete aber auf seinem Anrufbeantworter.

»Hallo, hier ist Irene Husvig von der Bibliothek. Ich musste nach Hause fahren, mein Mann ist im Flur mit seinen Krücken gestürzt. Er hat nämlich ein Gipsbein. Aber ein paar von den Büchern sehen wirklich sehr schön aus. Wir nehmen sie alle gern für unsere Bibliothek. Ich kann einen Transport für Montag arrangieren. Ich melde

*mich dann, damit wir eine Zeit abmachen können. Auf
Wiederhören.«*

Pause.

*»Die Bücher aus dem Physikraum nehmen wir auch gern.
Wenn wir nicht alle unterbringen können, verschenken
wir sie weiter. Sie sind einfach zu schade zum Wegschmei-
ßen. Ich wünsche Ihnen ein schönes Wochenende.«*

Ich legte auf. In meiner Tasche brannte die Flasche mit
dem Zyankali, als wäre es glühende Lava.

✦

Angeblich riecht Zyankali nach Bittermandel. Nicht
alle Menschen können diesen Geruch wahrnehmen. Ich
hatte gelesen, dass es fast unmöglich sei, jemandem diesen Geruch zu beschreiben, der ihn nicht selbst wahrnehmen konnte. Und ich? Zu welcher Gruppe gehörte ich?
Zu der, die ihn riechen konnte, oder zu der, die es nicht
konnte? Nicht dass ich vorgehabt hätte, das Fläschchen
zu öffnen. Ich begnügte mich damit, sie in meinem Besitz
zu wissen. Zyankali war so sagenumwoben, dass es sich
ein bisschen so anfühlte, als hätte ich die Mona Lisa bei
mir auf dem Fensterbrett stehen, als ich mit meinem
Kaffee dasaß und das Fläschchen auf der Fensterbank
betrachtete. Als würde ich eine Bombe besitzen. Oder als
wäre ich während des Kalten Krieges die Einzige, die den
geheimen, aber sicheren Ort kannte, wo sich angeblich
der Knopf befand, der die Erde innerhalb von Sekunden

in Stücke sprengen konnte. Ich wagte nicht einmal, den Schraubverschluss zu öffnen. Vielleicht war es das Beste, wenn ich am Montag noch einmal nach Kullen radelte und die Flasche wieder in den Schrank stellte, wo ich sie gefunden hatte?

Aber dann verging das Wochenende, und es wurde Montag, und ich fuhr nicht zurück. Stattdessen erledigte ich andere Dinge, ging einkaufen und putzte und lüftete Decken aus.

Am Montag organisierte ich den Büchertransport. Unseren Praktikanten – einen jungen Kerl, den die Gemeinde ins Arbeitsleben einzuschleusen versuchte – beauftragte ich damit, alles abzuholen, ohne den Kollegen in der Bibliothek etwas davon zu sagen.

Er kam zurück mit einem Lieferwagen voller Bücher, von denen ich wusste, dass die Bibliothek sie ganz gewiss nicht haben wollte. Zum Schein nahm ich ihm einen Karton mit den schönsten Lexika ab und legte sie mit einem erklärenden Zettel in den Pausenraum. Dann bat ich ihn, den Rest zu mir nach Hause zu fahren, wo ich alles auf den Dachboden trug und in die leeren Fächer stellte. Die Bücher handelten von allen möglichen Themen, von der Fortpflanzung bis hin zu Molekülen.

Am Donnerstag stand in der Lokalzeitung, dass die letzten Nebengebäude der Schule in Kullen jetzt abgerissen worden seien, sodass nun endlich der Bau der ersehnten Behindertentoiletten und des neuen Geräteschuppens beginnen konnte.

✦

Es war Freitagabend, als ich beschloss, die Sache mit dem Zyankaligeruch zu überprüfen. Ich stellte fest, dass das kleine Fläschchen ein wenig ans Verliebtsein erinnerte: Nach einer Weile reichen einem die schmachtenden Blicke nicht mehr. Dann will man den anderen berühren. Untersuchen. Ein bisschen weiter gehen. Etwas riskieren. Ich hatte alle Vorsichtsmaßnahmen ergriffen und meine Atemschutzmaske, die Handschuhe und den Schutzoverall angelegt. Allein das Einatmen von Zyankali konnte lebensgefährlich sein. Der Dunstabzug war voll aufgedreht, das Küchenfenster offen. Belüftung war für Chemiker das A und O. Horst schlief und würde nichts mitbekommen.

Nur wenige Normalsterbliche waren einer tödlichen Substanz so nahe gekommen wie ich. Weitaus mehr Menschen hatten eine Schusswaffe in der Hand gehabt. Doch das hier war etwas anderes. Das war Kulturgeschichte. Es gab in der Weltliteratur jede Menge Beispiele, in denen Blausäure eine wichtige Rolle spielte. Wenn man sie schluckte, lag die tödliche Dosis bei 0,25 Gramm. Das war weniger als das, was auf den weißen Rand meines Zeigefingernagels passte. Mit anderen Worten: Ich hatte genug Gift, um die ganze Stadt umzubringen! Alle meine Sinne waren geschärft, als ich mit dem Handschuh nach dem gelben Schraubverschluss griff. Der Verschluss bewegte sich überhaupt nicht. Ich versuchte es noch einmal mit voller Kraft, doch der Verschluss saß fest. Schließlich musste ich auf den alten Hausfrauentrick zurückgreifen, das feuchte Handtuch. Der Verschluss gab nach und entließ das Glas aus seinem Klammergriff. Ich hielt es ein Stück vom mir entfernt unter die Lampe, hob die Atemschutzmaske vom Gesicht und näherte meine Nase vorsichtig der Öffnung. Doch. Das roch nach Bittermandel, ein ganz spezifischer, scharfer Geruch, der mich an Marzipan und alte Bücher erinnerte. Eine Sekunde lang schien es mir in die Poren zu dringen und sich in den Flimmerhärchen meiner Nase festzusetzen. Auf einmal bekam ich Angst vor dem irrationalen Impuls, den ganzen Inhalt selbst zu schlucken. So ähnlich, wie wenn man an einem Abgrund steht und einen die Angst überfällt, man könnte plötzlich Lust bekommen hinunterzuspringen. Hastig schraubte ich die Flasche wieder zu, lehnte mich an die Spüle und schloss die Augen, um wieder zu Atem zu kommen.

In sämtlichen Nachschlagewerken stand, dass sich Kaliumcyanid sehr leicht in Wasser lösen lässt, dass die Kristalle im Handumdrehen zerfallen und das Wasser nicht einmal trüben. Das war auch der Grund, warum Zyankali so eine beliebte Mordwaffe war: Es hinterließ kaum Spuren.

Wenn ich nun selbst ein paar Körnchen in Wasser auflöste und überprüfte, ob das stimmte? Nur zwei kleine Flöckchen? Ich füllte ein Wasserglas zur Hälfte. Dann machte ich die Flasche wieder auf – diesmal ging es ganz leicht – und schüttete ein paar Kristalle heraus. Sie sahen aus wie kleine, matte Glasstückchen, als sie ins Wasser fielen und bis auf den Grund sanken. Dort blieben sie liegen. Bewegten sich nicht vom Fleck. Ich musste mit irgendetwas umrühren, um ihnen auf die Sprünge zu helfen. Auf dem Schneidebrett links von mir lag das mit Gold überzogene Kabel, das ich neulich in meiner Wut auf dem Dachboden abgeknipst hatte. Irgendwie hatte ich gewusst, dass es zum Einsatz kommen würde, und jetzt war es wohl soweit. Ich hielt das Kabel ins Glas und rührte um.

Da geschah etwas Seltsames. Plötzlich zog sich ein dünner rostig-gelber Schleier durchs Wasser, wie ein Rauchring. Ich beugte mich vor und blinzelte. Was zum Teufel war das denn? Es sah so aus, als würde das Kabel eine Spur im Wasser hinter sich herziehen, eine kleine glitzernde Milchstraße. Ich zog mir einen Hocker an die Spüle und setzte mich hin, um das Ganze genauer zu betrachten. Die Farbe begann jetzt spiralförmig zu kreiseln. Glänzende Stücke wirbelten langsam an die Oberfläche. War das das Gold, das sich gelöst hatte? Verwirrt legte ich eine Untertasse auf das Glas und ging auf den Dachboden, um den entsprechenden Band meines Lexikons zu holen. Mit dem setzte ich mich wieder auf den Hocker an der Spüle und las:

Kaliumcyanid

Auch als Blausäure oder Zyankali bekannt, wird seit Tausenden von Jahren als Gift verwendet. Die Beliebtheit lässt sich vielleicht mit dem schnellen Verlauf und der tödlichen Wirkung schon bei geringen Dosen erklären. Im antiken Rom wurde Zyankali großzügig als Waffe eingesetzt. Nero vergiftete große Teile seiner Familie und andere Personen, die bei ihm in Ungnade gefallen waren. Dazu injizierte er Zyankali in Kirschen, die er ihnen dann anbot.

Ich warf durch meine Schutzbrille einen Blick nach draußen in den Garten. Zyankali in Kirschen injizieren. Mein Gott. Das war ja furchtbar! Wenn auch ziemlich einfallsreich, wie ich zugeben musste. Letztlich heiligte der Zweck die Mittel.

Die Römer waren nicht die Einzigen, die das Gift als Waffe einsetzten. Probleme, die aus veränderten Machtverhältnissen, in der Ehe oder durch Profitgier entstanden, wurden früher häufig durch Giftmorde gelöst. Manchmal von fröhlichen Amateuren, manchmal von professionellen Vergiftern, die man mit den Auftragskillern von heute vergleichen könnte. Sie waren sehr gut bezahlt.

Professionelle Vergifter. Darin lag wahrhaftig eine gewisse Poesie.

Kaliumcyanid wird aber nicht nur als Gift verwendet. Sein wichtigstes Einsatzgebiet in der Industrie ist die Gewinnung von Gold, da es zu den wenigen Substanzen gehört, die bei Zimmertemperatur chemische Verbindungen mit Edelmetallen eingehen und daher auch Gold lösen können.

Ich erstarrte und schaute auf das Glas. Die rostig-gelbe Farbe hatte sich als dünne, kaum wahrnehmbare Schicht auf dem Grund abgesetzt. Ich bekam eine Gänsehaut am ganzen Körper.

Mein Gott! Die Beschichtung war durch das Kaliumcyanid aufgelöst worden, wodurch das Gold freigesetzt worden war. Ich ließ den Lexikonband auf den Schoß sinken. An der Wand tickte die Uhr. Es war Viertel nach elf in der Nacht. Aus dem Schlafzimmer war kein Mucks zu hören. Wenn sich das Gold vom Kabel löste, dann bedeutete das, dass durch Zyankali alles Gold gelöst wurde. Und das bedeutete wiederum ... tja, was bedeutete es? Mein Hirn arbeitete auf Hochtouren. Meine Schläfen hämmerten. Ich fühlte mich, als stünde ich kurz davor, eine großartige Idee zu haben, die schon am Rande meines Bewusstseins herumwirbelte, genauso, wie die Goldplättchen im Glas schwebten. Doch sobald ich mich ihr näherte, entglitt sie mir wieder. Ich ging an den Kühlschrank und nahm eine Flasche Chablis heraus. Seit Horst krank war, hatte ich mir teure Weißweine gegönnt, die ich manchmal zu einer leckeren Käseplatte trank, wenn er eingeschlafen war. Jetzt schenkte ich mir auch ein randvolles Glas ein. Draußen hatte es angefangen zu stürmen. Ich machte das Fenster zu und löschte alle Lampen außer der über dem Herd. Dann blieb ich schweigend so sitzen und genoss den kühlen Wein, während ich lauschte, wie die Winde aneinander zerrten, wie ein streitendes Ehepaar. Jeder hatte seinen eigenen Willen, jeder eine unbändige Kraft. Die Kunst, sich zu verkleiden, um den anderen zu manipulieren, sich aufzublasen. Hinter der nächsten Ecke zu lauern. Die Winde machten es so. Die Menschen machten es so. Alles in der Natur wiederholte sich. Wenn man die großen Zusammenhänge verstehen wollte, musste man die kleinen genau beobachten.

Gold und Kaliumcyanid. Das waren zwei Stoffe, die nicht das Geringste miteinander zu tun hatten, aber trotzdem irgendwie zusammenwirkten und einander halfen, wenn sie aufeinandertrafen.

Zwei Stoffe, die man vereinen konnte.

✦

Wie kommt man eigentlich auf eine Idee? Das ist ein Rätsel. Als würden die Bestandteile der fertigen Idee im Unterbewusstsein arbeiten, sich wie Magneten finden, bis sich ein Muster bildet, das man nie vorhersehen oder sich auch nur vorstellen konnte, bis die Idee auf einmal da ist und an die Oberfläche steigt. Dieser Prozess geschieht häufig Schritt für Schritt, und er lässt sich nicht beschleunigen.

Am Tag danach lief ich wie benebelt durch die Bibliothek. Ich hatte das Gefühl, von meinen Verrichtungen – Kaffee kochen, Bücher sortieren, den Toilettenschlüssel herausgeben – seltsam entkoppelt zu sein, aber auch von meinen eigenen Gedanken. Als müsste ich sie jetzt sich selbst überlassen, ohne mich weiter einzumischen. Als müsste ich mich so neutral wie möglich verhalten, um sie nicht zu verscheuchen. Ich hatte morgens gleich eine Internetrecherche angestellt und die Suchworte *Gold* und *Kaliumcyanid* eingegeben. Es stimmte, dass man Kaliumcyanid für die Goldgewinnung eingesetzt hatte, unter anderem in Goldminen, aber noch immer fehlte mir die Anwendung, die die technischen mit den poetischen Aspekten der beiden Stoffe verband. Die nicht nur den einen benutzte, um an den anderen heranzukommen, sondern sie in einem neuen, gleichberechtigten Verhältnis zusammenbrachte. Routiniert erledigte ich die Bücherausgabe (der Automat war außer Betrieb) und stellte Neuerscheinungen in den Drehständer neben dem Tresen. Als ein Besucher fragte, wo die Krimis stünden, konnte ich nur vage mit der Hand in die ganze Bibliothek deuten.

»Überall«, sagte ich. »Das ist im Prinzip das Einzige, was es hier gibt.«

Als ich endlich heimgehen konnte, fühlte ich mich fiebrig.

✦

Es war schon ein paar Jahre her, dass ich meinen Trauring getragen hatte. Meine Finger waren im Laufe der Jahre zu dick geworden, und ich hatte die Kosten gescheut, ihn weiten zu lassen. Jetzt lag er in einem kleinen schwarzen Samtkästchen, das ganz hinten im Badezimmerschrank stand, bedeckt von Staub und den krümeligen Überresten eines alten perlmuttfarbenen Lidschattens. Zum ersten Mal seit langer Zeit holte ich ihn jetzt wieder hervor. Horst und ich hatten die Ringe gemeinsam in einem Laden in der Nachbarstadt ausgesucht, es war eins der Standardmodelle. Achtzehn Karat. Kein großes Gedöns. Es war Ironie des Schicksals, dass wir nie dazu gekommen waren, unsere Namen eingravieren zu lassen. Das Einzige, was innen zu sehen war, war der Goldstempel. Au. Das Elementsymbol für Gold war abgeleitet vom lateinischen Begriff *aurum*, der wiederum verwandt war mit *aurora*, der Morgenröte oder Morgendämmerung. Manchmal, wenn ich richtig sauer auf Horst war, hatte ich mit dem Gedanken gespielt, den Ring die Toilette hinunterzuspülen und dann zu behaupten, dass ich ihn verloren hätte. Ich hatte ihn sogar einmal in die Toilettenschüssel gelegt. Unter Wasser sah er aus wie ein Goldfisch. Aber dann hatte ich an die Kinder gedacht, es mir anders überlegt und ihn wieder herausgefischt. Vielleicht hatte es doch seinen Sinn, wenn man im Alter seinen Trauring mit friedlichem Lächeln an seine Kinder weitergeben konnte. Als eine Trophäe für die ertragene Zeit.

Jetzt legte ich den Ring auf die Haushaltswaage. Er wog knapp fünf Gramm.

Das wäre mehr als genug für die Idee, die sich in meinem Kopf herauszukristallisieren begann.

✦

Auf die Schlechtwetterphase waren einige schöne klare Wintertage gefolgt, und nun war Wochenende. Es war erst acht Uhr morgens. Horst schlief mittlerweile bis elf Uhr vormittags, wie ein Teenager. Sicherheitshalber hatte ich an diesem Morgen die Schlafzimmertür zusätzlich von außen abgeschlossen. Ich kippte das Küchenfenster und legte meinen Trauring auf die Arbeitsplatte. Ein kühler Windzug bewegte die weißen Gardinen ganz sachte. Ich schlüpfte in die neuen PVC-Handschuhe, die ich mir besorgt hatte (mit verstärkter Handinnenfläche für die verbesserte Griffsicherheit), und füllte ein Glas mit so viel Wasser, dass mein Ehering gerade bedeckt sein würde. Dann holte ich das Fläschchen mit dem Kaliumcyanid aus dem Gewürzregal, drehte den Schraubverschluss ab, schüttete fünf, sechs Kristalle ins Glas und rührte um. Die Flöckchen lösten sich sofort auf. Dann ließ ich den Trauring hineinplumpsen und beobachtete, wie er auf dem Grund landete. Ich wusste nicht, wie lange es dauern würde, bis er sich aufzulösen begann. In den Büchern stand, dass es von der Größe des Goldklumpens abhing. Ich musste an andere Dinge denken, die sich unter der Oberfläche befanden: Schiffswracks, unentdeckte Korallen, die die Farbe wechselten, Muränen, die ihre Beute in Höhlen auf dem Meeresboden einsperrten, fluoreszierende Wasserpflanzen, die niemand jemals zu Gesicht bekam, außer vielleicht irgendwelche desinteressierten Tiefseefische. Konflikte. Starke Gefühle. Die verbargen sich ebenfalls unter der Oberfläche. Ich atmete sicherheitshalber ganz flach. Das Einatmen von Zyankali war nicht so gefährlich, wenn der Stoff verdünnt war. Allerdings sollte man die Flüssigkeit tunlichst nicht auf die Haut bekommen, und anschließend musste sie an geeigneter Stelle entsorgt werden. Meine Hände zitterten leicht. Nur wenige Menschen wagten sich an ein solches Experiment heran. Schließlich galt es nicht nur, mit einem lebensgefährlichen Stoff herumzuhantieren, sondern es ging auch um den Versuch, etwas ganz Neues zu erschaffen, was man sich selbst ausgedacht hatte.

Die Sonne fiel auf die Wasseroberfläche im Glas und schickte Reflexe über die hellvioletten Schranktüren. An der Wand hingen Mutters alte Sammelteller und das Vitrinenschränkchen mit den Erinnerungsstücken. Darin standen ein zerschlissener weißer Kinderschuh, der einmal Malena gehört hatte, ein Flaschenschiff und ein Tonkrug aus Kreta. Kleine wertlose Dinge, die dennoch ein Bild von unserer Ehe zeichneten. Horsts und meiner Ehe.

Ich war es, die das alles aufbewahrt hatte. Sogar einen kleinen Strauß Glastulpen von unserer Hochzeitsreise nach Amsterdam.

Ich bückte mich und starrte den Ring im Glas an. Bis jetzt war nichts passiert. Vorsichtig trug ich das Glas in den Heizkeller, wo ich es ins Bücherregal neben den Ölkessel stellte. Dort würde ich ab jetzt die Stück für Stück voranschreitende Auflösung des ehelichen Bandes beobachten.

Ich fand, dass es im Wasser jetzt schon vielversprechend glänzte.

In dem Maße, wie ich in die faszinierende Welt der Chemie gezogen wurde, lernte ich, wie man Dekokte filtert und Salze eindickt. Ich wollte einen Weg finden, die lebensgefährliche Goldflüssigkeit, die ich gerade in meinem Keller schuf, zu verewigen und zu bewahren. Die bloße Tatsache, dass ich vielleicht als erster Mensch auf Erden auf die Idee gekommen war, meinen Trauring in Gift aufzulösen, bestärkte mich in der Überzeugung, dass ich die Gelegenheit ergreifen und etwas Beständiges erschaffen musste. Etwas, was ich immer bei mir tragen konnte.

Eine Erinnerung an die Vergangenheit und eine Waffe für die Zukunft.

Ich wollte eine Tablette herstellen.

Tagsüber in der Bibliothek las ich mich weiter in die Fachliteratur ein. Wenn man selbst Tabletten herstellen wollte, brauchte man eigentlich trockene Zutaten und idealerweise eine Tablettenpresse. Eine andere Möglichkeit wäre es, einen Hohlraum mit Flüssigkeit zu füllen. Fischölkapseln wurden so hergestellt, mit einer Hülle aus Gelatine. Man konnte solche leeren Kapseln in Drogerien kaufen, aber die waren zweiteilig und für ungefährliche, trockene Zutaten wie Hagebuttenpulver und Vitamine gedacht. Ich brauchte eine Kapsel, die wirklich dicht hielt und nicht weggeätzt wurde. Vielleicht konnte man die Flüssigkeit ja mit einer besonders feinen Kanüle in die Kapsel injizieren? Es war einen Versuch wert. Das Problem war nur, dass man Kanülen nicht einfach irgendwo kaufen konnte. Spritzen bekam man in der Apotheke, aber um sich Nadeln zu besorgen, brauchte man ein Rezept.

Ich schloss mich in meinem Arbeitszimmer ein und fand eine passende Seite im Netz, die den problemlosen, raschen Versand einer Spritze mit Kanüle im wattierten, anonymen Kuvert innerhalb von zwei Tagen versprach. Die Bestellung kostete mich eine knappe Minute. Auf dem Heimweg kaufte ich eine Packung mit den größten Fischölkapseln, die ich finden konnte. Mein Plan war vielleicht noch nicht ganz ausgereift, das musste sich im Laufe der Zeit erst noch finden, aber dafür war es ein kühner Plan.

Sowie ich nach Hause kam, lief ich in den Keller, um nachzusehen, wie es mit meinem Trauring stand. War er nicht bereits ein bisschen dünner geworden? Mir kam es jedenfalls so vor. Von den aufgelösten Goldresten fand sich allerdings keine Spur im Wasser. Trotzdem wusste ich, dass man das Gold jederzeit wieder in eine feste Gestalt bringen konnte. So machte man es in der

Industrie, wenn man zum Beispiel das Gold von einer Leiterplatte ablösen wollte.

Ich trocknete mir meine verschwitzten Hände an der Hose ab und schaute mich um. Verlassene Bleizuckerkolonien standen überall in den Regalen und auf den freien Bodenflächen. Inzwischen roch ich weder den Bittermandelgeruch noch den Essig. Der Keller hatte seine ganz eigene Geruchswelt entfaltet: Staub, Kekse und Lignin von den alten Büchern – nicht zuletzt denen aus dem Chemieraum, die jetzt gestapelt in der Ecke lagen.

Von den Tüten mit den Bleigewichten, die ganz unten im Schuhkarton gelegen hatten, war nur noch eine einzige übrig. Wenn ich mit der fertig war, war mein Auftrag erfüllt. Zerstreut zerdrückte ich ein paar Bleizuckerpyramiden mit den Fingern und fegte sie mit dem Backpinsel in ein paar leere Marmeladengläser. Dann trug ich sie in die Küche und stellte sie ganz oben in die Speisekammer.

✦

In den nächsten Tagen ging ich mehrmals täglich in den Keller. Manchmal ließ ich den Ring mit Schwung durchs Zyankaliwasser kreisen. Von Tag zu Tag wurde er dünner. Die Oberfläche wurde matter. Die Kanten weniger scharf. Am Samstagabend war nur noch ein dünner Golddraht übrig, wie ein schwimmender olympischer Ring. Eine verätzte Erinnerung, die allmählich einem Heiligenschein ähnelte.

Am Sonntagmorgen war der Ring weg. Er hatte sich komplett aufgelöst, als hätte es ihn nie gegeben.

Geblieben war ein leicht schimmernder Bodensatz.

Gift. Im Schwedischen hat das Wort zwei sehr verschiedene Bedeutungen. Gibt es eigentlich irgendeine andere Sprache, in der das Wort für Ehe dasselbe ist wie das für einen gesundheitsschädlichen bis tödlichen Stoff? Ich frage mich, woher das wohl kommt? Gift ist ein schönes Wort. Das finde ich noch immer. Ein Wort, das in ein Volkslied mit Disteln und Schneeballsträuchern und nebelverhangenen Wiesen passen kann. Verheiratet und vergiften. Im Schwedischen sind das zwei Formen ein und desselben Wortes.

Vergiften. Für Verheiratete.

» Whatever you're meant to do, do it now.
The conditions are always impossible. «

Doris Lessing

*J*ch hatte die Kanülen mit der Post bekommen. Es wurde Zeit, mit der letzten Aufgabe zu beginnen, nämlich der Herstellung der Kapsel. Ich hatte alles sorgfältig vorbereitet. Es war Sonntagabend. Horst hatte ich zwei zerdrückte Schlaftabletten auf sein belegtes Brot gestrichen, damit er besonders tief schlief. Ich hatte vor, im Keller zu arbeiten, in meinem eigenen unterirdischen Labor. Ich hatte die alte Kiste und eine Lampe in den Heizungskeller gebracht und dann die Omega-3-Kapseln, das Glas, meine Handschuhe und die Spritze bereitgelegt. Ich hatte vor, erst das Öl aus den Kapseln zu saugen, um dann das Goldcyanid zu injizieren. Aber zuerst musste ich das Ganze mit Wasser üben.

Ich setzte mich auf dem Rattanstuhl zurecht, auf den ich ein paar zusätzliche Kissen gelegt hatte, und knipste die Leselampe an. Dann entfernte ich die Plastikfolie von der Spritzenverpackung und von der Nadel. Spritzen habe ich schon immer gehasst. Als ich in der Schule die Tetanusspritze kriegen sollte, wurde ich ohnmächtig, bevor die Nadel auch nur meinen Arm berührte. Mir hatten schon diese ganzen Gerüchte gereicht, dass die Nadel so dick sei wie ein Regenwurm. Diese Spritze sollte nur in eine Kapsel gestochen werden, aber meine Finger waren trotzdem rutschig vor Schweiß, als ich versuchte, den kleinen Kolben in dem Plastikzylinder hin und her zu bewegen. Es machte ein leise zischendes Geräusch. Nachdem ich mich eine Weile damit vertraut gemacht hatte, drückte ich eine Fischölkapsel aus der Packung. Sie war fast zwei Zentimeter lang, bot also mehr als ausreichend Platz für eine tödliche Dosis. Vorsichtig stach ich die Nadel durch die geleeartige Hülle. Erst spürte ich einen zähen Widerstand, dann gab die äußerste Schicht langsam nach, und die Nadel sank ganz hinein. Ich musste das Öl durch die Kanüle hochziehen, bevor ich das Gift injizieren konnte, aber das war nicht so leicht, wie ich gedacht hatte. Zum einen war es unmöglich, das ganze Öl auf einmal herauszubekommen. Mit wachsendem Unterdruck leistete die Kapsel zunehmend Widerstand und zog sich zusammen wie eine Rosine. Am Ende gelang es mir, einen sehr feinen Einstich zu machen und das Öl etappenweise herauszusaugen. Der Schweiß rann mir aus den Achselhöhlen. Es war warm und stickig im Keller. Hinter mir knackte der Heizkessel.

Ich übte, Kapseln mit Wasser zu füllen. Acht Stück platzten wie überreife Weintrauben, bevor ich den richtigen Dreh raushatte. Nachdem ich das Prinzip beherrschte, zog ich mir die Atemschutzmaske über die Nase und tauchte die Kanüle in das Glas mit dem Goldcyanid. Ich hielt die Kapsel in der einen Hand, die Spritze in der anderen und drückte langsam die Flüssigkeit in die Kapsel. Dann zog ich die Nadel zur Hälfte heraus, zählte bis fünf, genauso, wie es in der Gebrauchsanweisung stand. Anschließend zog ich die Nadel komplett heraus, legte sie auf einen Lappen und wusch sie vorsichtig mit ein paar wassergetränkten Wattebäuschen ab. Hinterher würde ich alles im Garten verbrennen. Auch in mikroskopischen Mengen konnte Cyanid nämlich noch großen Schaden anrichten.

Ich hatte eine kleine Flasche klaren Nagellack in den Keller mitgenommen. Den schraubte ich nun auf und schloss das Einstichloch der Nadel mit einem raschen Pinselstrich, damit auch nicht die kleinste Giftmenge entweichen konnte. Als der Lack getrocknet war, hielt ich die Tablette gegen das Licht. Die Flüssigkeit bewegte sich langsam in der Kapsel, wie in einer dieser Glaskugeln, in der die Schneeflocken auf eine idyllische Miniaturlandschaft herabschweben. Aber hier glitzerte die Flüssigkeit an sich schon so faszinierend. Waren es vielleicht die aufgelösten Goldpartikelchen, die so geisterhaft schimmerten? Hingerissen starrte ich meine eigene Schöpfung an. Das war ein Kunstwerk in seiner edelsten Form. Ein Werk, das einem sofortigen Zutritt zur Ewigkeit verschaffte.

Der Gnadenstoß.

So würde ich es nennen.

Ganz vorsichtig legte ich die Kapsel in das schwarze Samtkästchen, in dem ich früher meinen Trauring in fester Gestalt aufbewahrt hatte. Sie glänzte auf dem elfenbeinweißen Seidenkissen, wie ein Schmuckstück der völlig neuen Art.

Am Grund des Glases war immer noch ein bisschen Flüssigkeit übrig. Die musste ich nun auf eine sichere Art entsorgen. Festen Schrittes ging ich mit dem Glas die Treppe hoch und weiter in den Garten. Dort goss ich den letzten Rest neben den Stamm von Horsts Eibe.

Die würde mir den Blick auf meine Sonnenaufgänge jetzt auch nicht mehr lange verstellen.

✦

Was wollte ich mit dem Gnadenstoß anfangen? Ich wusste es selbst nicht recht. Bis auf Weiteres hatte ich das Schmuckkästchen ganz weit oben aufs Gewürzregal in der Küche gestellt, von wo ich es herunterholen und die Kapsel betrachten konnte, wenn mir danach war. Ich drehte und wendete sie, musterte sie aus allen möglichen Winkeln im Schein der Lampe. In meinem Körper breitete sich ein behagliches Gefühl aus, wenn ich die Kapsel schüttelte, bis die Flüssigkeit darin herumwirbelte. In einem bestimmten Licht sah es so aus, als würde man den Sternenhimmel in Vergrößerung betrachten. Schleier von kosmischen Nebeln. Kaskaden von fernen Sternen, von denen manche etwas heller leuchteten als die anderen. Hie und da war die Oberfläche der Gelatine etwas eingesunken, wie die Krater auf dem Mond, die von Meteoriteneinschlägen herrührten. Auf leichten Druck mit dem Zeigefinger gab die Hülle nach, aber nur solange man drückte. Wenn man losließ, nahm die Kapsel wieder ihre ursprüngliche Form an. Sie schien alles zu enthalten: Fantasie, Arbeit, Mystik, die größten wissenschaftlichen Fortschritte der Menschheit und das alleredelste Metall des Universums. Aus diesen Zutaten hatte ich etwas Eigenes geschaffen. Etwas Neues. Etwas, was eigentlich viel zu schön war, um von Horsts sauren Magensäften zersetzt zu werden.

✦

Absurderweise kam mir das Zusammenleben mit Horst harmonischer vor denn je. Er bat fast nie um etwas. Meistens lag er im Bett, mit gefalteten Händen und leerem

Blick, als hätte er sich damit abgefunden, alles so zu nehmen, wie es kam. Mir war schlecht vor Anspannung. Es gab Abende, da vergaß ich fast, ihm seinen gewohnten Abendtee mit Blei zu verabreichen. Ich wollte meine Ruhe haben und nachdenken, am liebsten mit dem Gnadenstoß in der Nähe.

Manchmal nahm ich deshalb abends das Kästchen mit ins Schlafzimmer und legte es in die Nachttischschublade, in ein Taschentuch gewickelt. Hin und wieder schreckte ich mitten in der Nacht schweißgebadet aus Alpträumen hoch. Horst mit Teer beschmiert. Ein Bällebad aus Diamanten. Eine riesige Spinne mit silbrigen Beinen, die mich in der Stadt durch die leeren Straßen jagte. Unförmige Magneten, die schwebende Eisenspäne absonderten, wie man sie früher in den Physikräumen hatte. Einmal träumte ich, dass ich ganz behaart war von den ganzen Dämpfen, denen ich mich mittlerweile ausgesetzt hatte. Lanugohaar, weiß vom Wasserstoffperoxid. Mit Bleizucker bereifter Flaum. Es war wie ein surrealistisches böses Märchen, das nachts seine Tore für mich öffnete. Und dann der Geruch – Essig und Metall –, der mir in den Nasenlöchern blieb, so oft ich mich auch wusch.

Horst schlief tief und fest. Ich war wach und alles andere als müde. Es würde bald losgehen, aber ich musste noch warten. Auf ein Zeichen, auf ein Startsignal, auf ein ganz spezielles Gefühl, damit ich weitermachen konnte.

✦

Einmal hatte ich von Horst zum Geburtstag ein ergonomisches Brotmesser geschenkt bekommen. So eines mit abgeknicktem, rutschsicherem Griff, für alte Leute und Menschen mit Behinderung.

»Ich dachte, das wär doch vielleicht praktisch. Wir sind ja nicht mehr die Jüngsten.« Er hatte sich vielsagend geräuspert. »Es gab auch welche mit weißem Griff. Du kannst es ja umtauschen, ich hab den Kassenzettel aufgehoben.«

Ich starrte das Messer an, das in dem braunen Packpapier eines Baumarkts gesteckt hatte.

»Es ist mein achtundvierzigster Geburtstag«, sagte ich trocken. »Nicht der Vierhundertste.«

»Probier es doch mal aus!« Horst lächelte zufrieden. »Kleider hast du doch schon so viele, die reichen, bis du tot bist. Und es merkt doch sowieso keiner, wenn du was Neues anhast. Da ist so ein praktisches Geschenk viel besser, oder?«

Wie soll man eine solche Geste nennen? Eine Andeutung, dass die lustigen Zeiten jetzt vorbei sind? Alle Hintertürchen zu? Nur noch du und ich. Bild dir bloß nicht ein, dass das Leben für dich noch was anderes hergibt. Halt dich nicht für was Besseres, nur weil du Geschichten von unglaublichen Schicksalen liest. Alles läuft am Ende auf ein rutschsicheres Brotmesser hinaus. Mit dem man nicht mal töten könnte.

»Danke.« Ich schob das Messer brüsk in die Küchenschublade, wo es liegen blieb.

Wie es soweit kommt, dass man irgendwann aufgibt? Schwer zu sagen. Die Mutlosigkeit nähert sich in der

Regel etappenweise. Man stößt auf Probleme, man kehrt sie unter den Teppich, weil es zu schmerzlich wäre, sich ihnen zu stellen. Aber letztlich sinkt der Grundpegel der Hoffnung sukzessive. Zu Anfang unserer Ehe hatte ich große Ambitionen. Auf einem Notizzettel aus dieser Zeit, den ich hinter dem Gefrierschrank fand, als ich ihn abtauen wollte, stand folgende hoffnungsvolle Liste:

Knöpfe an der weißen Jacke wechseln
Ofen reinigen
Urlaub?
Gardinenstange
Unsere Beziehung

Das klang nach einfachen Punkten, die sich der Reihe nach abhaken ließen, aber das galt nur für die alltäglichen Verrichtungen. Unsere Beziehung hingegen gehörte in eine andere Liga. Beziehungen sind ein Mysterium. Eine Beziehung ist wie Literatur. Etwas, das durch Blicke entsteht, durch Worte, in den Zwischenräumen. Es lässt sich nicht einfangen, weil man es so beschlossen hat. Es ist immer ein unbekannter Faktor mit im Spiel, etwas Mysteriöses.

Nach ein paar Jahren bestand unser Dasein nur noch aus alltäglichen Verrichtungen. Fast nie geschah etwas Überraschendes. Vielleicht ist dies die Essenz der Langeweile: die Abwesenheit von Überraschungen. Nach den Rindsrouladen die Plastikboxen zum Einfrieren rausholen. Nach dem Einfrieren die Spülmaschine ausräumen. Nach der Spülmaschine das schwere Kreuzworträtsel aus der Zeitung lösen. Nach der Zeitung den

Fernseher einschalten. Noch während ich mit der einen Tätigkeit beschäftigt war, sah ich die nächste schon vor mir. Auf die Art erlebte ich das meiste schon im Voraus, eine Fähigkeit, die Menschen entwickeln, die selten überrascht werden. Es war nicht ganz ohne Genuss, das muss ich zugeben, aber es hinterließ auch einen unbehaglichen Zweifel. Hatte das Leben wirklich nicht mehr zu bieten? Hatte man nicht die Pflicht, zumindest ein paar Überraschungen in sein Leben einzubauen? Warum sollte man vom Improvisierten und etwas Anspruchsvolleren Abstand nehmen, nur weil man älter geworden war?

Horst saß im Sessel mit der Fernbedienung in der Hand. Ich saß auf dem Sofa und hatte das Gefühl, mein Leben zu verschwenden, es nicht richtig zu würdigen, es nicht richtig zu *leben*. Ich versuchte mich zu entsinnen, was ich mir einmal geschworen hatte. Ich erinnerte mich nur selten daran. Nur, dass ich damals davon überzeugt gewesen war. Einmal stellte ich mich vor den Fernseher, mitten in einem wichtigen Fußballspiel, und sagte: »Entscheide dich – ich oder der Fernseher!«

Und Horst sagte: »Kannst du mal ein Stück zur Seite gehen?«

Warum sollte man einem solchen Menschen eine Scheidung gewähren? Das wäre doch wohl ein bisschen zu einfach, oder?

Außerdem – wo liegt denn die Dramatik einer Scheidung, wenn die Kinder schon flügge geworden sind? Es ist eine sehr traurige »Lösung«. Fantasielos. Konventionell. Ich wollte nicht vierzig Jahre lang dumm zu Hause herumsitzen und Horst dann mit einer Scheidung davonkommen lassen, bei der er den Großteil unserer Besitztümer einschieben würde. Nein. Der Tod ist eine Art, sich vom Alltäglichen abzuheben. Im Grunde erhöhte ich Horst damit! Eigentlich müsste er mir dankbar sein. Was ist eine Scheidung schon gegen einen Gifttod von neronischer Klasse? Immerhin hatte Horst länger gelebt als der Durchschnittsschwede vor hundert Jahren. Das war mehr als genug.

✦

Es wurde Zeit, den Gips von Horsts Bein zu entfernen. Ich hatte ein paar Tage mit dem Blei ausgesetzt, damit er sich wieder etwas erholte und im Krankenhaus keinen Argwohn erregte. Er war immer noch ziemlich mitgenommen, aber doch schon munter genug, um meine Fahrweise zu kritisieren.

»Bist du sicher, dass du den Rückspiegel nicht abschrauben möchtest? Du benutzt ihn ja doch nie!«

Wieherndes Gelächter. Der arme Horst meinte, er hätte einen tollen Witz gelandet. Ich lächelte nachsichtig und drückte zur Antwort fester aufs Gas.

Als wir am Krankenhaus waren, kümmerten sich wohlwollende Schwestern um ihn, die sein Genörgel routiniert überhörten. Sie legten ihn auf eine Trage und entfernten den Gips. Sein Bein ähnelte den undefinierbaren Objekten in den Glasbehältern, die im Lagerraum der Schule gestanden hatten. Es war fast auf die Hälfte seiner ehemaligen Größe geschrumpft, war aber behaart wie ein Affe.

»Jetzt müssen Sie schön trainieren, um Ihre Beweglichkeit zurückzugewinnen«, sagte die Schwester mit einem

mechanischen Lächeln. »Mit sechs Wochen Kranken-
gymnastik müssen Sie rechnen, damit alles wieder so
wird wie vorher. Sie kriegen noch eine Überweisung zu
einem Physiotherapeuten, der Sie entsprechend instruie-
ren kann. Und dann müssen Sie ganz, ganz viel Gymnastik machen!«

Horst murmelte etwas wie: »... muss nächste Woche
Kabel verlegen ...«

»Bei manchen Patienten dauert es mehrere Monate,
bis sie wieder gesund sind. Der Fuß darf jetzt nicht über-
beansprucht werden. An Kabelverlegen ist zumindest die
nächsten paar Wochen gar nicht zu denken.«

»Na, das war ja klar.«

»Fahrradfahren und Stützstrümpfe sind empfehlens-
wert.« Sie lächelte verhalten. »Und die Krücken brauchen Sie vorerst noch, bis Sie das Bein ordentlich trai-
niert haben. Haben Sie noch genug Schmerzmittel zu
Hause, oder brauchen Sie noch ein Rezept?«

»Wir nehmen gerne noch ein Rezept«, sagte ich.

»Ich werd nur so schrecklich müde von den Tabletten«, meinte Horst.

»Das kann schon vorkommen. Aber das ist immer
noch besser, als Schmerzen zu haben. Oder?« Die
Schwester lächelte.

Horst stakste mit den Krücken durch den Klinikkiosk
im Erdgeschoss und kaufte sich ein Netz Orangen und
eine Tüte Lakritz. Auf dem Heimweg war er nachdenklich und still.

Es war ein kalter Abend, aber der Himmel wurde
von einem ungewöhnlich großen Mond erleuchtet. Die

Stürme, die in letzter Zeit getobt hatten, waren schwächer geworden, und jetzt lag die Landschaft ganz still da, als würde sie auf irgendetwas warten.

Als ich mit dem Auto auf den Hof fuhr, war es pechschwarz. Wir mussten uns im schwachen Schein der Straßenlaterne vortasten. Horst stand ein Stück hinter mir auf der Treppe, als ich versuchte, die Tür aufzuschließen. Ausgerechnet heute Abend klemmte das Schloss. Das passierte manchmal, wenn es zu schnell kalt wurde. Ich mühte mich eine Weile mit dem Schlüssel ab, bekam die Tür aber immer noch nicht auf. Plötzlich sagte Horst: »Ich weiß, was du treibst, Irene.«

Ich fuhr zusammen, als hätte ich einen elektrischen Schlag bekommen, und drehte mich um.

»Was?«

»Ich weiß, was du treibst.« Er schaute mich an. Bei jedem Ausatmen kamen weiße Wölkchen aus seinem Mund. Seine Augen glänzten. Hatten seine Augen die Farbe gewechselt? Waren sie nicht weniger grün-braun als sonst, sondern eher metallisch grau?

»Ich weiß wirklich nicht, was du da redest, Horst«, sagte ich. »Ich versuche einfach nur, dieses Schloss hier aufzukriegen. Scheint so, als wär's wieder mal eingefroren.« Das Herz hämmerte unkontrolliert. Meine Hände am Schlüsselbund fühlten sich an wie Glas.

»Irene. Hör mir mal kurz zu.« Horst legte mir eine Hand auf die Schulter.

»Was ist?«

»Ich weiß, dass du mich bestrafen willst. Offenbar hab ich dir irgendetwas getan, auch wenn ich nicht so ganz verstehe, was. Wenn du immer noch sauer bist wegen diesen Büchern, kann ich dir neue kaufen. Ich bin dir wirklich dankbar, wie du die vergangenen Wochen für mich dagewesen bist. Ich will, dass du das weißt. Du hast dir sogar freigenommen, das war wirklich großartig von dir.«

Langsam atmete ich aus, aber mein Herz schlug immer noch schmerzhaft schnell.

»Können wir nicht einfach vereinbaren, dass wir es ab jetzt schön miteinander haben wollen? Ich bin vielleicht nicht so offen wie du, Irene. Aber du brauchst nicht zu glauben, dass ich nie über irgendwas nachdenke.« Horst stützte sich keuchend auf mich, sein Mund war neben meinem Ohr. Sein Atem war warm und feucht. Er hatte die Stimme jetzt gesenkt.

»Ich hätte das ohne dich nie geschafft. Du warst wirklich ein Fels in der Brandung. Du bist eine ganz besondere Frau, Irene. Entschuldige, wenn ich so blöd zu dir war. Ich hab schließlich auch Gefühle für dich. Ich liebe dich sogar!« Verzweifelt klammerte er sich an meine Schulter.

Ich musste schlucken, aber es fühlte sich an, als wäre mir irgendetwas Raues in der Kehle stecken geblieben.

»Was ist denn in dich gefahren, Horst?« Ausweichend fummelte ich weiter am Schloss herum. »Wir müssen ins Warme, ich friere schon richtig.«

»Vielleicht könnten wir uns eine Zweitwohnung in Spanien kaufen? Irgendwas Kleines, Praktisches? Hättest du Lust? Ich kann das mal durchrechnen. Wir gehen ja bald in Rente.«

Endlich rutschte der Schlüssel ins Schloss. Panisch flüchtete ich mich ins Bad und sperrte hinter mir ab, ohne das Licht anzuschalten. Horst hatte noch nie gesagt, dass er mich liebte. Na ja, ein paar Mal ganz zu Anfang, während des Liebesaktes eben. Was fiel ihm denn ein, jetzt auf einmal damit anzukommen, nach vierzig Jahren? Es hatte Momente gegeben, da hätte ich mir mehr als alles andere gewünscht, dass er diese Worte zu mir gesagt hätte. Oder ein paar Zeilen auf einen Zettel geschrieben hätte. Einen Brief aufs Kopfkissen gelegt hätte. Dass er einmal richtig spontan gewesen wäre, zum Beispiel aus einem Impuls heraus eine Reise für uns gebucht oder plötzlich anfangen hätte, Pfeife zu rauchen. Irgendetwas. Egal was.

»Ich hab dich doch gern«, hatte er sich trotzig entschuldigt, als ich einmal wegen irgendetwas Gift und Galle gespuckt hatte. Die Worte hatte ich aufgeschleckt wie eine zufriedene Katze und später meiner Mutter davon erzählt.

»Du liebe Güte«, erwiderte sie. »Da war er ja mal richtig gefühlvoll!«

Aber die Worte waren dennoch zu klein.

Episoden aus den Anfangszeiten unserer Beziehung wurden vom Grund meines Erinnerungsbrunnens nach oben gewirbelt. Zum Beispiel, dass er manchmal eine rote Rose mitbrachte, wenn er mich in meinem Studentenzimmer besuchte. Einmal eine Kette mit bunten Steinen. Ein Transistorradio für die Küche. Einen Morgenmantel aus Flanell. Weil ich so verfroren war. Wir waren an schönen Herbsttagen Pilze sammeln gegangen. Hatten uns im Arm gehalten und das Silvesterfeuerwerk durchs Fenster beobachtet.

Ich liebe dich ... sogar.

Ich musste an meine Schulfreundin denken, die meinte, ich erwartete mir zu viel vom Leben. Hätte zu hohe Ansprüche. Stimmte das? Übertrieb ich es? Ich weiß noch, wie ich anfangs mit unserer Verliebtheit umging – so, wie man mit der Liebe zu einem Pferd oder einem Hund umgeht. Wie ein Kind, das ein neues Tagebuch hat, schrieb ich überall seinen Namen hin. Horst. Oder einfach nur den Anfangsbuchstaben H neben mein I. Ich drehte sie um: IH. Oder HI. Ich bestickte unsere gesamte Bettwäsche mit unseren Initialen. Er hatte immer nach billigem Rasierwasser und Weichspüler gerochen. Ist das der Geruch meines zukünftigen Mannes?, hatte ich gedacht, als ich mir noch vor der Hochzeit heimlich sein Unterhemd an die Nase drückte. Sein Lächeln. Die anfängliche, ganz besondere Elektrizität unserer Umarmungen. Berührt zu werden, von den starken Armen eines anderen Menschen gehalten zu werden. Jemand, der mit einem zusammen sein wollte. War das nicht überhaupt eines der wichtigsten Dinge, wenn man sich verliebte – dass man den Willen des anderen spürte?

Aber dann fielen mir plötzlich wieder andere Dinge ein. Wie ich kleine Zettel mit Herzchen und verliebten Worten über das Bett in seiner Junggesellenbude gehängt hatte, kurz nachdem wir uns kennengelernt hatten. Nachdem ein paar Tage ohne einen Kommentar von ihm vergangen waren, hatte ich vorsichtig nachgefragt, ob er sie gesehen hätte. Er errötete heftig und brachte stotternd hervor, dass sie ihm unangenehm seien. Außerdem hinterließen sie Spuren auf der Tapete. Ich hörte auf, und irgendetwas in mir starb ab. Er hatte natürlich

recht, dachte ich. Er war nicht zuständig für mein über-
steigertes Bedürfnis nach Romantik. Fühlen musste man
im Stillen. Brennen musste man versteckt vor den Blicken anderer.

Ein andermal, als ich ihm ein Gedicht zum Vierzigsten
geschrieben hatte, hatte er höhnisch gegrinst, bevor ich
das Wort ergriff: »Na, hast du ein paar schlichte Reime
zusammengepfriemelt, oder was?«

Ich weiß noch, wie ich nackt vorm Spiegel stand und
mir überlegte, wie ich seine Bewunderung erregen könnte.
Ich hatte teure Cremes benutzt, die nach Orange dufte-
ten. Für wen eigentlich? Auch das hatte er überhaupt
nicht bemerkt. Ich war buchstäblich in den Keller verdrängt worden. Sollte ich jetzt wirklich all meine Pläne
in den Wind schlagen, nur weil Horst auf der eiskalten Vortreppe für ein paar Sekunden sentimental geworden war? Wahrscheinlich war er nur verwirrt vom Blei.
Das gehörte zu den Nebenwirkungen. Nein, dass er jetzt
einen Hauch weicher geworden war, lag an meiner Für-
sorge, am Blei und an den Erzählungen, die ich ihm vorgelesen und mit denen ich ihn weitergebildet hatte. Aber
das war nur ein vorübergehender Effekt. Wenn ich jetzt
die Behandlung abbrach, wäre er bald wieder auf den
Beinen und draußen bei seinen Kabeln. Was würde dann
mit meinem Selbstwertgefühl passieren? Wenn ich mich
aufs Neue düpieren ließ?

Horst war wie der Fels in der Bibel, der den Samen
aufnimmt, ohne dass dieser bei ihm Wurzeln schlägt. Er
würde eine Zeit lang glauben, aber zur Zeit der Anfech-
tung würde er wieder abfallen.

Ich machte das Licht an und zog die Bürste ein paar Mal kräftig durchs Haar. Dann schloss ich die Toilettentür auf, ging in die Küche und holte das Kästchen mit dem Gnadenstoß vom Gewürzregal. Horst war schon im Schlafzimmer verschwunden.

Im Mondschein wirkte die Tablette beinahe fluoreszierend. Ihre Farbe in diesem Moment ließ sich kaum beschreiben. Der funkelnde Inhalt hinter der dünnen Gelatinehaut schien seine Leuchtkraft in ein dumpfes, rotes Licht verwandelt zu haben, hypnotisch und unterdrückt zugleich. Mir schwirrte der Kopf. Es fühlte sich an, als würde mein Herzschlag gegen meinen Verstand hämmern. Es vibrierte bis ins Knochenmark. Die Küche um mich herum nahm ich seltsam verzerrt wahr. Die Wege im Haus, auf denen ich mich in den vergangenen Wochen so frei bewegt hatte, dieses Dreieck von Küchentisch, Herd und Speisekammer, bildeten nun einen Fleck aus kompakter Dunkelheit, über dem die Schatten unheimlich tanzten. Der Herd war ein weißer Emaillebrocken, in dem die Ofenklappe wie ein unergründliches schwarzes Auge klaffte. Ehegelübde. Verwandlung und Verschmelzung.

Metall und Erinnerungen.

Was würde passieren, wenn ich Horst diese Kapsel verabreichte? Wollte ich wirklich, dass dieser schwer erarbeitete Glanz, dass dieser Schimmer einfach in seinem Körper verschwand? Er würde ihn ja mit sich nehmen, wie alles, was er sich bisher genommen hatte. Wollte ich so mein Meisterwerk opfern? Und was wäre die Moral von der Geschicht? Ganz genau: dass er wie immer das letzte Wort behielt. Der Gnadenstoß würde von seinem unersättlichen Mund verschlungen und in seinem Magen zu Pulver zermahlen werden, in seinen Darmschlingen, seinen inneren Kabeln. Das wollte ich nicht.

Ich ging zur Spüle und legte die Kapsel auf die Haushaltswaage.

1,8 Gramm. Eine tödliche Dosis.

»Irene!« Horst rief aus dem Schlafzimmer nach mir.

»Ja?«

»Wo bist du? Kannst du nicht hochkommen und mir was vorlesen?«

»Ich komme.« Ich legte den Gnadenstoß wieder in das Kästchen. Dann stellte ich ihn aufs Regal zwischen den Schwarzen Pfeffer und Anis.

Horst bekam eine Überweisung zu einem Physiotherapeuten, der ihm ein Trainingsprogramm an die Hand gab, das mein Mann minutiös befolgte. Den Plan, zu dem unter anderem auch Zehenwackelübungen gehörten, hatte er sich an die Wand über dem Bett geklebt wie die Zehn Gebote. Auf dem Boden lagen ein Sportkreisel und mehrere Therabänder. Horst hatte sich vorgenommen, so schnell wie möglich wieder fit zu werden, am besten rechtzeitig vor Neujahr, um Bosse zu beeindrucken. Also machte er pflichtbewusst seine Übungen, morgens, mittags und abends. So zielstrebig hatte ich ihn selten erlebt. Er bekam immer noch regelmäßig seine Bleidosis, aber ich hatte die Menge reduziert.

Ich musste mir etwas anderes ausdenken, aber ich wusste nicht was. Manchmal ist es besser, eine falsche Entscheidung zu treffen, als überhaupt keine. Trotzdem konnte ich einfach nicht.

Ich wurde zerstreut. Legte die Schlüssel in den Kühlschrank. Das Portemonnaie in den Wäschekorb. Vergaß lauter Sachen.

Die Tage vergingen unter Qualen. Jetzt war ich die Stille, während Horst versuchte, mit mir zu reden. Er war mittlerweile wieder kräftig genug, um sich abends vor den Fernseher zu schleppen, auch wenn er immer noch etwas benommen wirkte. An diesem Abend kam Eiskunstlauf, und ich ließ mich von der Chemie und Symmetrie des Paarlaufs verzaubern. Bei manchen Läufern sah man eine künstlerische Fähigkeit, die sich schwer in Worte fassen ließ – bei ihnen war es mehr als bloße Technik. Gerade lief ein junger Russe, er war zweifellos hässlich, aber seine Bewegungen waren unglaublich ausdrucksvoll. Wie hypnotisiert folgte ich ihm mit dem Blick.

Auf einmal hörte ich Horst hinter mir. Normalerweise hätte ich ihn schon bemerkt, bevor er ins Zimmer kam. Er hatte die Angewohnheit, sein Herannahen mit missmutigem Grunzen anzukündigen. Nicht selten hatte man das Gefühl, dass er einen Schatten mitbrachte, der das ganze Zimmer zu verdunkeln schien. Jetzt hatte ich nicht einmal gemerkt, dass er hereinkam.

»Gott, hast du mich erschreckt«, sagte ich.

Horst blinzelte zum Fernseher.

»Wie viel steht's?«, fragte er mit belegter Stimme.

»Das ist Eiskunstlauf«, erklärte ich.

»Das sehe ich selbst.« Horst kam mit seinen Krücken zum Sofa gehumpelt. Ich beobachtete verstohlen, wie er in sich zusammensank wie eine Tüte mit Nüssen. Früher hatte er sich vor einem aufgebaut und losgedröhnt. Jetzt saß er einfach nur da und ließ die Arme rechts und links herabhängen. Horst begann sich aufzulösen, schoss es mir durch den Kopf, er begann sich genauso zu zersetzen wie der Ring im Zyankaliwasser.

Eine ganze Weile gaffte er nur auf den Bildschirm, dann sagte er: »Na, da fallen aber nicht besonders viele Tore. Ist das ein Finne da in der Ecke in dem blauen Trikot? Verdammt, der ist ja vielleicht winzig.«

»Das ist Eiskunstlauf«, wiederholte ich.

»Ja, schon möglich, aber Tore müssen sie doch trotzdem schießen«, murmelte Horst zerstreut. »Wie viel steht es denn? Warum können die das eigentlich nicht mehr so machen wie früher, als links oben in der Ecke der Spielstand eingeblendet wurde? Das war doch gut. Warum müssen die immer alles ändern?«

»Ich weiß auch nicht«, erwiderte ich.

Genervt tastete er auf dem Tisch nach der Fernbedienung, aber die hatte ich vorsorglich unter meiner Pobacke versteckt. Schließlich ging sein zielloses Suchen in eine Art Halbdämmer über. Das Kinn sank ihm auf die Brust, als er einnickte, und er begann, laut und stoßweise zu schnarchen.

Quellsprengstoff. Über dieses Thema hatte ich auch einiges gelesen. Ein langsam wirkender Sprengstoff, der sich ausdehnte, sobald man ihn mit Wasser mischte. Wenn man ihn zum Beispiel in eine Felsspalte goss, quoll er im Laufe der Zeit erbarmungslos an, bis der Druck den ganzen Felsen sprengte.

Ich war wie dieser Quellsprengstoff. Ich hatte im Verborgenen einen langsam wirkenden Druck auf Horsts ganzen Charakter ausgeübt. Das war ihm nicht einmal bewusst. Genau wie die Metalle, die ich in Zucker verwandelt hatte, war auch Horst von Grund auf umgestaltet worden.

Giftige Tiere

Im Tierreich verfügen folgende Tiere über ein Gift, das als scharf oder ätzend einzustufen ist:
Kröte
Nagelrochen
Seehase
Seestern
Tausendfüßler
Dornenechse
Salamander
Wenn man diese Tiere schluckt, entzündet sich die Kehle, und man wird von Schluckauf, Brechreiz und Schmerzen befallen.
Des Weiteren sind zu nennen: Spanische Fliege und Kater.
Deren Substanzen verursachen Ersticken, Wahnsinn und Verwirrtheit.

Abhandlung über Gifte von Johan Lindner, 1724

*A*ls ich klein war, schrieb ich Märchen. Ich begann ungefähr alle drei Seiten ein neues, sobald mir die Inspiration ausging oder eine andere Erzählung mich mehr interessierte. Die Märchen hatten oft pompöse, ausgeschmückte Titel wie *Der goldene Seestern* oder *Die spanische Fliege*. Letzteres war der Titel eines Schwanks, der bereits existierte, aber mein schöpferischer Überschwang riss mich manchmal so mit, dass ich meinte, mir wären Titel wie *Die spanische Fliege* oder *Wind im Mond* selbst eingefallen. Ich war sehr gut darin, Projekte zu beginnen. Im Fertigstellen war ich nicht ganz so gut.

Einmal, als die Kinder noch klein waren und ich im Keller Großputz hielt, fand ich eine braune Aktentasche. Ich erkannte sie überhaupt nicht wieder und wusste nicht, was darin war. In ihrem Inneren rutschte irgendetwas herum. Als ich die Schlösser links und rechts vom ledernen Handgriff aufmachte, stieg mir der Geruch von meinem alten Mädchenzimmer in die Nase. Sofort sah ich das schmale Klappbett vor mir, die hellgraue Tapete mit den weißen Streifen und rosa Blumen. In der Aktentasche lagen meine alten Schreibhefte, säuberlich mit Geschenkband verschnürt. Meine Mutter musste die Hefte für mich zusammengepackt und in die Tasche gelegt haben, die ich unerklärlicherweise vergessen hatte. Dabei hatte ich geglaubt, ich hätte all so etwas weggeworfen.

Mit Gänsehaut am ganzen Körper nahm ich die Hefte

heraus und begann darin zu blättern. Auf einmal kam es mir so vor, als wären all die Jahre nie vergangen, und ich saß auf meinem schwarz-rot-karierten Sessel mit den Postern von Ginger Rogers und Doris Day an der Wand. In Armeslänge Entfernung stand das Radio, dessen elfenbeinweiße Tasten ich mit Nagellack bemalt hatte, um sie aufzupeppen, und von einer knatternden Radiostation jenseits des Atlantiks hörte man Glenn Millers Orchester.

In the mood for love.

Ich schwöre, dass ich die Flickenteppiche unter meinen bloßen Füßen spürte, die Teppiche, die ich jeden Freitag draußen auf dem Wäscheständer im Hinterhof ausklopfte.

Tags darauf gab ich der damals achtjährigen Malena die Aktentasche mit den Schreibheften und meinen halb fertigen Erzählungen. Ein paar Wochen später, als ich ihr Zimmer aufräumte, stellte ich fest, dass sie meine Märchen fertiggeschrieben hatte. Jedes einzelne. Sie hatte sie zu einem Ende geführt und sich dabei sogar die Mühe gemacht, das Märchen in derselben Farbe weiterzuschreiben, die ich damals benutzt hatte. An den Schluss jeder Erzählung hatte sie das Wort »Ende« geschrieben. So schloss sich der Kreis, einfach und schön. Mir gefiel der Gedanke – das zu beenden, was die vorherige Generation begonnen hat.

Nun hatte ich mich der Bleigewichte meiner Mutter angenommen und sie in etwas Richtiges verwandelt. Vielleicht war es nicht genau das gewesen, was sie sich vorgestellt hatte, aber das war ja egal. Ich hatte *etwas* daraus gemacht. Hatte es benutzt. Ich glaube, das hätte ihr gefallen. Etwas zu Ende zu bringen, das ist wichtig. Vielleicht das Wichtigste von allem. Das musste ich mir vor Augen halten.

✦

Es wurde immer kälter. Das Tageslicht war nur noch ein kurzes Ausatmen in der Mitte des Tages. Nachts kam der Frost und legte sich über Bäume und Hausdächer. In der ersten Dezemberwoche war es sternenklar und beißend kalt. Ich bummelte nach der Arbeit durch die Stadt und schaute mich ein wenig nach Weihnachtsgeschenken für meine Enkel um. Für Marit hatte ich auf einem Flohmarkt einen hübschen kleinen Chemiebaukasten ergattert, mit Lackmuspapier, Reagenzgläsern und einer Liste von Vorschlägen für Experimente. *Bastel dir einen Coca-Cola-Vulkan. Stell Seifenblasen in verschiedenen Formen her. Ballontrick. Rätselsand. Unsichtbare Tinte. Erzeuge selbst Salzkristalle* und noch viele andere Dinge, die die Kreativität der Kinder förderten. Das ganze Set kostete nur zwanzig Kronen. Ich packte es in ein altes Weihnachtsgeschenkpapier und schrieb eine Karte dazu:

»Für Marit. Lerne, selbst zu denken!
Frohe Weihnachten wünscht Dir Oma«

Die Temperatur sank stetig. Mein Gehirn fühlte sich an wie tiefgefroren, als hätte es auf Ruhemodus geschaltet. Genau wie bei Bären in der Winterruhe schien auch mein Herz langsamer zu schlagen.

Am letzten Arbeitstag vor den Weihnachtsferien

geschah etwas Seltsames. Ich blieb vor dem Schaufenster eines neu eröffneten Handarbeitsladens stehen. Im Fenster lag eine wunderschöne Decke mit gekräuselter, weicher Wolle auf der einen Seite und besticktem schwarzen Filz auf der anderen. Die bunten Fäden glänzten hypnotisch. Ich konnte einfach nicht aufhören, sie zu bewundern. Manchmal passiert einem das ja, dass man etwas sieht, was man unbedingt haben will, ohne dass man so recht weiß, warum. Als würde der Gegenstand selbst eine wichtigere Funktion für einen erfüllen, als einfach nur schön zu sein. So verhielt es sich auch mit dieser Decke. Sie schien ein anderes Leben anzukündigen. Die Farben waren so ursprünglich. Ockergelb, wie hochwertiges Gold. Dunkelrot wie Kupferoxid. Flaschengrün wie Vitriol. Tiefrot wie Lithium. Das ist das Metall, das die rote Farbe im Feuerwerk erzeugt. Alles war von Hand gestickt. Die Decke kostete elftausend Kronen, wie ein kleines handgeschriebenes Schild aus grober Pappe verkündete. Es war fast wie ein Schild im Museum – denn es war wenig wahrscheinlich, dass in dieser kleinen Stadt irgendjemand eine so teure Decke kaufen würde. Die lag hauptsächlich zur Dekoration dort. Ich machte die Tür auf und trat ein. Im Geschäft duftete es nach Ingwer und Zimt. Brennende Duftkerzen standen auf dem Tresen. Ein Mädchen mit Leinentunika und rosa Lippenstift packte gerade glänzende rote Kerzen ein.

»Ich würde mir gern mal die Decke anschauen, die da im Schaufenster liegt«, sagte ich.

Das Mädchen taxierte mich.

»Das ist eine sehr schöne Decke.«

»Das sehe ich«, sagte ich.

Sie ging langsam zum Fenster. Ihre Waden steckten in Beinwärmern mit Spitzenbesatz, die mich an Wurstpellen erinnerten.

»Die Frau, die sie gemacht hat, heißt Fina. Woll-Fina. Sie hat mehrere Jahre an dieser Decke gearbeitet, die ist ihren Preis also wirklich wert. Das Garn ist handgefärbt.« Das Mädchen verzog den Mund.

»Womit ist es denn gefärbt?«, erkundigte ich mich und ließ die Hand vorsichtig über die köstlich weiche Wolle gleiten.

»Ich weiß, dass das grüne Garn mit Eisensulfat gefärbt wurde und das blaue mit Kupfer. Das Gelbe ist, glaub ich, mit Strandhafer gefärbt.«

»Sie hat Metalle benutzt?«, fragte ich und blickte auf.

»Ja, da bin ich mir ziemlich sicher. Ich kann noch mal nachfragen, wenn Sie möchten.« Das Mädchen schaute mich unsicher an. »Es ist auf jeden Fall alles ganz natürlich. Sie stellt die Farben selbst her. Sie wohnt irgendwo oben in Dalarna. Alles total ökologisch.«

Ich beugte mich vor und musterte die Stickereien. Das Motiv schien eine Art Folkloreversion von Adam und Eva im Paradies zu sein, mit dem Apfelbaum und der Schlange, die sich um den Stamm wickelte.

»Ich nehme sie«, erklärte ich.

»Ist es ein Weihnachtsgeschenk?«

»Nein, die ist für mich.«

Das Mädchen musterte mich zweifelnd, als wäre es verdächtig, wenn sich jemand so ein teures Geschenk für sich allein kaufte.

»Meine Mutter hat auch solche Decken gemacht«, log ich. »Ich habe leider keine mehr davon. So eine wie diese hier habe ich schon lange gesucht. Das ist eine wirklich hochwertige Handarbeit. Die wärmt sicher gut, wenn es im Ferienhäuschen so richtig kalt ist, oder?«

»Nichts wärmt besser als Wolle. Sie müssen sie nur ab und zu lüften, dann ist sie wieder wie neu.«

Das Mädchen nahm die Decke mit und trug sie zum Tresen.

»Die nehme ich mit in mein neues Ferienhäuschen, das ist genau das Richtige«, sagte ich.

Das Mädchen faltete die Decke umständlich zusammen und stopfte sie in zwei große Papiertüten.

Als ich hinausging, spürte ich noch lange ihre Blicke im Rücken.

Zu Hause ging ich geradewegs auf den Dachboden, machte es mir auf dem Ledersessel gemütlich und wickelte die Decke mit der wolligen Seite zum Körper um mich. Ich hatte das ganz starke Gefühl, dass die Dinge jetzt in vorherbestimmter Abfolge ablaufen würden. Dass alles irgendwie zusammengehörte. Das Blei. Die Decke. Die Kälte. Alles, was in den letzten Monaten passiert war. Was kommen musste. Ich wusste nur noch nicht, auf welche Art.

Durchs Fenster sah ich weißen Rauch zum Himmel ziehen, er kam von irgendeinem der Häuser weiter die Straße hinunter. Ein Lebenszeichen in der Kälte. Nach einer Weile wurde mir langsam warm. Mein Puls hatte sich zwar wieder ein wenig beruhigt, aber irgendwo in meinem Inneren begann sich ein anderes Ticken zu erheben, scharf und eindringlich.

Tick tick tick tick.

Wie eine unerbittliche Warnung. Mit einer anderen Umdrehungszahl. Vom alten Fenster kam ein kalter Windstoß, der nach Veränderung roch.

◆

»Ich will heute Abend nicht Bill hören. Ich will was Richtiges.« Horst schaute mich mürrisch an. Sein Blick hinter der Brille flackerte ungeduldig.

»Nein? Na, was willst du denn dann hören?« Ich ließ das Bill-Buch auf den Schoß sinken.

»Such du was aus, du hast doch so viel gelesen. Du bist doch so frei in deinen Gedanken.«

Ich sah ihn skeptisch an. So eine Formulierung sah ihm ja gar nicht ähnlich.

»Irgendwas fällt dir doch sicher ein, oder? Ich höre.« Er schloss die Augen und atmete schwer.

»Welches Thema hättest du denn gern?«, fragte ich.

»Ganz egal. Such irgendwas aus, was dich interessiert.«

»Wir lesen heute Bill«, entschied ich. »Zuerst bringen wir dieses Buch zu Ende. Dann schauen wir weiter.«

»›Milchreis!‹, rief das kleine Nachbarsmädchen voller Ingrimm. ›Jeden Tag Milchreis … ich hasse Milchreis! Du nicht?‹ Traurig schaute sie Bill aus ihren großen blauen Augen an. Der balancierte gerade in einer lebensgefährlichen Stellung auf der Mauer, die die beiden Grundstücke trennte.

›Weiß nicht‹, erwiderte Bill. ›Ich esse ihn einfach und denke nicht groß drüber nach, ob ich ihn hassen sollte oder nicht.‹«

Horst hatte sich wieder in die Kissen sinken lassen, sein Mund stand halb offen. Ich hätte nicht zu sagen vermocht, ob er schlief oder wach war. Dieser Tage fiel er oft in eine Art Dämmerzustand. Ich kümmerte mich nicht weiter darum, sondern las einfach weiter. Ich wollte in die Küche und den Gnadenstoß anschauen. Am Morgen hatte ich den Eindruck gehabt, dass sich die Farbe verändert hatte. Möglicherweise war eine der Substanzen auf eine Art oxidiert, die sich erst jetzt zeigte. Das passierte auch mit Steinen, die im Wasser lagen, wo bestimmte seltene Algen wuchsen, die veränderten nach langer Zeit auch ihre Farbe. Ich übersprang beim Lesen ein paar Seiten, um schneller zum Ende zu kommen.

Auf einmal hustete Horst und stemmte sich mit den Ellbogen von der Matratze hoch. Sein Blick war auf die Wand hinter mir gerichtet. Sein Finger zitterte, als er die Hand hob und darauf zeigte.

»Siehst du das? Irene! Siehst du das?«

»Was?« Ich drehte mich um. Die Tapete sah aus wie immer.

»Die Hunde!«

»Was redest du denn da?« Ich musterte ihn besorgt. Er war schrecklich mager, seine Wangenknochen zeichneten sich überdeutlich unter der aschfahlen Haut ab.

»Da! Wellen an der ganzen Wand! Die Flut kommt. Hast du es gesehen? Da … der Meergott hat grüne Haare. Er muss sich in Acht nehmen vor ihren Mäulern … die Frau … die ist gefährlich. Ist das Seegras?«

Er streckte tastend die Hand aus, als wollte er irgendetwas dort drüben berühren. Mir wurde unbehaglich zumute.

»Sie kommen auf mich zu! Es sieht fast so aus, als wäre ein Sturm im Anzug. Er schwimmt, so schnell er kann. Er hat sich verwandelt. Eigentlich ist er nur ein Fischer. Sieht sie das denn nicht? Ein einfacher Fischer! Die Schuppen ... sie sehen aus wie Rindenstückchen. Was für Farben ... Der kann doch nicht ertrinken, oder? Er doch nicht.«

Ich rückte ein Stück von ihm ab.

Halluzinationen. Das war eine der selteneren Nebenwirkungen einer Bleivergiftung. Ich hatte noch nie einen Menschen erlebt, der wirklich halluzinierte.

»Das ganze Meer ist in Aufruhr! Siehst du das denn nicht, Irene?«

Horst starrte mich an, aber es kam mir vor, als würde er direkt durch mich hindurchblicken. Als wäre ich einfach Luft, als gäbe es auf der anderen Seite eine ganze Welt, die nur er begriff.

»Wer weiß schon, was da draußen noch so alles ist«, murmelte er. »Niemand, verdammt.« Dann stieß er ein herzzerreißendes Stöhnen aus, bevor er schwer in die Kissen plumpste und genauso plötzlich wieder einschlief, wie er aufgewacht war.

Ich saß auf der Bettkante und starrte ihn an. Der Puls hämmerte mir in den Schläfen. Dann ließ ich den Blick zur Tapete wandern. Es war eine alte Tapete mit Tupfern in dunklem Rotbraun und Taubenblau. Die hatten wir schon, seit wir hier eingezogen waren. Sie sah aus wie immer, aber Horst hatte dort gerade etwas ganz anderes gesehen. Was? Vielleicht hatte er seine Bilder ja aus der Geschichte von Glaucus und Scylla, die ich ihm mal vorgelesen hatte, aus der griechischen Mythologie? Die von dem Fischer und dem weiblichen Seeungeheuer. Hatte er die beiden gesehen?

Ich ging zur Wand und ließ langsam die Hand über die Tapete gleiten. Eine tote Fliege war unauffällig mit dem Muster verschmolzen. Ich drehte mich um und betrachtete Horst, wie er da im Bett lag. Dünn, fast durchsichtig. Die Decke hatte er bis zum Kinn hinaufgezogen. Er war fast schön. Die Metalle und die Worte hatten ihn am Ende doch noch veredelt. Waren in ihn eingedrungen und hatten ihre Wirkung getan.

✦

Nachdem Horst seine Trugbilder an der Wand gesehen hatte, schlief ich wie ein Stein. Als ich aufwachte, waren meine Glieder steif und schwer, und die Uhr zeigte kurz vor zwölf mittags. Es war ein Sonntag, und draußen hatte es angefangen zu schneien: Große, schwere Flocken segelten durchs graue Tageslicht. Ich wusste nicht, ob ich etwas geträumt hatte, mir war ja nicht einmal richtig bewusst, dass ich geschlafen hatte. Horst lag neben mir in derselben Stellung, in der er auch eingeschlafen war, die Hände auf der Brust gefaltet. Im Haus war es eiskalt. Ich zog meine Morgenpantoffeln an und schlurfte in die Küche. Das Quecksilber des Außenthermometers zeigte neunzehn Grad unter null. Ich befühlte den Heizkörper. Er war eiskalt. Die Lampe funktionierte auch nicht.

Ich schaltete das batteriebetriebene Radio an und stellte unseren Lokalsender mit den Nachrichten ein. Wie sich herausstellte, war in großen Teilen der Gemeinde der

Strom ausgefallen. Mehrere hundert Haushalte waren seit Mitternacht ohne Strom. Der Zugverkehr war eingestellt, und auch die Schulen würden zumachen.

Dabei hatte der Kälteeinbruch gerade erst begonnen. Am folgenden Tag würde er große Teile des Landes lahmlegen. Ich zündete ein paar Kerzen an und machte mir ein Glas Hagebutten-Fruchtsuppe. Dann setzte ich mich aufs Sofa und wickelte mich in meine Wolldecke ein, die ich mir vom Dachboden geholt hatte. Draußen hatten sich zwei dicke Eiszapfen an der Dachrinne gebildet. Ich betrachtete ihre trübweiße Oberfläche, den kleinen Tropfen ganz unten, der auf seinem Weg zum Boden erwischt worden war. Er hatte gemeint, er könnte noch frei fallen, doch er wurde vorher zurückgehalten. Schon bald würde er so am Eiszapfen festgefroren sein, dass er kein einzelner Tropfen mehr war, sondern nur noch ein Teil des ganzen Eisblocks. So lief das eben.

Ich schälte mir eine Orange und aß sie langsam. Hörte, wie es in der kalten Heizung knackte, und sah, wie langsam die Eisblumen auf der Fensterscheibe wuchsen. Schließlich stand ich auf, zog zwei lange Unterhosen übereinander an und schlüpfte in den Daunenmantel. Dann ging ich in den Keller.

Dort unten war es klirrend kalt und ungemütlich. Ich knipste meine Taschenlampe an. Die Kälte hatte alle Gerüche ausgeschaltet. Nur die Feuchtigkeit war noch zu spüren. Ich ließ den Lichtkegel über die Gartengeräte und die Rohre gleiten. Die Regale mit den Backblechen und Auflaufformen. Die Werkzeugkisten und Sommerreifen. Dann ging ich zum Heizkeller und begann sämtliche Bücher zum Thema Gift aus meinem heimlichen

Bücherregal zu nehmen: Lexika, Nachschlagewerke, Handbücher über Metallverarbeitung und Schmuckherstellung. Ich legte alles zusammen in einen Karton, riss die Borten von den Regalen, schob die Schachtel mit den Teebeuteln in meine Jackentasche und trug meine Sachen hoch, ohne mich noch einmal umzuschauen.

Ich stellte den Karton auf den Rücksitz meines Autos, neben die Tüte mit Horsts Kabeln. Der Motor sprang trotz der Kälte sofort an. Die Felder lagen verlassen im Nebel. Die Furchen auf den Äckern glänzten unter Eisschichten. Eine Flagge war in der Luft gefroren, mitten in der Bewegung. Vom Asphalt stiegen schwache Wölkchen auf.

Unterwegs begegnete mir niemand, anscheinend blieben sie alle schön zu Hause. Nicht einmal die Vögel, die sich sonst auf den alten Telefonmasten sammelten, machten sich groß bemerkbar.

Aber der Wertstoffhof hatte trotz der Kälte geöffnet, wie immer. Abgesehen von ein paar Männern mit reflektierender Schutzweste, die die Leute mit ihrem Müll zu den richtigen Containern schickten, war es leer.

»Wissen Sie, wo Sie hinmüssen?« Einer von den Männern winkte mich herein.

»Ja«, sagte ich. »Sind nur ein paar Kleinigkeiten für die Müllverbrennung.«

Ich kippte die Kiste mit den Büchern in den Container und warf Horsts Kabel in die Tonne für Elektroschrott. Dann fuhr ich langsam davon.

✦

Ich machte mir nicht die Mühe, die Stiefel im Flur auszuziehen. Stattdessen ging ich direkt zum Gewürzregal und holte das Kästchen mit dem Gnadenstoß herunter. Ich machte den Deckel auf und nahm die Kapsel heraus. Für ein paar Sekunden meinte ich, mich selbst in der glänzenden Oberfläche spiegeln zu können. Ein vergrößertes Gesicht mit runden Wangen und dunklen Augen. Eine Frau jenseits ihrer mittleren Jahre. Vorsichtig drückte ich mir die Kapsel an die Unterlippe. Sie war kühl. Glatt.

Mein Kunstwerk, dachte ich. Niemand wird jemals erfahren, dass ich es erschaffen habe.

Der richtige Moment, Horst den Gnadenstoß zu geben, würde niemals kommen. Kein Moment war gut genug für den Gnadenstoß. Ich hatte mein eigenes Universum erschaffen. Das wollte ich nicht aus der Hand geben.

Ich machte die Tür zum Schlafzimmer auf. Horst lag reglos im Bett. Mein Herz flatterte ganz leicht im Brustkorb. Ich trat näher und stellte mich ans Fußende, direkt vor ihn. Hätte ich dort gelegen und wäre so angestarrt worden, ich wäre aufgewacht. Nicht so Horst. Der schlief wie ein Stein. Ich hob Großmutters Kissen vom Boden auf, das auf dem Boden gelandet war. Auf einmal merkte ich, dass es nach … nach den Mottenkugeln meiner Kindheit roch. Konnte das wirklich sein? Waren meine Sinne so geschärft, dass ich Gerüche wahrnehmen konnte, die längst verweht sein müssten? Aber doch, der Duft war eindeutig da, dumpf, mit einem Unterton von Orange. Großmutters Hände. Die Mottenkugeln. Die Feuchtigkeit im Sommerhäuschen. Der Wäscheschrank mit der Tür, auf deren Innenseite ein Zeitungsausschnitt mit einem Foto der Königsfamilie klebte.

Horst hatte die Hände auf dem Brustkorb gefaltet. Der Kopf war ihm auf die Schulter gesunken. Irgendetwas an seiner Stellung war seltsam. Sie wirkte zu entspannt. Seine Augen waren nur halb geschlossen.

»Horst?« Ich legte das Kissen neben ihn ins Bett. »Horst?« Keine Antwort. Ich beugte mich vor und fasste ihn vorsichtig an der Schulter.

»Wach auf! Horst!« Ich begann ihn zu schütteln, aber keine Reaktion. Er lag immer noch vollkommen reglos da. Mit zitternden Beinen setzte ich mich auf die Bettkante. Das halb offene Auge glänzte im grauen Winterlicht wie das Auge eines toten Fisches. Die Erkenntnis traf mich mit voller Wucht.

Horst war tot.

Ich weiß nicht, wie lange ich dort saß, und auch nicht, was ich dabei dachte. Die Zeit war stehen geblieben. Schließlich sprach ich ein kurzes Gebet. Es kam genauso einfach zu mir wie alles andere. Mittlerweile hatte dichter Schneefall eingesetzt. Ich wusste kaum mehr, ob Nacht oder Tag war.

Schließlich ging ich ins Wohnzimmer und rief einen Krankenwagen.

✦

Obduktion? Ermittlung? Polizei? Nichts dergleichen. Als Horst ins Krankenhaus kam, stellte sich heraus, dass er mehrere Thrombosen in einem Lungenflügel hatte. Sie gingen davon aus, dass es seiner langen Bettlägerigkeit zuzuschreiben war. Hatte er in letzter Zeit nicht ungewöhnlich müde gewirkt? Doch, schon. War ihm unerklärlicherweise der kalte Schweiß ausgebrochen? Oh ja. Und war ihm schwindlig gewesen? Das konnte ich nicht leugnen. Die Krankheit hatte sogar einen Namen: akute Lungenembolie. Anscheinend war das gar nicht so selten die Ursache, wenn Leute von jetzt auf gleich tot umfielen. Die Embolie sei darauf zurückzuführen, dass sich in den Beinen kleine Pfropfen bildeten, die dann zu den Lungen hochwanderten. Der Arzt sprach in ernstem, teilnahmsvollem Ton von Gefäßschäden, Hyperkoagulation und Schicksal. Ich solle mir kein schlechtes Gewissen machen. Der Tod durch Lungenembolie könne sehr plötzlich eintreten, und die Symptome seien so unspezifisch, dass man sie kaum einordnen könne. Ich dürfe mir deswegen nicht die Schuld geben. Es sei normal, dass man so etwas als Hinterbliebener tue. Aber so etwas geschehe nun einmal, wenn man am wenigsten damit rechne. Daran sei niemand schuld, das sei einfach der Lauf des Lebens.

Wir saßen im Sprechzimmer des Arztes. Er hatte mir diskret eine Schachtel mit Papiertaschentüchern zugeschoben. Der Form halber nahm ich eins.

»Wir haben hier eine sehr gute Psychologin, zu der Sie gehen können. Sie spricht oft mit Menschen in Ihrer Situation.« Er beugte sich über seinen Schreibtisch und schaute mich ernst an.

Meine Situation? Mein Herz tat einen schnellen, harten Schlag, dann wurde mir klar, dass er meine Trauer gemeint haben musste.

»Danke, aber das ist nicht nötig«, sagte ich und nahm einen Schluck aus dem weißen Plastikbecher.

Er schenkte mir einen mitfühlenden Blick.

»Haben Sie Verwandte? Kinder?«

»Zwei«, sagte ich. »Malena und Tomas. Beide sind schon erwachsen. Mein Sohn hat einen Verlobten«, fügte ich hinzu. »Der kommt aus Boden.«

»Da habe ich meinen Militärdienst abgeleistet.« Der Arzt lächelte. »Gebirgsjäger. Schöne Gegend da oben.«

Er faltete die Hände auf den Papieren, die vor ihm lagen.

»Gibt es jemanden, den Sie anrufen möchten?«

»Im Moment nicht.« Ich betrachtete seine Hände. Die Fingernägel waren flach und violett, wie die innersten Blätter einer Artischocke. Über dem Schwarzen Brett tickte laut eine Uhr. Hinter ihm stand eine weiße Orchidee auf dem Fensterbrett, die kurz vor dem Aufblühen war.

»Wenn so etwas passiert, verliert man schnell den Boden unter den Füßen, das ist ganz normal. Geben Sie den Dingen Zeit. Es kann sein, dass in den nächsten Tagen Fragen auftauchen, für die Sie eine Antwort brauchen.« Der Arzt reichte mir ein Faltblatt.

»Sie können sich jederzeit bei mir melden. Und vergessen Sie nicht, auf sich selbst achtzugeben, auch wenn Ihnen das schwerfallen sollte. Denken Sie einfach an die grundlegenden Dinge des Lebens. Essen Sie etwas. Gehen Sie spazieren. Versuchen Sie, sich auszuruhen. Sie brauchen nicht alles auf einmal zu empfinden. Lassen Sie die Gefühle einfach zu, erzwingen Sie nichts. Versuchen Sie, in den nächsten Tagen nicht allein zu bleiben. Wollen wir nicht doch bei der Psychologin vorbeischauen? Ich kann Sie hinbegleiten.«

»Ich will lieber nach Hause fahren«, sagte ich.

»Dann nehmen Sie das hier noch mit. Das ist eine

Telefonnummer, bei der Sie rund um die Uhr anrufen können. Wenn Sie spätnachts jemanden zum Reden brauchen.« Er reichte mir eine Visitenkarte.

Ich nickte.

»Ich rufe Sie dann morgen an. Wir haben noch einiges an Papierkram zu erledigen. Ein paar Formalitäten.« Er zögerte. »Es eilt nicht. Wir machen das alles morgen.«

»Rufen Sie einfach an«, sagte ich. »Ich bin zu Hause.«

*»Fürchte nicht die Dunkelheit,
dort ruht das Licht sich aus.«*

Erik Blomberg

$\mathcal{D}$as Bestattungsunternehmen gab mir eine kleine wiederverschließbare Plastiktüte mit Horsts Armbanduhr und dem Trauring. Dem ungravierten. Man weiß nie, wann er einem von Nutzen sein kann. Ansonsten ist es schon erschreckend, wie wenig wir hinterlassen. Als ich in den Wochen nach dem Begräbnis Horsts Schubladen und Schränke durchging, war ich fast gerührt von diesen Dingen, mit denen wir eine kurze Zeit unsere Körper bekleiden, stolz auf Marken und Material. Bald sind es nur noch alte Lumpen. Das Meiste davon war grün oder blau. Zwei Farben – das hatte ihm gereicht. Aus seinen besten Hemden nähte ich eine Patchworkdecke, die ich übers Sofa drapierte. Unregelmäßige Formen sind ja sehr in. Es waren Hemden aus echter ägyptischer Baumwolle, die Tomas von einer Reise mit nach Hause gebracht hatte. Mit Streifen in Rosa und hellem Graublau. Horst waren sie zu feminin gewesen. Den Rest seiner Kleider riss ich in Streifen und webte Flickenteppiche daraus. Einer liegt im Flur. Jeansstoff ist ja robust, und wenn die Sonne scheint, sieht man viele hübsche Blautöne.

Eine junge Pfarrerin hielt das Begräbnis ab. Wir tranken Kaffee in ihrem Büro im Gemeindehaus und besprachen, welche Lieder gesungen werden sollten. Am Ende einigten wir uns auf *Nur ein Tag*. Das Lied hat eine wichtige Botschaft. Die Pfarrerin nahm das Ganze sehr ernst und wollte wissen, wie Horst als Mensch gewesen war. Ich schilderte ihn in den buntesten Farben, mit all seinen guten Seiten. Sie nickte teilnahmsvoll, ging noch mehr Kaffee und Kuchen holen und war eine gute Zuhörerin. Ich mochte sie sehr gern.

Die Beerdigung fand am Tag vor Heiligabend statt. Malena weinte bei der Trauerfeier. Es tat mir weh, das zu sehen, aber es überraschte mich nicht. Zerbrechliche Menschen können sich im Alltag oft sehr gut zusammenreißen, brechen aber zusammen, sobald das Unerwartete geschieht. Ein Teil von mir konnte den Gedanken nicht unterdrücken, ob sie bei meiner Beerdigung wohl genauso weinen würde. Oder betrauert man den Elternteil mehr, von dem man nie echte Anerkennung erfahren hat?

Tomas hatte Roland mitgebracht. Er trug eine eckige Brille mit grünem Gestell und sah im Großen und Ganzen so aus, wie man es von einem Experten für Wasser- und Umweltfragen eben erwartet. Am Abend kochten sie ein wunderbares Bœuf Bourguignon, aus dem Elchfleisch, das sie aus Norrland von der Herbstjagd mitgebracht hatten. Geräucherter Wildschweinbauch. Silberzwiebeln. Kartoffeln.

Dazu tranken wir drei Flaschen teuren Rotwein, der Allesverloren hieß. Aber das stimmte ja gar nicht. Nicht für mich. Es war nicht alles verloren. Es war ein schöner Abend, ich hatte beide Kinder bei mir zu Hause, und Roland saß zum ersten Mal als richtiges Familienmitglied mit am schön gedeckten Esstisch. Ein ziemlich humorbefreiter, aber netter Kerl, und er schien echte Liebe für meinen Sohn zu empfinden. Das ist das Einzige, was zählt.

Mats musste wegen eines Weisheitszahns noch in der Praxis bleiben, wollte sich aber am nächsten Tag anschließen. Wir würden im Haus bleiben und in aller Stille feiern. Mein Magen verkrampfte sich, als ich beim Abendessen Malenas angespanntes Gesicht sah. Aber dann krabbelte ihr Marius auf den Schoß, und ich sah, wie sie sich lockerte und ihre Schultern ein Stück herabsanken. Sie würde gut damit klarkommen. Sie war stärker, als ich gedacht hatte. Als sie mich anschaute, sah ich Horsts Augen, die hatte sie geerbt. Goldbraune Augen mit großen Pupillen und einem schläfrigen Zug darin, der bei Malena etwas Nachdenkliches, Interessantes hatte. Ich streckte den Arm über den Tisch und fasste nach ihrer Hand.

»Aber wir gehen schon noch raus und schlagen einen Weihnachtsbaum, oder?«, sagte ich. »Du und ich?«

Sie nickte.

»Doch, natürlich. Einen richtig schönen.« Sie lächelte matt. »Oder, Kinder? Und den schmücken wir dann schön, ja?«

Malena ging früh schlafen, nachdem wir eine ziemlich hohe Fichte mit wenig Zweigen im Wäldchen hinter dem brachliegenden Grundstück gefällt hatten. Malena hatte die Axt geschwungen, und auf dem Heimweg war sie direkt ein bisschen aufgekratzt. Die Fichte stand jetzt im wassergefüllten Christbaumständer und erfüllte das ganze Haus mit ihrem Duft nach Nadeln und Wald. Am nächsten Morgen wollten wir sie schmücken. Jetzt war Malena in ihrem alten Mädchenzimmer, und die Kinder kuschelten sich zu ihr ins Bett. Ich hörte, wie sie ihnen vorlas. Roland und Tomas lagen auf dem Dachboden zwischen den Büchern. Ich blieb noch am Tisch sitzen, mit dem letzten Rest Wein und einem seltsamen Gefühl in der Brust. Ich hätte es unmöglich in Worte fassen können. Als würde sich irgendwo in einem dichten Nebel plötzlich ein schmaler, aber ganz deutlich erkennbarer Weg abzeichnen.

✦

Am ersten Feiertag begann es schon zu tauen. Die Eiszapfen tropften von den Dächern. Die Sonne schickte ihre zerbrechlichen Strahlen durchs Fenster. Wir hörten Radio und frühstückten. Draußen hörte ich Vögel in den Bäumen zwitschern. Marit spielte im Wohnzimmer mit dem Chemiebaukasten. Marius spielte auf dem Küchenboden mit seinem Lego. Und durch die Luft flog mir eine Botschaft zu: »*Niemals bereuen, was man getan hat. Sondern das, was man nicht getan hat!*«

✦

Der Grabstein war sehr schön geworden. Schlicht. Genau wie Horst ihn sich gewünscht hätte. Schwarzer Stein mit weißer Schrift. Kein Getue. Erst war ich jeden Tag dort und machte das Grab sauber, um den Schein zu wahren. Ich versteckte ein Blechkästchen hinter dem Grabstein, mit einer Nagelbürste und einer Schere und anderen nützlichen Sachen, mit denen ich den Stein und den Grabplatz reinigen konnte. Ein Stück entfernt war ein anderer Mann beerdigt, dessen Frau seit zehn

Jahren fast täglich kam und das Grab pflegte. Zu diesem Zweck hatte sie sich eine richtige Ausrüstung zugelegt: gefütterte Gummistiefel, eine praktische Hüfttasche zum Umschnallen, ein Fahrrad mit Korb für die Blumen und ihre Thermoskanne. Sie war immer bestens informiert über das Wetter und Grablichter und wusste, wer die besten Grabvasen verkaufte. Als sie vorschlug, wir könnten uns doch jeden Mittwoch auf einer Friedhofsbank zum Kaffeetrinken treffen, wusste ich, dass es Zeit wurde, mit meinen Besuchen aufzuhören.

Stattdessen fing ich an, Immobilienanzeigen im Internet zu durchforsten. Ich schaute nach kleinen Häusern in dem Teil des Landes, in dem ich schon immer gern gewohnt hätte. Ich war mit dem Zug vorbeigefahren und hatte es mir in meiner Fantasie ausgemalt. Dort vielleicht? In dem hübschen roten Holzhäuschen mit dem Haferfeld? Oder würde es mir an einem See vielleicht besser gefallen? Mit einem eigenen Bootssteg. Von außen nicht einsehbar. Oder in einem alten Schulhaus mit gepflastertem Innenhof, Lavendel, Efeu und historischen Rosenarten?

Horsts Lebensversicherung über knapp zwei Millionen Kronen wurde ausbezahlt. Das hatte er mit Malenas Hilfe gut eingerichtet. Ein richtiges Vermögen. Die Häuser in der Region, in der ich suchte, kosteten knapp die Hälfte. Ich wollte ohnehin nicht in den beliebtesten Gegenden wohnen. Das bedeutete, dass ich mir mein Häuschen aussuchen konnte. Nicht jede Krone zweimal umdrehen musste. Alles so einrichten konnte, wie ich es mir schon immer gewünscht hatte. Was das

Gefühl anging, konnte ich allerdings keine Kompromisse machen. Das Haus musste meine Seele ansprechen.

»Das Haus hat nicht viel hergemacht, als wir es gekauft haben.«

So klingt es häufig, wenn sich Städter ein Haus auf dem Land kaufen. Aber ich habe kaum renoviert. Ich habe mich vom Haus verändern lassen statt umgekehrt. In dem Moment, als ich den Flur betrat, wusste ich es. Es war nämlich genau so, wie ich es in meinen seltsamen Träumen vor mir gesehen hatte: der rußige Kamin, der Holzofen in der Küche, das Fenster über der Spüle. Sogar die Tapete mit den kleinen dicken Cupidos klebte an der Wand, wo ich meine Bücher hinstellen würde.

»Das nehme ich«, sagte ich zur Maklerin. »Auf der Stelle.« Ich versuchte, meine Stimme unter Kontrolle zu behalten, damit man mir nicht anhörte, wie sehr ich mich in dieses Haus verliebt hatte.

»Hier ist das Besichtigungsprotokoll.« Sie streckte mir ein Blatt hin. Ich nahm es und tat so, als würde ich es überfliegen. In Wirklichkeit schaute ich am Papier vorbei auf die schönen, breiten Holzdielen.

»Es gibt nicht viel Inventar, aber der Besitzer würde es gerne im Haus belassen. Im Schuppen stehen ein Rasenmäher und zwei Betten. Und ein großes Bücherregal. Es ist ziemlich sperrig, aber ...«

»Kein Problem«, sagte ich schnell. »Ich behalte alles.«

Wir schlossen den Kauf am nächsten Tag im Büro der Maklerin ab. Sie schob mir den Schlüssel über den Tisch, und ich fand, dass ihn ein Leuchten umgab.

Das rosafarben verputzte Haus mit dem Mansarddach wurde 1924 gebaut, mit einer Art romantischem Zwinkern Richtung Italien. Pfeiler rechts und links von der Haustür. Eine kleine gemauerte Terrasse an der Vorderseite. Südlage. Hinterm Haus ein süßer Garten. Die Fläche des Hauses umfasst hundert gut durchdachte Quadratmeter. Die Fensterscheiben sind mundgeblasen. Der offene Kamin im Schlafzimmer ist großzügig bemessen. Man kann sogar hineinkriechen, wenn man Lust hat. Sonst sitzt man ganz gut auf Horsts Ledersessel vor dem Kamin, den ich mir im großen Zimmer habe einbauen lassen. Der wärmt das ganze Haus. Für glutvolle Momente, stand im Exposé.

Hier sitze ich auch jetzt mit meinem Notizbuch und sehe zu, wie die letzten Sonnenstrahlen hinter den Wipfeln der Fichten verschwinden. Alles ist genau so, wie ich es mir ausgemalt hatte. Nur noch besser.

Zweihunderttausend Kronen habe ich für die Einrichtung ausgegeben: Handgewebte Teppiche von Svensk Slöjd im ganzen Haus. Klare Farben auf Leinölbasis. Orange. Rot. Lila. Dies ist kein Ort für Sorgen. Keine weiße Fläche, soweit das Auge reicht. Wandlampen in warmen Temperafarben. Einbaubücherregale in allen Zimmern, in die ein Schreiner aus der Gegend sein ganzes Herzblut gegossen hat. Ein breites Bett von Hästens. Ein Hocker mit Daunenpolster. Eine Stehlampe aus Messing, deren Schirm ich mir mit dem Stoff »Paradis« von Svenskt Tenn habe beziehen lassen. Gobelins an den Wänden. Ein paar Kunstgegenstände, die mir gefallen haben. Meine dicke kuschelige Wolldecke natürlich.

Es ist mir ein Genuss, jeden Tag aufzuwachen und dieses absolut vollkommene Zuhause zu sehen.

Jeden Abend stelle ich mir meine Schaffellpantoffeln vors Bett, damit ich am Morgen direkt hineinschlüpfen kann. Aus einem langen Birkenast, der von einem Sturm abgerissen wurde, habe ich mir den kunstvollsten Rückenkratzer gebaut, den ein Mensch je gesehen hat. Mit dem kratze ich mich zerstreut und genüsslich, während ich lese oder fernsehe oder Schallplatten anhöre. Oh ja, Horsts Plattenspieler durfte mitkommen. Der hat einen Ehrenplatz gekriegt, auf einer alten Seemannskiste im Wohnzimmer. Im Garten habe ich eine alte Badewanne aufgestellt und einen Wasserschlauch in der Küche angeschlossen, mit dem ich das warme Wasser direkt nach draußen leiten kann. Dort liege ich dann und schaue in den Sternenhimmel, nachdem ich noch eine Kappe Eukalyptusöl ins heiße Wasser gegeben habe. Ich habe mir ein altes Buch über Astronomie gekauft, und dann vergnüge ich mich damit, die Sternzeichen nachzuschlagen und sie am Himmel über mir zu suchen. Es sind dieselben Sterne wie im Buch. Das wird immer so sein. Sterne, die schon lange vor uns da gewesen sind. Wir sind nur eine Momentaufnahme in der Ewigkeit. Ein Dia aus Licht in einem Karussellmagazin mit lauter schwarzen Diagläsern. Wir haben dieses Leben geschenkt bekommen. Warum sollten wir nicht das Beste herausholen? Es ist wunderschön, nackt in der Wanne zu liegen, das sanfte Wasser an den Schenkeln und über sich die Ewigkeit.

✦

Allmählich hatte ich mich in meinem neuen Häuschen eingelebt. Es war fast ein Jahr vergangen, da klopfte es plötzlich an meiner Tür. Auf der Vortreppe stand Karin. Erst erkannte ich sie gar nicht. Sie hatte sich die Haare schneiden lassen, und außerdem kam es völlig unerwartet, dass sie hier auftauchte – ohne Bosse und ohne, dass sie sich vorher kurz gemeldet hätte. Sie trug einen Mantel mit Noppen und hatte sich einen Schal mit großformatigem Muster um den Hals gewickelt. Ein roter Golf stand ordentlich neben meinem Briefkasten geparkt.

»Karin? Na so was! Dass du mich besuchen kommst!« Ich versuchte, freudig überrascht zu klingen. Ich hätte mir alle möglichen unerwünschten Gäste vorstellen können, aber mit ihr hätte ich nun wirklich nicht gerechnet. Wie hatte sie hierher gefunden? Ich hatte kaum jemandem von meinem neuen Wohnsitz erzählt und war einfach spurlos verschwunden.

»Störe ich?« Sie machte einen Schritt nach oben. »Ich war zufällig in der Gegend. Eigentlich will ich meine Mutter in Alingsås besuchen, aber ich dachte mir, da kann ich ja auch mal schnell einen Abstecher machen und schauen, wie es dir so geht.« Sie hielt mir einen dünnen Strauß in Plastikfolie hin. So einen, den man für teuer Geld an der Tankstelle kaufen kann.

»Danke.« Ich nahm den Strauß in Empfang, brachte es aber nicht fertig, sie hereinzubitten.

»Ist Bosse gar nicht mit von der Partie?«

»Nein. Ich komme allein. Aber es hat schon ein Weilchen gedauert, bis ich hergefunden hatte. Ich bin einmal falsch gefahren, dieses GPS sucht sich anscheinend immer die größten Straßen aus.«

»Ja, das liegt hier ein wenig abgeschieden«, sagte ich und schluckte. »Leicht zu finden ist es nicht.«

»Soll es vielleicht auch nicht sein, oder?« Karin trat von einem Bein aufs andere und ließ den Blick durch den Flur hinter mir schweifen. »Darf ich wohl mal reinschauen ...?« Sie sah mich forschend an.

»Natürlich.« Zögernd trat ich beiseite.

Aus welchem Grund war sie vier Stunden gefahren, um mich zu treffen? Ohne vorher kurz anzurufen? Irgendetwas an diesem Besuch flößte mir großes Unbehagen ein. Wir kannten uns ja kaum.

Sie zog Mantel und Stiefel aus und marschierte auf eigene Faust ins Wohnzimmer mit dem prasselnden Kaminfeuer und den Bücherregalen. Ich hatte mir gerade ein neues Kreuzworträtsel auf die Armlehne des Sessels gelegt, und mein Tee wartete schon. Irgendwie fühle ich mich durch ihre bloße Gegenwart seltsam ertappt.

»Hier hast du dich also versteckt.« Sie schaute sich um und nickte nachdenklich. »Von außen sieht es ja nicht nach was Besonderem aus, aber hier drinnen hast du dir wirklich was gegönnt, wie ich sehe. Na, warum auch nicht? Wer kann, der kann.« Sie lächelte flüchtig, stellte sich vor den Kamin und starrte in die Flammen. Zwei dicke Holzscheite waren kurz davor, in einem Funkenregen zusammenzustürzen.

»Ist das ein neuer Kamin?«

Ich nickte stumm und wischte meine verschwitzten Hände an der Hose ab.

»Dieses Sofa mit den Blumen hab ich neulich in einer Einrichtungszeitschrift gesehen. Ziemlich noble Marke, oder?«

»Nach ... dem, was passiert ist, hab ich fast alles neu gekauft.« Ich schluckte. »Horsts alten Sessel hab ich behalten«, fügte ich entschuldigend hinzu und deutete mit einem Nicken auf den schwarzen Ledersessel.

»Mit anderen Worten: ein völlig neues Leben.« Karin drehte sich um und reckte ein wenig den Hals, um ins Schlafzimmer spähen zu können. Sie machte überhaupt nicht so einen freundlichen und harmlosen Eindruck wie damals, als die beiden uns in unserem alten Haus besucht hatten. Vielmehr wirkte sie verbissen und entschlossen.

»Möchtest du etwas Tee?«, fragte ich, um sie abzulenken.

»Ja, gerne.«

Ich ging in die Küche und stützte mich auf der Spüle ab. Draußen loderte ein rotviolettes Abendlicht am Himmel. Ich öffnete den Schrank und holte mit zitternden Händen eine zweite Teetasse heraus. Als ich wieder ins Zimmer kam, hatte Katrin sich auf den Ledersessel gesetzt und die Füße auf den Hocker gelegt.

»Hier, bitte. Leider kann ich dir keine Kekse oder Kuchen anbieten.« Ich reichte ihr die Tasse.

Ich musste sie rasch aus dem Haus kriegen. Es gefiel mir gar nicht, dass sie hier war. Es flößte mir geradezu Panik ein, sie mit diesem entschlossenen Gesichtsausdruck in meinem Sessel sitzen zu sehen. Was wollte sie hier?

Ich trat an den Kamin und begann eifrig, die Asche mit der Blechschaufel herauszuholen, damit sie nicht sah, wie verstört ich war. Ich hörte, wie sie hinter mir ihren Tee schlürfte.

»Du hast es wirklich schön getroffen hier, Irene. Gar

nicht der Stil von eurem alten Haus. Und wie still es hier ist! Wir wohnen ja so nah an der Eisenbahnstrecke. Ich hab mich wohl schon an die Züge gewöhnt und an die ganzen Schranken, die da mit Gebimmel rauf und runter gehen, aber erst jetzt höre ich den Unterschied. Meinst du nicht, dass es dir hier irgendwann zu still wird?«

»Nein. Ich mag es gerne, wenn es still ist«, sagte ich und legte noch zwei Holzscheite in den Kamin. Sie fingen sofort an zu brennen.

»Ich hab mal einen Film gesehen über eine Frau, die in Rente gegangen und aufs Land gezogen ist und sich Pferde und Hunde und alle möglichen Haustiere angeschafft hat«, fuhr Karin fort. »Sogar ein Lama. Sie meinte, wenn die Kinder erst mal ausgeflogen sind, kann man sein Leben nicht mehr an ihnen aufhängen. Man muss sich etwas Neues erschaffen. Sie meinte, die meisten Menschen hätten durchaus eine Vorstellung, wie so ein alternatives Leben aussehen könnte. Manche arbeiteten dann ewig in ihrer Bank, obwohl sie sich eigentlich als Bauern auf dem Lande sehen. Wahrscheinlich ist jetzt der Zeitpunkt, um solche Pläne zu verwirklichen. Alte Träume. Natürlich muss man sich trauen, den Schritt auch zu gehen.«

Ich drehte mich um und schaute sie an. Komm zur Sache!, hätte ich am liebsten geschrien. Was willst du von mir? Doch Karin ließ sich nicht hetzen. Sie schaute mich nur lange an. Irgendetwas war da in ihrem Blick, dass sich alle Härchen auf meinen Armen sträubten.

»Wie geht es Bosse?«, fragte ich nervös.

»Wie immer. Er arbeitet viel. Er hat ja noch ein paar Jahre bis zur Pensionierung. Immerhin lebt er noch.«

Ich schluckte. Karin beugte sich vor und schaute in ihre Tasse.

»Ich musste die ganze Zeit an dich denken. Die Gedanken haben mich die ganze Zeit gequält. Da ist eine Sache, die ich dich fragen muss, Irene. Du darfst aber nicht böse werden.«

»Warum sollte ich böse werden?«

Karin zog eine Grimasse, als fiele es ihr schwer, die richtigen Worte zu finden.

»Ich hab mich nur gefragt ... ob nicht etwas anderes mit Horst passiert ist, irgendetwas, wovon ich nichts weiß? Ich hab nämlich diesen Geruch in der Küche wahrgenommen, da war irgendwas Komisches im Gange. Je länger ich darüber nachdenke ... das Pulver und dieser Gestank.« Sie schüttelte den Kopf. »Ich hab immer noch dieses Bild von Horst im Kopf. Wie er aussah, als wir bei euch vorbeigekommen sind. Wie ein Sterbender.«

Ich hörte, wie hinter mir ein Holzscheit krachte, als es zersprang und gegen die Glasscheibe des Kamins fiel. Die Wände schienen auf mich zuzusteuern, mir entgegenzustürzen. Die Tapeten mit den Cupidos. Die Heizungsverkleidung aus Weidengeflecht. Horsts Plattenspieler auf der Anrichte. Ein Gefühl der Unwirklichkeit.

»Jetzt komme ich gerade nicht ganz mit«, sagte ich.

»Ich muss es wissen. Ich konnte einfach nicht aufhören, daran zu denken. Hast du dafür gesorgt, dass er ... eingeschlafen ist? Ich krieg bloß die Puzzleteilchen nicht so richtig zusammen, trotz meiner Erfahrung. Du weißt schon, dass ich über dreißig Jahre lang Krankenschwester war, oder?« Sie blickte auf.

»Nein, das wusste ich nicht«, sagte ich. Meine

Stimme war jetzt ganz schwach. Mein Mund trocken. Ich schluckte ein paar Mal hintereinander, aber es half nichts. Es fühlte sich an, als würde mir ein Kloß im Hals stecken.

»Doch, doch. Da hat man natürlich schon einiges gesehen. Manche Sachen kommen aber seltener vor als andere. Eine Vergiftung zum Beispiel.« Ihre Augen leuchteten auf. Ich wich ihrem Blick aus und schaute das Regal hinter ihr an. Dort stand das Kästchen mit dem Gnadenstoß, ganz oben auf einem Bücherstapel.

»Erst dachte ich, dass es etwas Flüssiges sein musste. Wenn ich jemanden töten wollte, würde ich etwas nehmen, was hinterher schwer zu finden ist. Vielleicht Insulin? Das kommt ja ganz natürlich im Körper vor, davon kann man große Mengen injizieren, ohne dass es sich nachweisen lässt. Aber ich weiß nicht … Es gibt ja auch noch andere Wege, wenn man einen Sinn fürs Dramatische hat: Quecksilber, Giftpflanzen, Lithium. Oder vielleicht Warfarin?«

»Was ist Warfarin?«, fragte ich.

»Rattengift. Ist ja auch ziemlich leicht zu bekommen. Man stirbt sofort an spontanen inneren Blutungen, manchmal bluten sogar die Augen. Kein schöner Anblick. Ich hab das bei Ratten gesehen und einmal bei einem Hund.« Karin schauderte, als wollte sie das Bild abschütteln. »Es ist überall erhältlich, aber ich glaube, heutzutage tun sie da sicherheitshalber einen ekligen Geschmackszusatz rein.« Sie räusperte sich. »O Gott, was ich mir den Kopf zerbrochen hab … ich bin bis spätabends wach geblieben. Hab in Medizinbüchern nachgeschlagen. Meine Vernunft hat mir natürlich gesagt, dass es lächerlich ist. Das Motiv zum Beispiel – warum solltest du so was überhaupt tun? Und wenn du es wirklich getan hättest, wärst du doch nie damit davongekommen, oder?«

»Horst ist an einer Lungenembolie gestorben«, sagte ich brüsk.

»Ja, stimmt.« Karin nickte langsam. »Hast du dich denn nie gefragt, was die Polizei dazu sagen wird? Ob man nach der Beerdigung nicht doch noch einen Blick auf seine Leiche werfen würde? Du weißt schon, dass man so etwas beantragen kann, nicht wahr?«

Wieder schaute ich zum Schmuckkästchen auf dem Regal. Wenn Karin versuchte, mir meine Freiheit zu nehmen, würde ich keine Sekunde zögern. Ich hatte es geschafft, das alles hier zu kriegen. Das Haus. Die Aussicht. Den Garten. Die Morgenstunden. Die Tautropfen im Gras. Die Schmetterlinge, die ihre Flügel auf den Fensterrahmen entfalteten. Das hier gehörte mir. Eine Belohnung für lange und treue Dienste. Ich holte tief Luft und nahm innerlich Anlauf: »Liebe Karin, ich weiß nicht, was du dir da zu Hause zusammenfantasiert hast. Vielleicht hast du zu wenig zu tun? Das Gehirn braucht Beschäftigung, sonst fängt man an, sich alles Mögliche einzubilden. Es ist wichtig, tätig zu bleiben.« Karin gab keine Antwort, sie schaute mich einfach nur unverwandt an.

»Ich kann mich noch erinnern, dass vor allem du davon geredet hast, wie stressig es wäre, wenn Bosse krank werden würde«, fuhr ich fort. »Vielleicht willst *du* ja eher *deinen* Mann vergiften?«

Karin stützte die Ellbogen auf die Knie.

»Findest du es nicht selbst ziemlich erstaunlich, dass es nie Ermittlungen zu Horsts Tod gegeben hat?«

»Er ist an einer Lungenembolie gestorben«, wiederholte ich.

»Am Ende, ja. Aber ich glaube, dass ihm da jemand auf die Sprünge geholfen hat.« Sie griff nach ihrer Teetasse und leerte sie. Draußen hatte sich der Himmel flammendrot verfärbt.

»Wenn ich wirklich so eine lebensgefährliche, gewissenlose Mörderin bin, könnte man sich natürlich fragen, warum du ganz allein hergekommen bist«, sagte ich und lächelte milde. »Wie du selbst betont hast, liegt dieses Haus ganz schön abgelegen. Klingt nicht gerade nach einem besonders gut durchdachten Plan, hierherzufahren. Für mich jedenfalls nicht.«

Karin zupfte nachdenklich an ihrem kleinen Perlohrring.

»Ich weiß nicht, was ich glauben soll. Ehrlich, Irene. Ich musste einfach herkommen und mit dir reden. Die Sache hat mich gequält, seit der Beerdigung.«

»Na, dann ist es ja ein Glück, dass ich keine lebensgefährliche Mörderin bin«, fuhr ich fort. »Denn wenn ich es wäre, müsste man sich wirklich fragen, wie dieser Abend ausgehen wird. So ein schöner Abend. Hast du den Himmel gesehen? Man braucht kein Vermögen, um sich so eine Aussicht zu kaufen, Karin. Und trotzdem ist sie unschätzbar wertvoll, so etwas wird geradezu empörend gering geschätzt. Ich fand schon immer, dass der Herbst eine Zeit des Nachdenkens ist. Eine Zeit, in der man gründlich nachdenken sollte.« Ich sah sie unverwandt an. An ihrem Haaransatz waren jetzt zwei glänzende Schweißtropfen erschienen. Ihr Mund hatte sich leicht geöffnet, als würde sie sich über etwas wundern.

»Ich glaube, es ist besser, du fährst, bevor es dunkel wird. Die Straßen hier sind schlecht beleuchtet. Du hast ja auch noch eine lange Fahrt vor dir.« Ich stand auf.

Karin nickte langsam.

»Ich verstehe. Du willst also nicht gestehen.«

»Es gibt nichts zu gestehen«, sagte ich. »Ich habe ein reines Gewissen.«

Mühsam stemmte Karin sich aus dem Ledersessel hoch, als wäre alle Kraft aus ihr gewichen.

»Ja, ja. Manchmal bildet man sich eben irgendwelche Sachen ein.«

»Das ist schnell passiert«, pflichtete ich ihr bei.

Ich ging ihr voraus in den Flur und machte die Haustür auf. Die Abendluft war kühl. Karin zog Mantel und Stiefel wieder an, blieb aber noch einmal auf der Treppe stehen. Ihre Augen hatten dieselbe Farbe wie der Himmel. Violett. Sie legte den Kopf schräg, wickelte sich den Schal um den Hals und holte tief Luft.

»Ich hätte wohl nie den Mut aufgebracht. Manchmal denk ich mir, dass das Leben ohne Bosse leichter gewesen wäre. Also nimm's mir bitte nicht übel.«

»Ich nehme es dir nicht übel«, sagte ich. »Grüß ihn schön von mir. Man weiß ja nie, wie viel Zeit einem noch bleibt mit seinen Lieben. Da muss man jede Sekunde bewusst genießen.«

»Auf Wiedersehen, Irene.« Karin hob die Hand, drehte sich langsam um und ging auf ihren Wagen zu.

Ich blieb stehen, bis ich sah, dass ihr Auto auf der Landstraße verschwunden war. Ich hatte es geschafft.

✦

Demnächst werde ich mein Gewächshaus in Angriff nehmen, ich will mir ein ganz Neues bauen. Ich hab mir das teuerste Modell ausgesucht, aus Zedernholz mit rustikalem Ziegelboden. Darin werde ich Auberginen und Tomaten ziehen. Mehrere Sorten und Farben will ich haben. Und ein Waschbecken mit Messingwasserhahn. Ich bringe das Geld schon unter die Leute. Der letzte Besitzer hat übrigens versucht, einen Zitronenbaum im alten Gewächshaus zu pflanzen. Ich habe das Etikett von der Baumschule gefunden. Man kann es wirklich nur Hoffnung nennen, wenn jemand versucht, in diesem Klima Zitronen zu ziehen. Aber gerade solche kleinen Details gewähren eben auch einen Einblick in die Geheimnisse der menschlichen Existenz. Nichts, was jemals in Nachschlagewerken stehen wird. Aber dennoch wichtig: Jemand hat versucht, hier einen Zitronenbaum zu pflanzen. Jemand hat auf Zitronen gehofft.

»Im Anfang war das Wort, und das Wort war bei
Gott, und Gott war das Wort. Alle Dinge sind
durch dasselbe gemacht, und ohne dasselbe ist nichts
gemacht, was gemacht ist.«

Johannes-Evangelium

*B*ald sind diese Seiten voll. Ich musste sogar die Seiten-ränder vollschreiben. Ich wünschte, meine Mutter hätte noch sehen können, dass dieses alte Notizbuch am Ende doch noch seine Verwendung gefunden hat. Dass ich diesen Seiten tatsächlich erzählt habe, welche Sorgen mein Herz quälten. Hätte sie sich gefreut? Wäre sie stolz gewesen? Erschrocken? Vielleicht von allem etwas. Sie hätte es mir wahrscheinlich gar nicht zugetraut, so wie wir überhaupt kaum jemandem etwas zutrauen.

Ich weiß nicht richtig, wovon das handelt, was ich hier schreibe. In gewisser Hinsicht glaube ich, dass alle Erzählungen ein Versuch sind, das innerste Wesen des Lebens einzufangen, seine Essenz. Damit die Worte festhalten, wozu wir nicht in der Lage sind.

Ich denke, dieses Papier ist ungefähr wie das Leben. Damit meine ich, dass das Papier vor mir liegt und dass ich mit einer einzigen Handbewegung etwas darauf schreiben kann, es einfach beanspruchen darf. Trotz-dem hatte ich mein Leben lang Angst davor, genau das zu tun. Ich hatte geglaubt, dass die Worte zu groß für mich seien. Dass ich warten müsse. Jetzt stellt sich heraus, dass ich einfach nur das Notizbuch aufklappen und anfangen musste. Tu es jetzt! Das sind die Worte, die in mir widerhallen. Also schreibe ich. Es muss ja nichts Besonderes sein. Ich kann auch einfach über den Teekessel auf dem Herd schreiben, der langsam einen dünnen Strahl Wasserdampf zur Decke schickt. Heute Abend gibt es Rhabarbertee. Der Rhabarber kommt aus meinem eigenen Garten, ich habe ein hübsches Beet unten neben dem Komposthaufen angelegt. Die Blätter sind so groß geworden wie Regenschirme. Und vielleicht schreibe ich auch ein paar Zeilen über den Wolf, der in den Wäldern dieser Gegend gesichtet wurde.

Nachdem ich mir überlegt habe, wie gefährlich im Grunde alles ist, gibt es fast nichts mehr, was mir noch Angst macht. Mittlerweile kann ich am Fenster sitzen, hinter meinen mundgeblasenen Glasscheiben, die der Welt genau diese poetische Unschärfe verleihen, die dem Leben eigen ist, und interessiert die Blaumeisen beobachten, die Samen aus dem Vogelhäuschen picken. Ich ziehe Parallelen zu meinem eigenen Leben. Da ist die Fähigkeit, mit dem vorlieb zu nehmen, was man findet, überall nach Nahrung zu suchen. Auf einmal ein wunderschönes Lied anzustimmen, obwohl es niemand hören kann.

Die Fähigkeit zu fliegen.

Natürlich denke ich manchmal an Horst. Daran, was ich getan habe. Das können Sie mir glauben. Und an die Kinder, auch wenn die ganz gut damit klargekommen sind. Manchmal träume ich von ihm. Ich kann ihn vor mir sehen, nicht nur als den, der er war, sondern auch in ganz anderen Erscheinungsformen. In den goldbraunen Augen von Pippi, der Elster. Im Rücken von jemandem, der unten im Dorf an mir vorbeigeht.

Letzte Woche ist ein Schmetterling ins Haus gezogen. Ein Vogelwicken-Bläuling, ich habe ihn extra in dem Schmetterlingslexikon nachgeschlagen, das ich aus der Schule in Kullen mitgenommen habe. Er fliegt mir nach, wo ich gehe und stehe. Wenn ich in der Küche bin, kommt er dazu und setzt sich aufs Küchenfenster. Wenn ich mich in den Sessel setze, flattert er hinterher. Schmetterlinge leben nur einen Monat. Und sie befinden sich die ganze Zeit in der Entwicklung. Larve, Puppe, Schmetterling. Nach jeder Phase sind sie vollkommen verändert. Die Griechen sahen sie als Symbol für die Seele. Ein neuer Anfang auf einer höheren Ebene. Vielleicht ist es ja Horst, dem blaue Flügel gewachsen sind.

Am Ende hat sich herausgestellt, dass nicht nur Metalle sich in etwas anderes verwandeln können. Auch Menschen können sich verändern. Sogar Horst. Das hätte ich nicht gedacht, wenn ich ehrlich sein soll. Aber das Leben hat mich eines Besseren belehrt, in einem geheimen Zusammenspiel mit meinen Metallen und meinen Vorlesestunden.

Ein bisschen Anerkennung wäre an dieser Stelle vielleicht angebracht. Die muss ich mir selbst schenken. Wie auch alles andere.

Man muss sie sich selbst schenken.

Die Autorin dankt

Alexander Graff, Jenny Wilson,
Anna Wilson und Kerstin Paborn

Textnachweis

Seneca: *De brevitate vitae. Die Kürze des Lebens.* Übersetzt von Franz Peter Waiblinger. München, 1976

Sun Tsu: *Die Kunst des Krieges.* Übersetzt von Klaus Leibnitz. Hamburg, 2008

Thoreau, Henry David: *Walden.* Übersetzt von Fritz Güttinger. Zürich, 1971

Wenn die tosende Brandung dunkle Geheimnisse an Land spült

Nie wieder ermitteln – das hatte sich der ehemalige Polizist Simon Jenkins einst geschworen, als er in das ruhige Fischerdorf in Cornwall zog. Daher weist er auch die verzweifelt klingende Victoria ab, als sie ihn eines Nachts anruft und um Hilfe bittet. Doch dann wird die junge Frau am nächsten Tag tot am Fuße einer berüchtigten Klippe aufgefunden. Jenkins macht sich schwere Vorwürfe – hätte er sie womöglich von einem Sprung abhalten können? Alles deutet auf Selbstmord hin, nur Victorias beste Freundin Mary ist sicher, dass es Mord gewesen sein muss. Auf ihr Bitten hin beginnt Jenkins, hinter dem Rücken der Polizei zu ermitteln. Und dann wird eine weitere Leiche gefunden …

»Ein Thriller, der das Blut in den
Adern gefrieren lässt!«
Paula Hawkins

Ein sagenumwobenes, düsteres Moor inmitten der Wälder
und Seen Schwedens: Nathalie, eine junge Biologin, kehrt
für Forschungsarbeiten an ihren Heimatort zurück – und
findet einen Mann, der brutal zusammengeschlagen im
Sumpf liegt. Direkt daneben eine von Hand ausgeho-
bene, etwa zwei Meter lange Grube. Ein vorbereitetes
Grab? Ein Hinweis auf die Menschenopfer, die in der
Eisenzeit hier erbracht wurden? Zusammen mit Polizei-
fotografin Maya versucht Nathalie, die Geschehnisse
aufzuklären. Bald stoßen sie auf weitere Leichen im
Moor. Doch Nathalie spürt, dass die Wahrheit erst ans
Licht kommt, wenn sie sich ihrer eigenen Vergangenheit stellt – die sie für immer begraben glaubte …

PENGUIN VERLAG

Jetzt reinlesen auf www.penguin-verlag.de